A ilha da Bruxa

Editora Appris Ltda.
1.ª Edição - Copyright© 2023 do autor
Direitos de Edição Reservados à Editora Appris Ltda.

Nenhuma parte desta obra poderá ser utilizada indevidamente, sem estar de acordo com a Lei nº 9.610/98. Se incorreções forem encontradas, serão de exclusiva responsabilidade de seus organizadores. Foi realizado o Depósito Legal na Fundação Biblioteca Nacional, de acordo com as Leis nᵒˢ 10.994, de 14/12/2004, e 12.192, de 14/01/2010.

Catalogação na Fonte
Elaborado por: Josefina A. S. Guedes
Bibliotecária CRB 9/870

F668i 2023	Foloni Junior, Aristeo
	A ilha da bruxa / Aristeo Foloni Junior.
	1. ed. – Curitiba: Appris, 2023.
	266 p. ; 23 cm.
	ISBN 978-65-250-5258-8
	1. Ficção brasileira. 2. Feitiçaria. 3. Eternidade. I. Título.
	CDD – B869.3

Appris editora

Editora e Livraria Appris Ltda.
Av. Manoel Ribas, 2265 – Mercês
Curitiba/PR – CEP: 80810-002
Tel. (41) 3156 - 4731
www.editoraappris.com.br

Printed in Brazil
Impresso no Brasil

ARISTEO FOLONI JUNIOR

A ilha
da
Bruxa

Appris editora

FICHA TÉCNICA

EDITORIAL Augusto Coelho
Sara C. de Andrade Coelho

COMITÊ EDITORIAL Marli Caetano
Andréa Barbosa Gouveia (UFPR)
Jacques de Lima Ferreira (UP)
Marilda Aparecida Behrens (PUCPR)
Ana El Achkar (UNIVERSO/RJ)
Conrado Moreira Mendes (PUC-MG)
Eliete Correia dos Santos (UEPB)
Fabiano Santos (UERJ/IESP)
Francinete Fernandes de Sousa (UEPB)
Francisco Carlos Duarte (PUCPR)
Francisco de Assis (Fiam-Faam, SP, Brasil)
Juliana Reichert Assunção Tonelli (UEL)
Maria Aparecida Barbosa (USP)
Maria Helena Zamora (PUC-Rio)
Maria Margarida de Andrade (Umack)
Roque Ismael da Costa Güllich (UFFS)
Toni Reis (UFPR)
Valdomiro de Oliveira (UFPR)
Valério Brusamolin (IFPR)

SUPERVISOR DA PRODUÇÃO Renata Cristina Lopes Miccelli

ASSESSORIA EDITORIAL Sabrina Costa

REVISÃO Ana Lúcia Wehr

PRODUÇÃO EDITORIAL Sabrina Costa

DIAGRAMAÇÃO Maria Vitória Ribeiro Kosake

CAPA Kananda Ferreira

REVISÃO DE PROVA William Rodrigues

PREFÁCIO

"Era como se ali fosse o próprio ponto final."

Guimarães Rosa, em seu *Grande Sertão: Veredas*, disse: "[...] viver é muito perigoso". Somos seres indefesos, abertos a um mundo cheio de armadilhas e de uma natureza tão bela quanto perigosa: as intempéries, os fenômenos, as colheitas malsucedidas que levam à fome, ao medo, ao desespero, à impotência. Tudo isso advém da natureza humana.

Os povos mais primitivos tinham, sim, explicação para tudo que os rodeava e os ameaçava. Até mais do que a ciência atual, que é uma espécie de "filha caçula" da alquimia dos séculos XV e XVI. Tantos acontecimentos imprevisíveis, desagradáveis e traumáticos tinham apenas uma origem: o mal. O mau-agouro, o mau-olhado, tudo isso era personificado em entidades sobrenaturais, cuja voracidade exigia "agrados e presentes". Na crença de alguns povos, eram frutas, mel e bolos. Em outras... as oferendas eram bem mais preciosas: eram vidas.

Sacrifício. Do latim, "ofício sagrado". Ato ancestral que proveio do Oriente e se espalhou pelos povos europeus, africanos e — em seguida — na América. A priori, os sacrifícios eram quase uma honra, voluntários. Era louvável ser fruto de um libelo de sangue.

Ecce Agnus Dei,
Ecce qui tollit peccata mundi.

Veja o leitor que o próprio Cristianismo teve seu "ofício sagrado", mesmo Cristo chorando lágrimas de sangue... no monte dos olivais. Franz Kafka dizia que "o judeu é como as olivas, só dá o que tem de melhor quando é esmagado".

Foi o que Cristo fez. Deu seu corpo — de carne e osso —, conforme os Evangelhos, para salvar toda a humanidade.

No entanto, cerca de um milênio depois, os sacrifícios se tornaram profanos. Ou seja, não eram religiosos, mas pagãos. Os celtas e os nórdicos desconheciam a figura de Cristo, mas temiam as suas entidades divinas. E estas eram o contrário do ideal cristão: não se sacrificavam, queriam sacrifícios. Mas, como dito, eram oferendas... partes de uma colheita, leite, mel. Eram divindades agrícolas. Telúricas.

Com o avanço da Idade Média e da Renascença, as condições de vida dificílimas, a fome, as pestes e as guerras constantes levaram os povos a perceberem que as entidades — antes adoradas — não eram o suficiente. Não lhes estavam trazendo prosperidade, calmaria e recursos.

Infelizmente, a ingenuidade e a falta de conhecimentos fizeram com que as pessoas buscassem alternativas mais "eficazes". Em suma, os magos e as bruxas.

É evidente que a maioria desses homens e mulheres era mais de "boticários" do que propriamente de "feiticeiros". Faziam emplastros, compressas, poções e chás, a fim de aliviar dores, males espirituais e fazer o bem. Sim, eram pagãos, mas inofensivos.

Porém, o ser humano não é uma figura de apenas uma faceta. O ser humano, dentre os animais, é o único que conhece o conceito de mal e, tristemente, o faz a todo momento, visando a se beneficiar dele.

Afinal, é secundário saber se o "inimigo sulfúreo" realmente existe ou se "faz favores". O pior são os atos, as atrocidades e os *folies* que os seres humanos são capazes de fazer para agradá-lo.

Aristeo Foloni Jr. inicia seu romance com uma epígrafe do conto de Shirley Jackson, *A Loteria*. Conto esse que evidencia o mal gratuito, profundamente humano, sem, nem sequer, qualquer figura demoníaca ou entidade sobrenatural. Criamos os monstros para culparmos os nossos defeitos.

O romance do Sr. Foloni mostra-nos isso: o mal muda apenas seu aspecto exterior. Torna-se uma bela ruiva, de cabelos de outono. Todavia, nunca deixará de ser o mal. Seja na Espanha da Inquisição, seja nos tempos atuais. Quem pode enxergá-lo através da máscara verá sua feiura disfarçada.

A Ilha da Bruxa poderia ser em qualquer lugar. Mesmo em São Bento, cujo nome advém do Santo Exorcista da Igreja Católica, e sua famosa cruz.

·) ·) ·)·●·(·(·(·(·

As aflições humanas são as mesmas desde sempre. E os magos negros e bruxas sempre têm uma solução "infalível". O que se bem sabe é que tudo tem seu preço, principalmente, quando se lida com figuras materialistas. Mas, não, eles não querem dinheiro. O dinheiro não lhes tem valor algum. Eles querem mais sofrimento em troca. É o seu alimento.

Falar sobre o mal levaria muitas páginas deste modesto prefácio. E o protagonista disto tudo é o Sr. Foloni. Com sua narrativa, ora com traços de H. P. Lovecraft, descrevendo paisagens desoladas e chãos estéreis (cenários de sabás negros), ora traços de Stephen King, com frases curtas e violentas, que surpreendem o leitor. E, ora também, com a crueza de um *Blood Meridian*.

Como leitor e apreciador do gênero, foi-me de imenso deleite ler e constatar que o gênero gótico, do horror e sobrenatural ainda flui em terras tupiniquins. Que há herdeiros de Humberto de Campos, Murilo Rubião e Franklin Cascaes. E, claro, Guimarães Rosa e seu fascínio pelo Diabo.

Entremos na *Ilha da Bruxa*, mas com cuidado. Porque ela também está na rua, "no meio do redemunho". Apenas advirto: olhe sem se hipnotizar.

Carlos Eduardo Heinig
Mestre em Estudos da Tradução — UFSC
Escritor e poeta

·) ·)·)   (·(·(·(·

Tessie Hutchinson estava no centro de um grande espaço vazio
àquela altura, e esticava os braços em desespero
à medida que os aldeãos se aproximavam.
"Não é justo", ela dizia.
Uma pedra a atingiu na lateral da cabeça.

O velho Warner chamava, "Vamos, vamos, todo mundo". Steve
Adams estava à frente da multidão de aldeãos,
com o sr. Graves a seu lado.

"Não é justo, não é certo", gritou a sra. Hutchinson,
e em seguida estavam todos em cima dela.[1]

---

[1] JACKSON, Shirley. *A Loteria e Outros Contos.* Rio de Janeiro-RJ: Editora Schwarz S.A., 2022.

SUMÁRIO

PRÓLOGO 13

ALDEIA DE ESPERANZA, ESPANHA, ANO 1489 15

BRASIL. TEMPOS ATUAIS

I 59

II 69

III 99

IV 113

V 127

VI 131

VII 149

VIII 159

IX 169

X 185

XI 213

XII 247

O FINAL 253

EPÍLOGO 265

PRÓLOGO

O vento sopra suave, agitando as copas frondosas das árvores e provocando o ruído aconchegante do farfalhar das folhas. A lua cheia se encontra parcialmente oculta por algumas nuvens. Mesmo assim seu brilho ilumina a vegetação e a velha cabana de madeira, que parecem negras na madrugada.

Somados ao farfalhar das folhas das árvores e ao fino assovio do vento, é possível ouvir também os sons emitidos ao longe pelos animais noturnos. Uma coruja pia distante, e seu lúgubre canto ecoa por todo o espaço, ora parecendo vir dos galhos de uma determinada árvore, ora dos galhos de outra. Misturado ao seu pio, pode-se distinguir também o canto do acasalamento de grilos e o coaxar dos sapos próximos às águas.

Concentrando-se um pouco mais, é possível ouvir o uivo de cães ao longe, do outro lado do rio que separa a ilha da civilização. O silêncio da noite permite que os sons atravessem o rio.

Em qualquer lugar, esses sons seriam relaxantes, representariam a voz da natureza a cada dia mais distante de quem vive nas grandes cidades.

Mas não ali.

Qualquer pessoa que porventura ali se encontre não prestará atenção nos sons dos grilos ou sapos, tampouco no som das corujas, ou mesmo no farfalhar das folhas ou no rumor suave das águas do rio chocando-se contra as margens da pequena ilha.

Quem ali estiver ouvirá apenas o som oco que soa ao sabor da brisa, como a melodia de sinos de vento confeccionados em bambu.

Por todos os lados da ilha, pendurados aos galhos de várias árvores, há vários braços e pernas pequeninos, desprovidos do restante do corpo, balançando movidos pelo vento suave e com sua palidez brilhando ao luar.

Os braços e pernas solitários são raros. O que mais se observa para onde se olhe são corpos completos: cabeça, tronco e pequenos membros, somando infinitos corpos diminutos, suspensos em galhos. Os maiores são do tamanho de bebês recém-nascidos, havendo também — embora poucos — aqueles que possuem o tamanho de uma criança que já ensaiaria os primeiros passos.

Balançam, chocando-se lentamente uns contra os outros e emitindo os sons ocos que se somam com os sons da noite. Balançam como um exército de enforcados, embora grande parte esteja suspensa aos galhos pelos pulsos ou tornozelos, atados com barbantes rudimentares confeccionados em cipó.

Muitos corpos se encontram nus, as roupas há muito consumidas pelo tempo. Alguns trazem consigo resquícios de farrapos que resistem ao passar dos dias, ao sol implacável e à chuva e ao vento que costumam castigar periodicamente a ilha deserta.

Alguns possuem cabelos, outros não. Outros, ainda, possuem apenas parte dos cabelos, o restante já consumido pelo tempo.

O sol e a poeira modificaram suas cores originais. Em alguns deles, a ação do calor transformou a cor da pele em tons doentios de amarelo e verde, as mesmas cores que se esperaria encontrar nas feições de um cadáver.

Em outros, a poeira acumulada transformou a cor da pele em um tom marrom-escuro e manchado, como se sofressem a ação da decomposição post mortem, decompondo-se suspensos no ar e sem direito a um enterro; figuras de hereges enforcados e deixados expostos a título de exemplo para que ninguém mais se atrevesse a cometer o que quer que aqueles infelizes tivessem cometido.

Aquele que observar os seres inanimados balançando suspensos nos galhos, em um primeiro momento, imaginará serem crianças, bebês executados cruelmente. Infantes desmembrados pelo passar do tempo. Imaginará, a princípio, estar vivenciando um pesadelo devido à crueldade irreal que as cenas trazem consigo. Um olhar mais apurado, todavia, demonstrará que não são crianças mortas — embora a semelhança seja perturbadora — mas, sim, bonecas. Inocentes bonecas ali depositadas e esquecidas, como oferendas a algo ou a alguém.

Não é à toa que a pequena ilha de três quilômetros quadrados, situada ao Noroeste do estado do Paraná, bem no meio do rio Angûera, e praticamente desconhecida, é chamada popularmente por alguns de "Ilha das Bonecas", ou, por outros, "Ilha da Bruxa".

ALDEIA DE ESPERANZA, ESPANHA, ANO 1489

O mês era dezembro, e o inverno se aproximava. Época em que os moradores da pequena aldeia de Esperanza começavam a estocar lenha e vedar com piche as frestas de suas cabanas. Haviam aprendido que o frio intenso que costumava castigar aquela região, caso subestimado, podia ser fatal.

A aldeia, com mais ou menos 200 habitantes, situada às margens do rio Guadalquivir e a um dia de viagem de Sevilha, costumava sofrer com os invernos rigorosos. Talvez, a proximidade com o rio fizesse com que as baixas temperaturas se intensificassem, e, mesmo com todo o cuidado dos aldeões em vedar suas casas e estocar lenha, alimentos e cobertores, ainda assim era comum ocorrer mortes durante a época em que as temperaturas atingiam seus pontos mais baixos.

A morte era situação comum entre os *borrachos*, aldeões que perdiam a noção de tempo após beberem canecos de vinho barato nas tabernas. Quando voltavam — ou tentavam voltar — para suas casas, sucumbiam ao torpor alcoólico e eram localizados na manhã seguinte, esbranquiçados por uma camada fria de gelo que os cobria, derretendo lentamente ao sol da manhã. Seus corpos congelados e duros como pedra.

— "Morreram dormindo e nada sofreram". — garantia o padre da aldeia ao dar a extrema unção aos *borrachos* descuidados. Dizia para consolar as famílias dos mortos, afinal, nem mesmo ele sabia se haviam ou não sofrido.

O inverno que se avizinhava não teve, entretanto, qualquer relação com o desaparecimento da quarta criança da aldeia. Ela apenas desapareceu como outras três haviam desaparecido nos últimos dois anos, e isso sem contar as outras crianças que haviam morrido sem razão aparente:

simplesmente definharam como uma planta desprovida de água e luz até o ponto de se reduzir a pele e osso e, finalmente, morrer. A morte nesses casos representava alívio para os pais, exauridos em presenciar tamanho sofrimento sem nada poderem fazer.

— Batizem seus filhos. — orientava o padre, ciente de que não havia entre as crianças mortas pela estranha moléstia nem sequer uma batizada.

Afora isso, alguns aldeões relatavam estranhas manifestações na floresta. Ruídos, luzes que lembravam clarões de fogueiras, cânticos entoados em línguas desconhecidas. Um grupo de homens compareceu ao local de onde provinham as estranhas luzes e sons, localizando restos de lenha queimada em um círculo amplo que antes havia sido uma grande fogueira, além do que pareciam restos de ossos queimados — aparentemente ossos de animais.

Ao menos esperavam que fossem ossos de animais.

O pequeno José, com 5 anos de idade, foi a última criança desaparecida. Afastou-se de casa pela manhã, a fim de auxiliar os pais buscando gravetos para alimentar o fogão de ferro que aquecia a cabana nas noites frias.

Após algumas horas, sua falta foi sentida pela mãe.

— José! — gritou em direção à floresta até quase perder a voz, mas ainda assim não houve resposta aos seus chamados. Tentou manter a calma e imaginar que o pequeno apenas houvesse se embrenhado na mata a ponto de não conseguir ouvi-la; a qualquer momento voltaria, envolto nas várias peças de roupas que usava para se aquecer, calçando as botinas grandes demais para seus pequenos pés — que eram preenchidas com trapos e folhas para não ferirem sua pele — e carregando a pilha de gravetos, com o ar orgulhoso de quem já ajudava em casa, apesar da tenra idade.

Não seria a primeira vez que assustava a mãe com sua ausência, afinal os mistérios da mata, traduzidos em sons e movimentos estranhos a uma criança de sua idade, constituíam convite irrecusável.

Levaria uma bronca ao retornar. Talvez até mesmo algumas palmadas, afinal sempre fora advertido para não se afastar da cabana, nem permanecer tanto tempo distante.

A mãe tentava não levar em consideração o fato de que ele poderia ter realmente se perdido dessa vez. Para uma criança de cinco anos, tudo parece imenso. Desse modo, não seria impossível esquecer o caminho de volta, mesmo sem haver se embrenhado muito pela mata adentro.

Não poderiam deixá-lo passar a noite na floresta, à mercê do frio e dos animais noturnos — muitos destes ávidos pela carne de uma criança, principalmente durante o inverno.

À tarde, o pai reuniu um grupo de homens da aldeia, e saíram em busca do garoto. Os insistentes chamados e as rondas que fizeram pela mata fechada não foram suficientes para localizá-lo. A noite chegou rapidamente, como costuma chegar na época invernal, mas ainda assim os homens não desistiram. Muniram-se de tochas e lampiões, enfiaram-se em pesados casacos e prosseguiram as buscas na escuridão.

Durante a madrugada, as esperanças começaram, finalmente, a desvanecer, entretanto os companheiros se recusaram a abandonar aquele pai cujo semblante demonstrava todo o desgosto pelo filho desaparecido. A maior parte daqueles homens rudes e barbados era constituída de pais, e tinham sensibilidade suficiente para saber o que o pobre homem sentia.

— Voltem para suas casas. — ordenou o pai de José, já exausto da busca inútil — Prosseguirei sozinho.

Um dos companheiros lhe tocou o ombro com a mão grande, vermelha e calejada:

— Não percamos as esperanças, homem! Não localizamos o pequeno vivo ou morto, por isso ainda é possível que ele esteja por aí, perdido. Não esperemos pelo pior.

As buscas cessaram quando os primeiros raios de sol começaram a iluminar a floresta, mas novos grupos foram organizados.

Embora as buscas prosseguissem, nada foi localizado. José simplesmente desapareceu como se jamais houvesse existido.

A mãe chorava sua curta e triste vida. Sempre havia sido uma criança solitária, evitada pelas outras crianças do local, brincando sozinho e auxiliando em todas as tarefas domésticas, a fim de tornar menos dolorida sua solidão. Tinha pressa em se tornar adulto, vez que as brincadeiras e os jogos infantis pareciam não terem sido feitos para ele.

Havia nascido com lábio leporino, e, por isso, sua voz e aparência — com o lábio superior fendido, possibilitando a visualização de seus dentes frontais mesmo com a boca fechada — afastavam as outras crianças, que nunca o convidavam para participar de jogos e passeios. Ainda não havia se tornado motivo de chacotas, mas era apenas questão de tempo; logo viriam os apelidos cruéis e as ofensas.

O pai o sentava no joelho e dizia: "Tudo passa, meu filho. Um dia irás crescer e terás barba e bigode como eu, aí ninguém mais perceberá que és diferente".

Recordava a promessa que havia feito ao pequeno — sempre tão prestativo e sem jamais derramar uma lágrima pelo abandono daqueles que poderiam ser seus amigos — e pensava que talvez o filho jamais crescesse. Talvez não mais existisse. A possibilidade de manter atitude e pensamento positivos desaparecia à medida que o tempo passava sem que o filho fosse encontrado.

Alguns dias após o desaparecimento, o padre convocou uma reunião entre os moradores, a fim de discutir algo que fazia parte de uma incômoda realidade: crianças desapareciam e morriam com desagradável frequência em Esperanza, e tanto os desaparecimentos como as mortes não possuíam qualquer explicação aceitável.

O padre, entretanto, talvez soubesse do que se tratava, ou ao menos imaginava o que poderia estar ocorrendo.

Os pais de José acomodaram-se na primeira fileira de bancos da pequena Igreja, onde praticamente todos os adultos de Esperanza compareceram, salvo uma ou duas mulheres que haviam acabado de dar à luz. Os presentes se mexiam nos bancos e conversavam em voz baixa uns com os outros, parecendo evidente que estavam diante de algum assunto que não lhes seria muito agradável.

Padre Afonso, o único padre da pequena localidade, adentrou no salão, imponente em sua batina negra que sempre usava, estivesse ou não celebrando a missa. Assumiu o púlpito, pigarreou, a fim de fazer cessar o burburinho e, após tudo cair em completo silêncio, iniciou seu discurso:

— Caros irmãos, estamos mais uma vez diante da infinita tristeza que representa uma criança desaparecida. Não devemos esquecer também a criança que faleceu há duas semanas, vitimada pela doença que levou outros pequeninos de sua idade. Uma doença que até mesmo os médicos desconhecem.

O silêncio se tornou pesado, quase revelador. O padre prosseguiu:

— Repito mais uma vez o que disse à época: muitas das crianças de nossa vila não são batizadas, assim como não o eram as crianças mortas e desaparecidas. Os pais daquelas que ficaram doentes, ao invés de me procurar para que as batizasse antes que o pior ocorresse, preferiram procurar outra pessoa.

Após breve pausa, como se desejasse dar à situação um efeito teatral, concluiu:

— Vocês sabem a quem me refiro.

Sim. Todos os presentes sabiam a quem o padre se referia. Alguns abaixaram a cabeça e começaram a olhar fixamente para o chão, como se procurassem algo muito pequeno que houvesse caído de seus bolsos. Algumas mulheres começaram a enxugar lágrimas. Houve um soluço de dor, abafado, em meio ao silêncio.

— Para tudo há um preço. — prosseguiu, com o dedo em riste, como se sua paciência estivesse esgotada — Às vezes, o preço cobrado é bastante alto. E anotem o que estou dizendo: o Diabo não perdoa dívidas.

Voltou-se para os pais de José e disse à mãe:

— Ao invés de rezar, de se ajoelhar diante do Senhor e implorar por Sua Misericórdia, a quem procuraste?

Ela não respondeu. Seus lábios estavam apertados como se houvessem sido costurados. Parecia prestes a cair em prantos, ao mesmo tempo que parecia tentar manter o próprio controle, a fim de não lançar imprecações às verdades tão cruas que padre Afonso atirava sobre si, sem a menor piedade ou consideração pela dor que sofria com o desaparecimento do filho.

Não houve, porém, necessidade de resposta. O próprio padre respondeu, apontando o dedo acusador para a mãe:

— Procuraste "A Ruiva". Efetuaste contato com os mortos, a fim de localizar seu filho desaparecido, assim como outras mães a procuraram em busca de magia para curar seus filhos doentes, mesmo sabendo o quanto a Sagrada Bíblia condena tais práticas. Ignoraste os preceitos Sagrados!

O tom de sua voz tornava-se mais alto a cada palavra, fazendo com que suas frases ecoassem no ambiente silencioso. Suas mãos agarravam com força o púlpito, como se quisesse arrancá-lo do chão.

Todos os ali presentes conheciam a mulher nominada como "A Ruiva", embora muito raramente ela passasse por Esperanza, sendo suas rápidas passagens ocorrendo apenas para comprar algum tecido ou mantimento. Vivia em uma cabana distante, embrenhada na floresta, e era autossuficiente; plantava o que necessitava para se alimentar e retirava a água em um poço que ela mesma havia cavado. Não procurava os moradores nem mesmo para a obtenção da lenha que necessitava para cozinhar e manter aquecida a cabana onde vivia.

Eram as pessoas da aldeia que a visitavam.

Dizia-se que a mulher fazia contato com os mortos e praticava magia. Mas, segundo aqueles que a conheciam, sua magia era boa, feita para curar moléstias e obter respostas acerca de questões aparentemente insolúveis. Nada tinha a ver com bruxaria, magia negra ou qualquer ato relacionado com demônios. Conforme aqueles que eram mais versados em tais assuntos, a magia que a mulher praticava era a chamada "magia branca", em nada relacionada com quaisquer entidades maléficas. Era em que preferiam acreditar.

Padre Afonso não aprovava tais atos. Nada tinha contra a mulher, da qual nem mesmo sabia o nome. Não se opunha ao fato de ela residir mais próximo da aldeia do que ele gostaria, mas ainda assim, em sua opinião, a estranha mulher não passava de uma feiticeira. Aceitava o livre arbítrio dos homens e, por isso, admitia que ela prosseguisse com sua vida e seus afazeres, desde que fosse bem distante da aldeia e de seus fiéis.

Considerava-se bastante tolerante com superstições e cultos realizados por não cristãos — talvez até mais tolerante do que deveria ser de fato. Não condenava, por exemplo, os pequenos grupos que os italianos chamavam de *benandanti*, com seus rituais após as plantações e antes das colheitas, mesmo sendo tais grupos bastante observados e acompanhados pela Inquisição. Julgava-os inocentes e não perigosos, apenas pagãos que ignoravam a Palavra e viviam de acordo com suas próprias crenças, mas ainda assim sem blasfemar ou profanar.

A mulher ruiva, entretanto, era diferente.

Talvez os aldeões ignorassem os fatos, mas foi depois de sua chegada que as crianças começaram a adoecer. Foi após ela passar a residir em uma cabana afastada e quase oculta na floresta, que crianças começaram a desaparecer, que plantações começaram a secar sem qualquer explicação lógica e que o vinho começou a se transformar em vinagre, mesmo estando bem armazenado em barris.

Foi depois de sua chegada que a vaca dos Manzano deu à luz um bezerro de duas cabeças, que morreu logo após nascer e foi queimado nos fundos do celeiro, remetendo sua incineração a um holocausto profano; e foi depois de sua chegada que teve início uma estranha agitação na floresta durante a metade do ano.

Os habitantes imaginavam que a agitação provinha dos *benandanti*, que eventualmente passavam pelo local, mas padre Afonso sabia que se tratava de algo diferente. Os andarilhos jamais deixavam símbolos para trás, gravados em pedras e na terra. Não deixavam para trás carcaças queimadas de animais, e sua passagem não tinha relação com o desaparecimento de hóstias consagradas e objetos litúrgicos da Igreja. Esses fatos começaram a ocorrer após a chegada da estranha mulher com pele branca como a neve e cabelos vermelhos como fogo.

Ele prosseguiu com o discurso, agora apontando o dedo para o alto:

— Coloquem Deus acima de suas crenças pagãs e não acreditem em superstições. Mantenham-se atentos a acontecimentos incomuns e não percam a fé: vamos continuar as buscas do pequeno José até localizá-lo.

Que Deus o perdoasse, mas ele próprio já não acreditava em localizar o garoto com vida.

Os dias passaram, e as esperanças, aos poucos, desvaneceram por completo. O garoto não voltou, somando-se às outras crianças desaparecidas sem qualquer rastro. Padre Afonso percebeu que alguns populares, não obstante seu sermão condenando o paganismo que aos poucos envolvia a todos, prosseguiam consultando a mulher de cabelos vermelhos. Talvez acreditassem que ela pudesse obter informações com os mortos e trazer alguma revelação importante para a localização da criança.

As intenções podiam ser as melhores — pensava o padre —, mas é como diz o velho ditado a respeito do inferno e das boas intenções.

Percebeu também que não havia como dialogar com a população, que continuava frequentando as missas ao mesmo tempo que buscava auxílio com a tal mulher. Imaginavam que, caso continuassem praticantes em sua religião, não haveria problema em buscar ajuda de outras formas, mesmo sendo formas condenadas pelo próprio Deus no qual acreditavam.

Era por isso que o problema devia ser eliminado em sua raiz, tal e qual uma erva daninha arrancada do solo. Se continuasse a se manter inerte diante da situação que se desenrolava diante de seus olhos, poderia ser acusado de omissão ou, até mesmo, cumplicidade pelas autoridades eclesiásticas.

Em determinada manhã, antes de o sol nascer, seguiu o padre a galope até Sevilha. Alegou *compromissos referentes à Igreja* — o que não deixava de ser verdade — e que o manteriam afastado durante alguns poucos dias.

Aos 60 anos de idade, fazia ao menos 30 anos que não fazia uma viagem tão longa sobre o lombo de um cavalo e, por isso, acabou poupando bastante o animal, fazendo-o trotar sem pressa, como se fizessem um passeio, a fim de apreciar as belezas que a natureza oferece.

A viagem lenta fez com que ambos, ele e o cavalo, não se exaurissem.

Era um dia seco e ensolarado, apesar do frio que prenunciava o inverno próximo. Admirou a vegetação ao redor e cumprimentou pessoas que não conhecia ao cruzar por elas durante a lenta cavalgada.

Quando o sol estava alto, parecendo avisar que já era o horário de almoço, apeou à sombra de algumas árvores para comer o pão e o queijo que trouxera consigo em um alforje, enquanto o cavalo pastava e bebia água em um córrego próximo.

Se a viagem não servisse para mais nada, ainda assim seria uma boa ocasião para aliviar um pouco a mente dos compromissos diários.

Mastigou lentamente o pão e o queijo, saboreando-os sem pressa. Bebeu alguns goles do vinho fraco que trazia consigo e pensou em cochilar durante algum tempo após a refeição, como o fazia diariamente, entretanto abandonou a ideia, a fim de não atrasar a viagem. Havia assunto importante a ser tratado.

Limpou os farelos de pão que haviam caído em sua roupa, bebeu um último gole do vinho e montou novamente no cavalo, cavalgando durante algumas horas até o sol começar a se esconder e a temperatura começar a cair de maneira evidente.

Imaginou que havia a possibilidade de ser encontrado morto pelo frio. Seria uma situação trágica e irônica ao mesmo tempo. Pensou que, ao menos, morreria em busca de uma solução para o que vinha ocorrendo na aldeia, o que talvez fosse interpretado por Deus como uma boa obra, ainda que não realizada.

Antes que o sol se escondesse por completo, visualizou uma taberna ao longe. Sorriu e imaginou como um homem perdido no deserto sentir-se-ia ao se deparar com um oásis. O estabelecimento construído com troncos e cuja placa trazia entalhada na madeira a palavra *Taberna* encontrava-se vazio àquele horário, e um homem gordo e barbado rachava lenha defronte à entrada, vermelho e suado devido ao esforço e vestido com pesadas roupas confeccionadas com peles de animais, como se aguardasse muito frio.

Sem saltar do cavalo, o padre perguntou:

— Há a possibilidade de pousada para um velho e cansado viajante? Tenho dinheiro.

O homem, que até então não havia percebido a presença do estranho, se voltou com o rosto enfezado de quem havia sido interrompido durante uma atividade importante, mas, ao se deparar com o homem vestido com a indumentária de padre e ainda montado no cavalo, atirou o machado de lado, retirou o boné, apertando-o junto ao peito e disse, com a cabeça abaixada:

— Com toda a certeza, padre! A noite vai ser muito fria, não é aconselhável a qualquer cristão prosseguir viagem em uma noite dessas, muito menos um homem de Deus.

Padre Afonso passou a noite em um pequenino quarto nos fundos da taberna. Apesar de pequeno e com uma simplicidade franciscana, o ambiente cumpria o que ele buscava: calor e um pouco de aconchego.

Além disso, foi-lhe oferecida uma sopa com legumes e carne, a qual lhe pareceu mais quente, revigorante e saborosa do que qualquer prato que houvesse apreciado até então.

À noite, talvez intimidados pelo frio, poucos frequentadores habituais compareceram para beber suas canecas de vinho. Padre Afonso preferiu comer em uma das mesas ao invés de comer isolado no quarto que lhe havia sido ofertado. Após terminar a sopa e enquanto sorvia sem pressa uma caneca de vinho — forte demais para seu gosto, mas ao qual adicionou um pouco de água —, a fim de auxiliar a digestão e a vinda do sono, o taberneiro pediu licença, se sentou à mesa e disse:

— Desculpe se estou sendo intrometido, padre, mas qual a razão da viagem?

O padre lhe sorriu e respondeu:

— Assuntos religiosos, meu filho. A heresia, infelizmente, vem tomando conta do mundo; caso fechemos os olhos, bruxas e demônios tomarão conta de tudo.

O homem fez o sinal da cruz, beijou um crucifixo de madeira que trazia junto ao pescoço, preso por um cordão encardido, e se levantou para atender o único outro cliente que se encontrava no local, além do religioso.

Logo cedo, o padre prosseguiu viagem. O taberneiro recusou efusivamente, mas ainda assim ele pagou a hospitalidade com algumas moedas.

— Não esqueça, meu filho, que foi o próprio Jesus quem disse: "Dai a César o que é de César".

O cavalo prosseguiu sua marcha desapressada, descansado e bem alimentado como o padre, ambos prontos para mais um dia, chegando à Sevilha na metade da tarde. Afonso se impressionou com o quanto a cidade havia desenvolvido durante os poucos mais de 10 anos que permanecera distante, cuidando tão somente dos afazeres da pequena Igreja de Esperanza. A quantidade de pessoas, construções, carruagens e comércio havia aumentado de forma espantosa, fazendo com que não fosse mais o lugar silencioso, quase pacato, que havia conhecido. Ao longe, visualizou a grande Catedral, com sua forma triangular e toda construída em pedra, e para lá se dirigiu.

Foi recebido efusivamente pelo cura local, um homem extremamente alto, magro e sorridente — sendo que a última característica lhe proporcionou certo desconforto: os dentes grandes e sempre expostos, somados à magreza, remetiam aos dentes de uma caveira. Foram-lhe oferecidas refeição e acomodações para passar a noite, ou tantos dias quantos fossem precisos. Segundo seu anfitrião, era incompreensível o fato de o padre não haver enviado um mensageiro para que fosse trazido de carruagem até Sevilha.

— Não nos custaria nada, padre. — disse o cura, inconformado com a viagem feita por um homem daquela idade sobre o lombo de um cavalo — E teria lhe poupado uma viagem tão desconfortável.

— Não estou tão velho assim — respondeu padre Afonso, com um gesto de desdém — e foi uma ótima oportunidade para fazer um belo passeio, admirar a natureza e colocar as orações em dia. Uma longa caminhada junto à natureza é ótima oportunidade para nos aproximarmos um pouco mais de Deus.

— De fato, padre. — concordou o cura, ainda que a contragosto.

Terminada a refeição leve, conversaram acerca de trivialidades referentes à rotina da Igreja, falando baixo, a fim de não fazer eco nas paredes de pedra altas e imponentes da casa paroquial. Após ouvir breve resumo dos fatos que o haviam trazido até ali, o cura não permitiu que o padre fosse até a residência do comissário. Foi categórico:

— Mandarei trazê-lo. O senhor precisa de descanso, afinal já cavalgaste demais para um único dia.

— Não é minha intenção incomodar, afinal já venho trazendo alguns problemas para resolver.

— De maneira alguma, padre. São assuntos que dizem respeito a todos nós.

Não recusou a gentileza, afinal. Suas costas e seus quadris doíam após a longa cavalgada.

Um mensageiro foi designado, e meia hora depois um homem quase tão alto e magro quanto o cura adentrou os aposentos da Catedral, onde se encontravam padre Afonso e seu anfitrião. Trazia o chapéu nas mãos, reverencialmente. Estava enfiado em um pesado casaco marrom que chegava até os joelhos. Ostentava uma barba grisalha, farta e comprida, cuja cor contrastava com seus cabelos negros como azeviche. Pediu licença e inclinou-se levemente, dizendo:

— Bom dia, senhores. Dom Carlos Garzia, às suas ordens.

O cura se levantou e procedeu às apresentações:

— Este é Dom Carlos, comissário da Santa Inquisição em Sevilha.

Padre Afonso permaneceu sentado, mas não por vontade própria. Estava praticamente imobilizado após a viagem. O comissário beijou sua mão e se colocou à disposição. Foi-lhe oferecida uma cadeira na qual se sentou, colocando o chapéu no colo e demonstrando-se atento ao que seria dito.

— É um imenso prazer conhecê-lo, comissário. Sou o padre Afonso, responsável pela Igreja e pelos fiéis de Esperanza, uma pequena aldeia ao Norte desta bela cidade. É compreensível que não a conheça. Cerca de 200 habitantes, 198 de acordo com a última contagem para ser mais preciso, mas isso já faz uns bons cinco anos.

Uma chávena de chá com três xícaras foi colocada em uma mesa ao lado do cura, que encheu as xícaras e as serviu. Padre Afonso bebeu um gole e prosseguiu:

— Sou tolerante. Creio que todo filho de Deus merece o perdão não sete vezes, mas 70 vezes sete, como bem disse nosso Glorioso Senhor Jesus Cristo em sua infinita, porém humilde, sabedoria.

O cura fez o sinal da cruz, e o comissário assentiu com um leve movimento de cabeça, bebendo em seguida um pequeno gole do chá amargo, ansiando por um pouco de mel para adoçá-lo.

O padre narrou o que ocorria na pequena Esperanza. Mortes e desaparecimentos de crianças, colheitas perdidas, vinho azedo, rituais na floresta; todas as palavras atentamente ouvidas pelo comissário, enquanto terminava de beber seu chá e pousava a xícara vazia ao lado da chávena, sem tornar a enchê-la. Odiava aquele chá.

Ao terminar, o padre, seu relato, o cura se levantou da cadeira como se alguma força invisível o tivesse impelido. O rosto rubro de indignação. Deu um tapa na mesa, fazendo com que a louça estremecesse e tilintasse:

— Um verdadeiro absurdo! Os hereges estão procurando as localidades menores para instalar suas forças demoníacas. Vão, aos poucos, criando pequenos exércitos de seguidores aqui e acolá.

Gesticulava para um lado e para outro, como se apontasse os "pequenos exércitos de seguidores" mencionados.

— Compreensível. — disse o comissário, cofiando a barba, na qual o sabor daquele chá detestável havia se infiltrado e por ali permaneceria por bom tempo — Nas localidades maiores, como aqui em Sevilha, as autoridades são em maior número, por isso estão sempre atentas para aplicar os autos de fé. Isso espanta os hereges, covardes que são.

— Mas não conseguirão! — complementou o cura, batendo novamente na mesa — Não conseguirão!

O rosto, ainda mais vermelho que há poucos instantes, trazia a urgência de uma sincope iminente.

O comissário se levantou, a fim de se afastar dos braços agitados do cura. Deu algumas voltas pelo amplo salão, com as mãos unidas nas costas, pensativo; a sola dura de suas botas fazia com que seus passos ecoassem no ambiente. Diante do silêncio do cura e do padre, disse, de costas para eles:

— Deve-se agir com cautela, senhores. As bruxas e os bruxos são ardilosos, por isso a cautela se faz necessária, a fim de que consigamos obter provas que nos autorizem a aplicar a Justiça Divina.

Voltou-se, caminhou em direção ao padre Afonso, parou diante dele e prosseguiu, sempre com as mãos nas costas e se inclinando ligeiramente adiante, para que pudesse olhá-lo nos olhos:

— Em poucos dias, enviaremos um "familiar" até a aldeia de Esperanza. O senhor não deve comentar com qualquer outra pessoa, afinal a surpresa será nossa aliada. Ele chegará como um viajante comum e o procurará na Igreja, para se apresentar. O senhor deverá auxiliá-lo no que for necessário. A partir daí, ele conquistará a confiança dos locais e obterá as provas que necessitamos.

— E se as suspeitas se concretizarem?

O comissário novamente caminhou pelo salão, sempre com as mãos unidas nas costas. Parou diante do padre e respondeu:

— Se as suspeitas se concretizarem, o assunto passará à responsabilidade do inquisidor-geral.

Padre Afonso engoliu em seco ao ouvir a referência ao "inquisidor-geral". Era desnecessário citar seu nome, afinal todos naquela sala sabiam: Tomás de Torquemada. Afonso conhecia sua severidade e tinha também conhecimento acerca das tantas pessoas que haviam sido conduzidas à fogueira por suas ordens — algumas dessas pessoas, dizia-se, apenas por desavenças pessoais, sem que nada tivessem em relação à bruxaria ou a qualquer ato do tipo.

Tremia diante daquele nome, mas ainda assim concordava que sua intervenção se fazia necessária.

Já na manhã seguinte, o padre foi reconduzido à pequena aldeia, dessa vez de carruagem.

Alguns dias após sua visita a Sevilha, um estranho andarilho adentrou na pequena igreja de Esperanza. Havia chegado a pé, suado e empoeirado, trazendo consigo um saco de pano contendo seus escassos pertences. Pediu um prato de comida e, se não fosse abusar da generosidade, também um pouco de vinho.

Quando não havia mais ninguém por perto, apresentou-se discretamente ao padre:

— Sou Gabriel Soldán. Creio que o senhor já foi avisado acerca de minha vinda.

Não possuía mais os modos subservientes de um andarilho. Era um homem com vocabulário perfeito, sendo, por trás da barba e poeira que cobriam seu rosto, possível visualizar olhos desprovidos de sentimento.

O padre o observou. Era o tal "familiar" que haviam se comprometido a enviar até a aldeia.

"Familiar" era uma forma bastante suave para definir uma pessoa que não era nada mais que um delator, um espião. Gabriel era um homem na casa dos 30 anos, magro, barbado e sujo. Trazia consigo pouca bagagem e desempenhava bem o papel de inocente andarilho; ninguém o imaginaria como um espião a serviço dos inquisidores.

— Sim, eu já o aguardava — disse o padre. — Infelizmente, não temos instalações adequadas para recebê-lo. Como pode constatar, nesta aldeia, não existe nem sequer uma pousada, afinal são poucos os caminhantes que por aqui passam. Poderei instalá-lo em um estábulo, caso não se oponha. É um local limpo, aquecido e seguro. Possui bastante espaço, e no momento não há qualquer animal ali.

O familiar percebeu o desconforto do padre diante de sua presença. Estava acostumado; afinal, para os outros, ele não passava de um delator. Sempre havia sido um delator, mas agora ganhava dinheiro com isso. Não promovia intrigas de graça, como sempre havia feito durante sua vida; agora era pago para promovê-las. E, diga-se de passagem, muito bem pago.

Sorriu, mostrando uma fileira de dentes sujos e irregulares.

— Não há qualquer problema, padre. Afinal, o próprio Salvador nasceu em um estábulo, não é mesmo?

Padre Afonso sorriu sem vontade, entretanto Jesus Cristo não era um espião delator como o era aquele homem insignificante à sua frente, e a comparação lhe pareceu um tanto soberba e blasfema.

O estranho permaneceu alguns dias em Esperanza antes de seguir caminho com o surrado saco de pano nas costas e sem se despedir de quem quer que fosse. Nos poucos dias em que ali ficou, realizou alguns serviços em troca de comida, sendo-lhe oferecida pousada em algumas cabanas, convite esse recusado gentilmente. Estava bem instalado no estábulo e, segundo suas próprias palavras, "preferia o mínimo de conforto, a fim de que não adiasse suas andanças".

Talvez não quisesse se apegar afetivamente aos habitantes da pequena aldeia, cujas vidas e liberdade estavam em suas mãos.

Quando Gabriel foi embora, padre Afonso pensou consigo: "Agora a sorte está lançada".

Somente Deus sabia quais informações o familiar estaria levando aos tribunais.

Os dias vindouros foram dias de terror para a pequena Esperanza. Em determinada tarde, uma suntuosa carruagem negra, puxada por seis cavalos da mesma cor, chegou à aldeia e parou diante da igreja.

Dois homens trajando roupas de aparência fina e cara desceram da carruagem e olharam com desdém para os lados, o olhar passando pelos aldeões que os observavam com espanto e curiosidade, sem saber que os forasteiros eram, na realidade, dois agentes da Santa Inquisição.

Os dois homens entraram na igreja seguidos por seis ajudantes armados, deixando para trás e à espera a carruagem e o cocheiro.

Os populares acompanhavam atônitos a chegada dos homens vindos da cidade. Era um fato inédito, afinal jamais qualquer inquisidor havia nem sequer passado por aquele lugar.

O silêncio que se seguiu após a chegada foi motivo para as mais diversas conjecturas. Os dois homens bem trajados foram devidamente instalados nas dependências da igreja, enquanto seus ajudantes ficaram em uma cabana outrora ocupada por uma família, a qual foi desalojada para ceder as instalações aos forasteiros e abrigada na casa de amigos.

Já no dia seguinte à chegada, um grupo de aldeões foi convocado a construir uma espécie de celeiro com cerca de 30 metros quadrados, sem janelas e com uma pesada porta a ser trancada com correntes. Em cada parede, com exceção da parede que abrigava a única porta, foram feitas três fendas estreitas, com cerca de 50 centímetros de altura por 20 centímetros de largura.

Aparentemente se tratava de aberturas para entrada do ar — além do frio, que já se intensificava.

O local tinha todo o aspecto de uma prisão improvisada.

Em seguida, todo o povo foi convocado a comparecer diante da igreja, e assim o fez. Ninguém ousou desobedecer, e até mesmo as crianças compareceram. Por mais humildes e desprovidos de cultura que fossem, todos sabiam que qualquer motivo poderia ser o suficiente para condenação — pouco importando o que tivessem ou não feito. Eram pobres, sem qualquer influência ou educação e nada tinham em seu favor.

Reunida toda a população, um dos forasteiros bem-vestidos surgiu do interior da igreja e postou-se diante dos moradores que aguardavam calados. Mesmo as crianças de colo, que normalmente chorariam aborrecidas por estarem em um local tão desinteressante, pareciam mudas. O inquisidor que estava diante deles era o mais velho, bastante gordo e com uma longa barba branca. O rosto vermelho e a barba davam-lhe um ar de avô, o que contradizia sua função e o motivo de comparecer à aldeia. Foi quase que imediatamente seguido pelo outro agente, este bastante jovem, os cabelos escuros e o rosto liso de quem se barbeia todos os dias — um verdadeiro luxo em Esperanza.

Possuía uma estrutura alta, firme e delgada, contrastando com o companheiro. Colocou-se à frente e apresentou-se aos populares sem maiores delongas:

— Bons dias a todos. Sou o inquisidor Pablo de la Castilla.

Apontou para o outro, complementando as apresentações:

— Este é o inquisidor Manuel Vargas. Viemos a mando da Santa Igreja Católica após denúncias e constatações de bruxaria e heresia.

O silêncio, que já era total, pareceu intensificar-se ainda mais diante daquelas palavras. Embora fossem graves as acusações imputadas, ninguém ofereceu qualquer oposição, todos permanecendo em silêncio como se aguardassem o desenrolar do discurso.

Diante do silêncio, o inquisidor prosseguiu:

— Trago comigo uma relação de nomes referentes a pessoas que procuraram serviços heréticos e de bruxaria, bem como profanaram hóstias consagradas e água benta.

Engoliu em seco e prosseguiu, horrorizado, tentando fazer com que toda a indignação que sentia não transparecesse em sua fala:

— Urinaram na água benta! Que tipo de animal faz uma coisa dessas? Além disso, há pessoas que foram identificadas como judeus, que realizam rituais não condizentes com os rituais Cristãos. Vou ler esses nomes e ordeno que as pessoas mencionadas se apresentem.

A lista de nomes começou a ser lida, e os protestos tiveram início. Os ajudantes dos agentes, ignorados até então, agiram afastando as pessoas que tentavam resistir, utilizando-se de golpes de bastão e, inclusive, desacordando alguns dos inconformados devido à violência das pancadas desferidas.

Ao todo, 22 mulheres e 5 homens foram levados à prisão recém-construída, sob gritos de indignação e protesto.

Após acalmados os ânimos, o inquisidor jovem apontou ao acaso para um dos aldeões.

— Tu.

O homem olhou para os lados, e todos olharam para ele. Não havia feito nada que o comprometesse, mas ainda assim sentiu que sua bexiga poderia esvaziar-se em breve, dependendo de quais fossem as próximas palavras.

— Sabes onde se localiza o campo dos rituais e a cabana da mulher que foi identificada como bruxa?

Tentou falar, mas a voz não saiu. Fez um sinal positivo com a cabeça, o qual não foi aprovado pelo inquisidor, interpretando-o como desrespeito à Santa Igreja. Aproximou-se do homem, quase encostando seu rosto no dele.

— Responda! — ordenou — Ou és mudo?

O homem respondeu finalmente, a voz rouca. Tentava não gaguejar, tornando ainda mais humilhante sua situação, bem como tentava evitar o tremor que começava a tomar conta de suas pernas. Inicialmente, pensou em negar qualquer conhecimento acerca da estranha mulher que vivia na floresta, a fim de não se comprometer; entretanto, sabia que ainda pior seria mentir para aqueles homens. Manteve, portanto, a calma e respondeu:

— Sim. Sei onde é.

— Vamos agora!

Embrenharam-se na mata com o morador da aldeia seguindo à frente, guiando os dois inquisidores e três ajudantes que vinham logo atrás. Os outros três ajudantes permaneceram em Esperanza, a fim de guardar a prisão, enquanto um efetivo maior de homens vindos de Sevilha dirigia-se à aldeia.

O orvalho molhava suas roupas, e o frio mata adentro era ainda mais intenso. Após cerca de meia hora de caminhada, tiveram de parar para que Manuel retomasse o fôlego.

O agente Pablo aproveitou para descansar um pouco também e, após beber um gole de água, perguntou ao homem que os guiava:

— Como é teu nome, aldeão?

O homem tirou o chapéu de maneira respeitosa antes de responder.

— Me chamam Jacinto, sim senhor. Jacinto Sánchez, às suas ordens.

— Falta muito para chegarmos, Jacinto Sánchez?

— Mais alguns minutos de caminhada, sim senhor. Estamos quase lá.

— Espero sinceramente que não estejas tentando nos enganar.

O homem apertou o chapéu entre as mãos, amassando-o. Estava tenso. Sabia o poder que aqueles homens tinham, principalmente diante de um pobre coitado como ele.

— De maneira alguma, senhor. De maneira alguma.

De fato, após menos de 10 minutos, chegaram a um descampado onde puderam visualizar restos de fogueiras e uma espécie de pedra chata e lisa, que formava algo como um altar, elevando-se a um metro e meio do solo.

Manuel Vargas tocou a pedra com o cabo do chicote curto que trazia consigo, depois passou a mão sobre a superfície da pedra, que era tão lisa como se houvesse sido lixada inúmeras vezes.

— Um altar improvisado para sacrifícios. — concluiu.

Apontou ao redor com o cabo do chicote:

— Um lugar pródigo para orgias e rituais. Já presenciei outros locais semelhantes e já obtive relatos de participantes, bruxos e bruxas, que chegavam voando como aves noturnas.

Cuspiu para o lado e murmurou para si: "— Malditos.".

Mexeu com a ponta da bota os restos da fogueira e, entre as cinzas, localizou o que pareciam restos queimados de ossos. Apanhou um dos fragmentos, chamuscado e quebrado.

— Sabe-se Deus a quem pertenceu tais ossos. Talvez às crianças desaparecidas da aldeia. Talvez às crianças mortas pela doença desconhecida. Aposto minha alma que seus pequenos túmulos estão vazios.

— Se me permite, senhor — interveio o aldeão —, mas as crianças mortas foram enterradas no cemitério, entre elas minha própria filha. Eu mesmo compareci aos enterros.

— Não importa! — retrucou o outro, apontando-lhe o chicote. — Bruxas e bruxos não possuem o menor pudor e, por isso, podem violar sepulturas de infantes sem que isso lhes traga a menor perturbação. Um terreno sagrado nada representa para esses emissários de Satanás.

Pablo, alguns metros à frente, ordenou:

— Prossigamos. Quero chegar à morada da bruxa ainda hoje.

— Certamente, senhor. Certamente.

Reiniciaram a caminhada e, em alguns minutos, chegaram a uma espécie de clareira onde havia uma pequena cabana e um poço próximo. A cabana possuía aparência aconchegante e firme, feita com troncos. Era baixa e parecia abandonada, totalmente fechada e sem qualquer adorno que a tornasse menos feia.

Jacinto apontou o local, com o dedo indicador trêmulo:

— Ali.

O inquisidor Pablo se aproximou, encarando-o com expressão que parecia preceder um espancamento. Encostou a ponta do cabo do chicote debaixo de seu queixo, levantou seu rosto, a fim de que o encarasse, e perguntou:

— Como sabes o caminho com tanta propriedade? Qualquer um que não o soubesse não chegaria ao descampado dos rituais e a esta cabana sem antes se perder na mata.

O homem engoliu em seco. Novamente apertava o chapéu nas mãos, dessa vez com mais força.

— Moro na aldeia há tempos, nasci aqui. — respondeu, com a cabeça baixa. — Conheço tudo por aqui como a palma da minha mão, deste modo...

Foi interrompido no meio da frase:

— Chega de invencionices, aldeão. Diga-nos o que ia fazer na cabana da bruxa. Acaso és um adúltero? Acaso pecas contra o matrimônio, deitando-se com uma mulher que não a sua? Acaso participas de orgias? Ou és um herege que se deita com homens, a fim de contrariar o que é disposto nas Escrituras? Vamos, responda!

O pobre aldeão ergueu os olhos indignados. O rosto ficou vermelho, mas não se atreveu a retrucar à altura tamanho desaforo. Tudo, menos afrontar um homem da Santa Inquisição.

— De forma alguma, meu senhor! Confesso que vim até aqui há algum tempo, mas isso foi devido à doença de minha pequena filha, que a propósito veio a falecer sem que...

Pablo deu dois passos à frente e praticamente encostou a testa no rosto do assustado homem, perguntando raivosamente:

— Acaso orações e pedidos ao nosso Senhor não seriam o bastante? Precisavas da intervenção maligna? Vendeste tua alma ao cachudo, por acaso?

As mãos do homem prosseguiram amassando o chapéu, impiedosas. Precisava ocupá-las o máximo possível, caso contrário, socaria o rosto arrogante e bem barbeado daquele maldito inquisidor desrespeitoso, e somente depois de praticado o ato suicida é que pensaria em suas consequências.

Manteve a voz firme e em tom mais baixo.

— De forma alguma, senhor. Vim apenas buscar algum remédio, afinal, como puderam perceber, não há em nossa aldeia...

— Cale-se. Você me enoja.

Empurrou o aldeão para o lado com o cabo do chicote, como se fosse lixo que estivesse em seu caminho, e se aproximou da cabana. Os ajudantes guardaram a entrada com espadas em punho, enquanto ele batia com força na porta da frente.

— Abra! É a Santa Inquisição quem ordena!

Não houve resposta. Voltou-se para os ajudantes e disse:

— Arrombem a porta.

Um único pontapé foi o suficiente para abri-la. O interior da cabana estava escuro e abafado, ali havia apenas uma pequena e estreita cama, um fogão a lenha feito de barro e uma mesa com duas cadeiras de palha. Em um canto, havia o que pareciam ser vários cadáveres de crianças empilhados — ou ao menos era o que se imaginaria em um primeiro momento. Manuel Vargas tapou a boca com as duas mãos e deu alguns passos para trás, sufocando um grito de espanto; após fazer o sinal da cruz e se recompor, deu a nova ordem:

— Abram a janela. Preciso de luz.

Obedeceram, abrindo imediatamente as janelas do local. A luz invadiu o ambiente. e o inquisidor respirou aliviado ao constatar que não se tratava de crianças mortas e empilhadas, mas sim de inocentes bonecas de pano.

— Aproxime-se — ordenou ao aldeão, que prontamente obedeceu e se arrepiou diante da pilha de bonecas, apertando o chapéu amassado contra o peito. Não lhe agradava a ideia de se aproximar daquilo.

— O que me diz sobre isso? — perguntou Vargas.

Jacinto moveu a cabeça em sinal negativo.

— Não faço ideia do que possa ser.

Entretanto, algo lhe chamou a atenção.

— Esperem.

As crianças que haviam morrido e desaparecido da aldeia somavam o número de nove: quatro desaparecidas e cinco mortas. Exatamente o número de bonecas de pano empilhadas.

Outro detalhe chamou ainda mais sua atenção. Sem pedir qualquer permissão ao inquisidor, aproximou-se da pilha e começou a remexê-la com as próprias mãos.

Era impressionante o que tinha diante de si. Todas as bonecas possuíam feições e roupas semelhantes às feições e roupas das crianças que haviam morrido ou desaparecido.

A que estava sobre o topo da pequena pilha aparentava ser do sexo masculino, vestindo calções até os joelhos; possuía cabelos pretos e curtos, e seus lábios, costurados com algo que aparentava lã tingida de vermelho, possuíam uma falha no centro, como se fosse uma cicatriz; ou como o lábio leporino do pequeno José, a criança que havia desaparecido recentemente.

Outra, esta com cabelos longos, amarelos e amarrados em duas tranças, se assemelhava à sua própria filha, que havia deixado o mundo dos vivos no ano anterior após padecer de uma doença que ninguém conseguiu curar ou ao menos identificar o que fosse.

— *Dios!* — exclamou o aldeão, segurando com as mãos trêmulas a boneca que se assemelhava à própria filha.

— Não blasfeme, homem! — advertiu o inquisidor Manuel.

— Essas bonecas — disse, apontando-as e explicando-se, as palavras sendo atropeladas umas pelas outras — são cópias das crianças que morreram ou desapareceram.

Estendeu aquela que tinha nas mãos, com tranças de lã tingidas de amarelo.

— Esta é a cópia de minha filha morta! — disse entre lágrimas.

— Bruxaria. — murmurou o inquisidor Pablo, como que para si mesmo — Estavam corretas as informações do familiar.

Voltou-se para os três ajudantes e gritou:

— Encontrem-na! A bruxa não pode estar longe!

Os homens obedeceram prontamente, mas não tiveram tempo nem sequer de sair da cabana. Ao chegarem à porta, estacaram como se estivessem diante de uma parede invisível.

A alguns metros, do lado de fora, estava a mulher que procuravam. Aquela da qual ninguém sabia o nome, sendo conhecida apenas como "A Ruiva". E era evidente a razão daquele nome: seus cabelos revoltos eram vermelhos como sangue fresco.

Caminhava trazendo um maço de gravetos secos sobre os antebraços estendidos, vestia um vestido fino de tecido, inadequado para dia tão frio. Além disso, caminhava descalça como se estivesse sobre as areias mornas de uma praia em um dia de verão, não sobre o chão duro e quase congelado da floresta. Seus pés brancos como leite não pareciam perceber o desconforto do solo gelado.

O inquisidor Pablo tentou dizer algo, mas ficou mudo diante da beleza e da exuberância do corpo daquela mulher. Bruxa ou não, jamais havia visto mulher tão bela — talvez nem mesmo as Santas fossem tão belas.

Os seios fartos estavam apertados sob o tecido fino, que realçava as curvas de seus quadris igualmente generosos. Virou o rosto para o lado, a fim de não mais vê-la e estendeu a mão que empunhava o chicote curto.

— Alto lá! Fique onde está. Você está presa. Será conduzida e interrogada pelo tribunal do Santo Ofício.

Ela deixou cair o maço de gravetos secos, estendeu a mão direita aberta como se tentasse pará-los e gritou:

— Saiam de minha casa!

Os ajudantes ficaram sem ação. Afastaram-se um pouco da entrada e olhavam ora para Pablo, ora para a mulher ruiva parada a poucos metros deles, sem saber a quem deveriam obedecer.

O inquisidor se voltou para a mulher, ainda evitando observá-la diretamente, como se temendo ser hipnotizado.

— A senhora parece não compreender a gravidade da situação. Recebemos denúncias de bruxaria, de sabás noturnos, de profanação de hóstias. Colhemos provas da veracidade das denúncias, e por isso é importante conduzi-la, a fim de que seja interrogada. A menos que não deseje nos apresentar sua versão, assumindo, desta forma, toda a culpa do que lhe é atribuído.

— Vimos as bonecas! — gritou o aldeão, sendo duramente golpeado nas costas por um dos ajudantes. O golpe o apanhou de surpresa, fazendo com que caísse de bruços no chão e percebendo que a palavra não lhe era autorizada.

— Bonecas? — perguntou a mulher, com um sorriso ao mesmo tempo irônico e sedutor — O nobre senhor acaso não tem algo mais importante a fazer do que procurar brinquedos de criança?

Pablo se aproximou e a esbofeteou, fazendo com que sua cabeça virasse para o lado. Ela tocou a boca após a bofetada, e seus dedos ficaram tingidos de sangue.

— Não admito desrespeito — disse, entredentes, o inquisidor. — Muito menos de uma herege.

Ela sorriu como se ouvisse uma piada, não uma advertência. Seus dentes alvos estavam manchados de sangue.

Seu rosto adquiriu logo em seguida um semblante sério, o semblante de uma pessoa indignada e vítima de grande injustiça. Os olhos duros se suavizaram e ficaram úmidos de lágrimas.

— Sou uma mulher solitária, sem marido e sem filhos. Vivo só nesta cabana isolada, e, se viver em solidão significa ser uma bruxa, então sou uma bruxa.

— Ela confessou! Ela confessou! — gritou o aldeão, apontando-lhe o dedo antes de sofrer novo golpe, desta vez ainda mais forte que o anterior, sendo novamente atirado ao solo praticamente desacordado.

A mulher prosseguiu:

— Quanto às bonecas, é o que faço para passar meu tempo e sobreviver. Sinto muito se isso assusta homens adultos como vocês. Posso assegurar que não passam de inocentes brinquedos feitos com pano e palha, como podem bem verificar. Não há nada ameaçador por dentro ou por fora.

Pablo olhou para os pés da mulher, brancos e aparentemente quentes e macios. Entretanto, seria impossível para um ser humano andar descalço em um dia frio como aquele, e se acaso o fizesse, os pés ficariam roxos de frio quase que imediatamente, escureceriam e apodreceriam com a gangrena, não mantendo durante muito tempo a brancura láctea e a aparência saudável. Ademais, a mulher vestia um vestido leve, apropriado apenas para temperaturas muito quentes e aparentava não sofrer com a baixa temperatura.

— Que tipo de unguento você passa nos pés e no corpo? — perguntou o inquisidor, fitando-a com os olhos semicerrados de desafio, a ponta do cabo do chicote encostada em seu queixo. — Algo feito com a gordura das crianças desaparecidas? Conheço seus ardis, bruxa.

Ela olhou para os próprios pés como se estivesse observando algo que jamais houvesse visto. Olhou novamente para o inquisidor e riu alto, um som que ecoou na floresta ao redor e fez com que os ajudantes, o inquisidor Manuel e o aldeão recuassem assustados. Algumas aves voaram das árvores onde estavam pousadas, distanciando-se. O inquisidor Pablo, entretanto, não se deixou intimidar. Levantou o chicote e ordenou:

— Cale-se, bruxa! Prendam-na!

A mulher não ofereceu qualquer resistência ao ser amarrada e conduzida à aldeia, caminhando entre os homens como se tudo não passasse de um agradável passeio, seus pés descalços pisavam o solo gelado sem que isso parecesse lhe afetar. As bonecas foram enfiadas em um cesto como prova, e o cesto foi carregado por Jacinto, que conduziu os presentes de volta à aldeia.

O trajeto transcorreu silenciosamente, e tudo o que se ouvia eram os passos dos inquisidores e dos ajudantes, calçados em suas pesadas botas, até finalmente chegarem à aldeia trazendo consigo a suposta bruxa, amarrada da cintura até os ombros e impossibilitada de fazer qualquer movimento com os braços. A orientação em amarrá-la de tal forma havia partido do inquisidor Pablo: "— Com um único gesto de mãos, ela pode evocar centenas de demônios".

A mulher ruiva seguiu caminhando normalmente, sem pressa e com um leve sorriso nos lábios vermelhos. Para ela, a situação nada mais parecia que uma grande piada. Era como se aqueles que a conduziam, com semblantes tão sérios e maus, fossem apenas atores de algum circo itinerante, interpretando sempre os mesmos papéis demasiado complexos para seus parcos talentos.

Boa parte dos moradores aguardava a chegada dos homens, ansiosos e revoltados com a prisão de pessoas de bem. Desejavam que aquele mal-entendido fosse resolvido o quanto antes e culpavam uma só pessoa por aquela situação: a mulher de cabelos vermelhos que vivia na floresta.

Tentavam esquecer ou ignorar o fato de que eram *eles* quem sempre a procuravam, afinal alguém precisava ser responsabilizado.

Ao vê-la chegar imobilizada e conduzida, um clima de revolta começou a tomar forma.

— É ela! A bruxa! — gritou um dos aldeões para os moradores, apontando o dedo para o grupo que chegava trazendo consigo a mulher amarrada.

Pedras, barro e frutas podres começaram a ser atirados contra ela, que foi atingida por alguns dos objetos; entretanto, devido à proximidade, também os ajudantes e inquisidores foram atingidos. Uma bola de barro espatifou-se contra o ombro do casaco do inquisidor Pablo e fez com que ordenasse com o chicote em punho e aos berros:

— Parem todos! Esta mulher está sob a custódia do Santo Ofício e não deve ser molestada. Afastem-se!

Apontou para o galpão recém-construído e acrescentou:

— Quem contrariar as ordens fará companhia aos prisioneiros, isso após receber os açoites pela desobediência.

Os ânimos se acalmaram, sendo reduzidos a baixos murmúrios de protesto.

— Bárbaros — murmurou o inquisidor para si próprio, enquanto dava tapas no ombro do casaco, a fim de retirar a terra úmida que o sujara.

A ILHA DA BRUXA

·) ·) ·) ·● ·(·(·(

Um filete de sangue escorria pela testa da mulher ruiva, resultado de uma pedra que havia atingido sua cabeça, mas ela parecia não se importar; o semblante se mantinha calmo como se ouvisse uma bela sinfonia ou contemplasse as maravilhas que a natureza oferece. O filete de sangue confundia-se com seus cabelos, ambos da mesma cor.

Foi encaminhada até a igreja e colocada diante dos inquisidores. O interrogatório prévio foi iniciado pelo inquisidor Manuel:

— Quais são seus bens?

Ela exibiu um sorriso malicioso e nada respondeu.

— Preciso de uma relação de parentes seus — prosseguiu o inquisidor, ignorando o deboche da mulher à sua frente. — Alguém precisa garantir o pagamento de sua alimentação, manutenção e despesas advindas do processo.

Ainda sorrindo, ela disse:

— Vocês é que vieram até mim, caro senhor, e sem serem convidados. Portanto, paguem de seus bolsos.

Manuel e Pablo se entreolharam. Era realmente impressionante a audácia daquela criatura: embora amarrada e em completa desvantagem, parecia não temer o que estava por vir.

Manuel mantinha a serenidade. Apesar de jamais haver se deparado com tamanho desrespeito por parte de um interrogado, ainda assim já havia participado de dezenas de processos, o que fazia com que nada lhe causasse surpresa.

Voltou-se para um dos ajudantes e ordenou:

— Procure uma mulher dentre os moradores. Que seja honesta e, de preferência, velha.

O ajudante obedeceu prontamente e retornou algum tempo depois, trazendo consigo uma senhora bastante idosa. Seus passos não acompanhavam os passos do homem que a conduzia, por isso foi praticamente arrastada até o interior da igreja. Seu semblante demonstrava surpresa e pânico.

A velha se ajoelhou diante do inquisidor Manuel, estendeu as mãos cruzadas e implorou:

— Por amor de Deus, meu senhor! Sou apenas uma pobre velha, nada tenho a ver com o que está acontecendo.

O homem a reconfortou. Colocou a mão sobre sua cabeça e pediu que se levantasse, no que ela obedeceu, embora com dificuldade em colocar o velho corpo na posição normal novamente.

·) ·) 39 ·(·(

A velha senhora lembrava sua falecida mãe, o que trouxe de imediato bastante empatia.

— Acalme-se, mulher. Sua presença é apenas para nos auxiliar. Precisamos que tire as roupas da acusada e verifique se existe algum instrumento de bruxaria costurado e oculto nas roupas ou em suas partes íntimas.

A mulher ruiva riu novamente; dessa vez a risada era ainda mais irônica que antes.

— Deixem a pobre velha em paz! Basta retirar estas cordas que me prendem e terei o maior prazer em me despir diante de Vossas Senhorias. Bem sei que estão ávidos em se deleitar com minha nudez desde o momento em que me viram na floresta, velhos lascivos.

Manuel sacou o crucifixo que trazia preso ao pescoço e oculto pelas roupas, apontou-o para a mulher ruiva e gritou:

— *Vade retro, Satana!*

Ela riu novamente, balançando a cabeça com desdém.

Tendo-se em vista a urgência da situação, vários dos procedimentos legais foram deixados de lado, sendo a mulher ruiva imediatamente conduzida à prisão e desamarrada. Os três ajudantes que a acompanhavam viraram as costas, a fim de não visualizarem seu corpo nu — embora muito o desejassem —, enquanto a velha senhora a despia e conferia com atenção cada centímetro do vestido que usava, o que representava toda sua indumentária. Depois olhou entre as pernas, entre as nádegas e debaixo dos seios avantajados.

— Não há nada — concluiu.

A mulher ruiva foi reconduzida à igreja, e os questionamentos avançaram madrugada adentro, com ela presa a uma pesada cadeira de espaldar reto. Na sala utilizada como sala de interrogatório, encontravam-se os inquisidores, padre Afonso e dois dos ajudantes. Inicialmente, foi-lhe perguntado se gostaria de assumir o fato — confirmado por diversas pessoas — de que praticava *nonnullas maleficas artes*. Como resposta, ela apenas sorriu. Sua voz saiu mansa como uma brisa:

— Vocês o dizem. Se quiserem, podem anotar que sim. Pouco importa o que eu diga, afinal vocês já possuem o veredito.

E cuspiu para o lado.

O inquisidor Manuel, mais velho, experiente e acostumado a lidar com recalcitrantes, interveio com a calma que somente a experiência traz consigo:

A ILHA DA BRUXA

— Senhora, o Santo Ofício possui um propósito, e este propósito é bastante simples de ser compreendido: o propósito é o de erradicar o Mal do mundo. Recebemos informações acerca da morte e do desaparecimento de crianças, mortes misteriosas e que podem ter sido ocasionadas por fórmulas mágicas, encantamentos ou mau-olhado, mas sempre por influência do Diabo. Há fortes indícios de que sejas uma pitônica. Caso tais indícios se confirmem, poderás receber a máxima punição; mas somente se tiveres pactuado efetivamente com o Diabo, a fim de ocasionar malefícios extremos.

Parou para respirar e concluiu:

— Para isso, precisamos que cooperes. Advirto que tua recalcitrância não levará a lugar algum, senão às ordálias e à fogueira.

A mulher o encarava com o leve sorriso ainda fixo nos lábios, parecendo encontrar-se em alguma espécie de transe. Nada dizia, apenas olhava profundamente o inquisidor sem ao menos piscar, provocando no homem uma sensação desconfortável. Parecia que apenas ouvia as palavras, sem nada compreender, como se ele lhe falasse em uma língua estrangeira.

Por alguns instantes, ele teve o ímpeto de olhar para trás, afinal a mulher parecia olhar *através* dele, como se houvesse algo ou alguém debruçado em seus ombros.

O homem pigarreou e perguntou, mais com o intuito de pôr fim ao silêncio do que propriamente obter uma resposta.

— E então? Tens algo a dizer?

— Sim — foi sua resposta, e sua voz era doce como mel.

Ele suspirou. Acreditava que, enfim, suas palavras não haviam sido em vão, e afinal todo o procedimento havia sido bem mais simples do que imaginavam que pudesse ser, sem que houvesse a necessidade do uso de outros métodos para obter sua declaração.

— Pois então diga, minha filha. Prometo que escutarei atentamente e farei tudo o que estiver ao meu alcance para preservar tua alma.

Ela esticou o pescoço, a fim de se aproximar. O inquisidor deu alguns passos em sua direção e virou levemente o rosto para poder ouvi-la melhor.

— O senhor é muito simpático — disse a mulher. — Por isso, prometo que tua morte será breve. Sofrerás as penas do inferno na terra, mas durante pouco tempo.

Ele se afastou como se houvesse sido cuspido no rosto. Os ajudantes se aproximaram, a fim de evitar maiores problemas. Ninguém além dele ouviu o que a mulher havia dito. Estendeu o crucifixo de metal negro que trazia pendurado no pescoço até quase encostá-lo no rosto da insolente.

— Herege — murmurou com os lábios pálidos e trêmulos.

O inquisidor se afastou, apontou o dedo para a mulher e ordenou:

— Que o interrogatório tenha início. E que ela confesse seus pecados e heresias por bem ou por mal!

Caso não houvesse êxito, trariam para o local os objetos de tortura, ou então a encaminhariam até Sevilha — o que seria evidentemente muito mais prático.

O inquisidor Pablo, que a tudo acompanhava em silêncio, se aproximou.

— Permita-me.

Andou lentamente ao redor da cadeira em que a mulher estava sentada e amarrada. Disse com a voz mansa que costumava utilizar no início de todos os interrogatórios:

— És acusada de fazer tratos com o Demônio. Tal acusação procede?

Ela respondeu, ainda com o sorriso insolente e desafiador nos lábios.

— Isso é lá com o Demônio. Pergunte a ele.

Ele moveu a cabeça em sinal negativo. Queria evitar que o interrogatório evoluísse para a tortura, mas começava a perceber que não seria uma empreitada fácil, e talvez nem mesmo desejasse que ela respondesse servilmente às perguntas que lhe eram feitas. Talvez preferisse vê-la atada à roda; teria imenso prazer ao ver sua expressão de deboche ser substituída pela dor intensa.

— Tu falas com os mortos?

— Pergunte aos mortos — foi a resposta.

Ele não desistiu. Prosseguiu sem alterar a voz:

— Várias crianças não batizadas desta aldeia desapareceram de forma misteriosa. Outras crianças morreram de forma igualmente misteriosa, talvez tenham sido vitimadas por magia ou mau-olhado. Essas crianças também não eram batizadas. Responda: mataste-as para formar um *exército furioso*?

O sorriso desapareceu dos lábios da mulher, e o inquisidor Pablo percebeu que, com ou sem o sorriso, ela era igualmente bela. Beliscou a base da unha do polegar, utilizando-se da unha do dedo indicador. Pressionou com tamanha força, que lágrimas de dor surgiram em seus olhos e sangue brotou de sua carne.

Antes a dor que o desejo, ainda mais o desejo por uma herege, talvez uma bruxa.

Ela respondeu:

— Queres saber sobre as crianças mortas e desaparecidas? Queres saber se foi coincidência elas não serem batizadas? Pois bem, então pergunte aos pais dessas crianças. Aproveite para perguntar também acerca do preço que pagaram para ter boas colheitas e conseguir bom preço por seus produtos na cidade. Pergunte, ainda, acerca da curiosidade que algumas pessoas possuem, curiosidade que faz com que me procurem, a fim de falar com os mortos. Pergunte, inquisidor, e se aceita uma sugestão, comece pelas pessoas que estão em liberdade. Há entre elas pecadores ainda piores que aqueles infelizes que estão presos.

Ninguém, até então, havia informado que havia pessoas presas por heresia.

Ela prosseguiu:

— Pergunte também sobre as oferendas deixadas aos mortos; bom vinho e boa comida. Pergunte quem levava hóstias e cruzes para serem profanadas durante as orgias nos encontros noturnos. Não se esqueça de perguntar onde enfiavam as cruzes abençoadas e o que faziam com as hóstias consagradas.

Ao dizer isso, olhou de forma zombeteira para o padre Afonso. O padre fez o sinal da cruz enquanto sua pele perdia a cor. Apontou o dedo para ela e bradou de forma indignada:

— Aprendeste bem com o Pai das Mentiras, bruxa! Estás tentando envolver inocentes em tuas tramoias malignas, mas não lograrás êxito! Não lograrás êxito!

O que ela mencionava eram heresias da pior espécie, atos que conduziriam diretamente à fogueira em praça pública, por isso supunha que não dessem crédito às palavras que saíam daquela boca suja e pecadora.

O inquisidor Manuel se aproximou de Pablo e disse em voz baixa, a fim de não ser ouvido por mais ninguém:

— Creio que a situação se tornou deveras complexa. Parece-me que toda a aldeia, incluindo o padre local, estão envolvidos em atividades demoníacas.

Pablo não apreciou a intervenção do colega, mas não pôde negar que a situação era de fato ainda mais complexa do que aparentava. Devia ser analisada com cautela. Afinal, quem estava fazendo revelações comprometedoras não merecia o crédito necessário.

Não desconhecia o fato de que as bruxas, aliadas ao pai das mentiras, são por sua própria natureza mentirosas. Mentem com a mesma intensidade que pessoas de bem dizem a verdade, motivo pelo qual suas palavras deveriam ser investigadas.

— A primeira coisa a ser feita — complementou Manuel — é construir outra prisão.

Intensa atividade ocorreu na aldeia nos dias seguintes. Dezenas de guardas armados com lanças e espadas vieram de Sevilha, a fim de resguardar as saídas da aldeia. Ninguém entrava ou saía de Esperanza até que os julgamentos, suspensos enquanto a nova prisão não estivesse pronta, fossem concluídos. Os prisioneiros, incluída dentre estes a suposta bruxa, permaneceram presos e sem comunicação com quem estava do lado de fora.

A nova prisão, bem maior que a primeira, foi levantada em poucos dias, enquanto o som das marteladas e do ranger das rodas das carroças trazendo mais lenha e madeira tomaram conta da aldeia de maneira incessante. Por último, construíram uma imensa pira defronte à igreja, rodeada por cinco estacas com dois metros de altura cada.

Boa quantidade de lenha seria consumida após os julgamentos.

Verdadeira histeria tomou conta da pequena aldeia. Os inquisidores realizaram pessoalmente diversas investigações e constataram a prática de rituais pagãos e judaicos em várias das casas. Em uma das cabanas, visualizaram o quarto de dormir de uma das crianças intocado, inclusive com um prato de comida e uma caneca com água fresca ao lado da cama, como se a criança ainda estivesse viva e pudesse retornar a qualquer instante, sentindo fome e sede.

— Recebem visitas dos mortos? — perguntou o inquisidor Manuel ao casal que ali vivia. — É este o motivo da oferenda?

O casal não soube responder a razão daquilo, ou ao menos não encontrou uma resposta que satisfizesse os inquisidores de maneira a não os comprometer.

— Não sei — respondeu a mulher. — Às vezes, algo entra em minha cabeça e faço coisas que não sei o motivo.

O veredito já estava dado e não admitia qualquer contestação.

— Possessão. Levem-na!

A ILHA DA BRUXA

·) ·) ·) ·● ·((· (·

Antes que o marido pudesse esboçar qualquer protesto, houve nova ordem:

— Levem-no também. Quem deita com uma possuída é também um herege. E depois de conduzi-los à prisão, voltem e queimem a cabana até que restem apenas cinzas, e que estas cinzas sejam pisadas até desaparecerem na terra.

O pânico se instalou entre os aldeões, que passaram a promover uma onda de delações contra amigos e vizinhos, a fim de livrar seus próprios corpos da fogueira, cuja lenha formava pilhas imensas, aguardando o momento de ser acesa. Sabiam que a condenação era inevitável, porém desejavam somente uma pena menor, como a prisão e o confisco de bens.

Amigos denunciavam o adultério de amigos, mulheres acusavam vizinhas de *chegarem voando às suas casas durante a madrugada*, após participarem de sabás diabólicos. Pessoas eram acusadas de *cuspir em hóstias consagradas* ou *urinar na água benta da igreja*. Narraram que as hóstias eram retiradas da igreja, a fim de serem profanadas nos sabás, e substituídas por fatias de maçãs.

Padre Afonso, entretanto, relatou que jamais havia encontrado fatias de maçãs no lugar das hóstias consagradas, mas seu relato fez apenas com que ele próprio também se tornasse suspeito. Talvez estivesse tentando proteger os profanadores. Talvez fosse ele um profanador.

Afinal, quem teria mais acesso às hóstias? Ou, no mínimo, quem deveria protegê-las?

Os sabás foram descritos com detalhes. Segundo as descrições, homens e mulheres da aldeia participavam dos encontros, e bruxas desconhecidas também chegavam até o local vindas do céu. Ocorriam sempre nas noites de sexta-feira e sempre terminavam com o nascer do sol. Vários relatos descreviam a presença de pessoas que já haviam morrido há tempos, mas permaneciam íntegras como se ainda estivessem vivas e saudáveis. Tais detalhes eram incontestáveis devido ao fato de essas pessoas se apresentarem nuas nos sabás, e seus corpos não apresentarem o menor sinal de corrupção.

Ocorriam orgias de todas as formas imagináveis. Mulheres se relacionavam sexualmente com homens que não eram seus maridos. Pessoas do mesmo sexo relacionavam-se sexualmente, a fim de ofender a igreja. E, conforme o relato de uma das interrogadas, pedaços das crianças desaparecidas foram servidas como iguaria aos participantes. Segundo vários relatos, os pedaços de carne eram assados em uma fogueira e temperados com vários tipos de especiarias, menos sal.

— Por que não sal? — foi a pergunta feita pelos inquisidores a uma das interrogadas, que tentava a qualquer custo evitar a fogueira e as torturas.

— O mestre não aprecia — foi a resposta.

— Quem é o mestre?

A mulher apenas olhou para baixo e nada respondeu. Manuel ditou ao empregado da inquisição que tomava notas:

— Anote que a interrogada não respondeu ao Santo Ofício quem é o mestre, porém olhou para o chão, dando a entender que o mestre faz parte das profundezas, sendo ninguém menos que o próprio Satanás.

Foi descrito com detalhes a abertura de uma espécie de portal durante os sabás, portal de onde surgia o próprio Demônio na figura de um bode que andava somente com as patas traseiras, como se fosse um homem. Ele era venerado por todos os presentes, e a ele era relatada toda a maldade que havia sido feita até o momento.

A prática da necromancia, segundo os relatos, envolvia a violação de túmulos, para que fossem extraídas partes de cadáveres, as quais eram cozidas até se transformar em um caldo que era ingerido pela bruxa, a fim de efetuar contato com o morto, que respondia qualquer pergunta que lhe fosse feita.

A ruiva continuava na prisão e a tudo assistia, com seus pulsos e tornozelos diariamente presos a pesados grilhões, que antes haviam sido benzidos e aspergidos com água benta. Observava com satisfação o desenrolar dos fatos, como se assistisse aos primeiros passos de uma criança.

O galpão improvisado que servia como prisão, abrigando a mulher ruiva e mais as 27 pessoas que haviam sido presas antes mesmo de sua chegada à aldeia, possuía um único ambiente onde os demais presos se amontoavam nos cantos, a fim de permanecerem o mais distante possível daquela que julgavam ser uma bruxa. Ninguém lhe dirigia a palavra, mas também não a ignoravam. Não se atreviam a ignorá-la. Observavam-na com olhos medrosos, como se não fossem seres humanos, mas pequenos animais acuados.

Em certa manhã, uma mulher se atreveu a perguntar:

— Por que não nos livra? Diga aos homens da cidade que não tivemos parte em tuas bruxarias e sabás. Diga que não fazemos parte do desaparecimento e da morte de nossos próprios filhos. Apenas diga a verdade. Somos todos mães e pais e não merecemos a morte. Se formos condenados, então que seja a uma pena menor, que sejam os açoites, que seja a prisão, mas não o fogo.

Diante da impassividade da mulher ruiva, que parecia surda aos apelos, a outra se ajoelhou diante de seus pés e estendeu as mãos unidas, como que em oração.

— Por favor — implorou. — Salve-nos.

A ruiva a repeliu, empurrando-a com o pé descalço e acorrentado. Ergueu as mãos acorrentadas pelos pulsos e disse:

— Vocês não são nada. São apenas sacrifício. São apenas o instrumento da maldade e da descrença e arderão na fogueira. Terão a honra de arder na mesma fogueira que eu.

A indignação diante daquelas palavras foi total, mas ninguém teve coragem suficiente de protestar.

Estavam condenados. Não havia nada a fazer, por mais que protestassem.

No decorrer dos julgamentos, os éditos de graça foram pregados na porta da igreja. Tais escritos davam ciência, a quem soubesse ler, de que a Santa Inquisição se encontrava na cidade — como se tal fato ainda não fosse conhecido por todos — e estava aberto o *tempo de graça*, o que significava que, dentro do espaço de um mês, os culpados deveriam se apresentar, a fim de receber benefícios, isto desde que se apresentassem de livre e espontânea vontade, o que amenizaria a sentença.

Inicialmente, ninguém se apresentou assumindo a própria culpa durante o período de 30 dias, mas várias pessoas compareceram à presença dos inquisidores para denunciar vizinhos e amigos que, segundo elas, "pareciam realizar alguns atos não condizentes com o que é permitido pela Santa Igreja". Não houve necessidade de torturas maiores, bastava a visão do ferro em brasa ou a advertência de que poderiam ser levados à roda, para que assumissem a própria culpa e delatassem outros amigos e vizinhos.

Posteriormente, foi publicado um édito de fé anunciando a ocorrência dos autos de fé e lidas defronte à igreja as práticas heréticas constatadas na aldeia. Devido ao número extenso de pessoas acusadas e aguardando julgamento, a leitura durou horas e foi realizada pelos ajudantes dos inquisidores, a fim de não os esgotar, prejudicando suas vozes com a leitura.

Havia, afinal, muito trabalho ainda a ser feito.

O édito de fé servia também de alerta àqueles que ainda não haviam sido condenados, para que revissem suas atitudes e não fossem condenados ao mesmo fim.

As informações acerca do que ocorria na pequena Esperanza foram encaminhadas ao inquisidor-geral que, ao ser informado do que se passava, solicitou ao conselho a autorização para se realizar o auto de fé. Recebida a autorização, despachou um édito aos inquisidores Pablo de la Castilla e Manuel Vargas, determinando a data. Seria realizado logo após o prazo de 30 dias.

Um mensageiro, montado em um cavalo branco e veloz, entregou a carta com o selo do inquisidor-geral aos inquisidores de Esperanza, que a abriram imediatamente e leram a resposta.

Como era de seu tom, o inquisidor-geral Tomás de Torquemada foi breve e incisivo, sem quaisquer rodeios ou palavras desnecessárias: os autos de fé estavam autorizados, e as penitências públicas podiam ocorrer.

A data foi informada aos aldeões, bem como a prática dos atos que levaram à realização do auto, dentre eles bruxaria, práticas de adivinhação — em especial, a necromancia —, blasfêmias, judaísmo, paganismo, adultério, fornicação e falso testemunho em defesa dos acusados de heresia.

Um palanque foi erguido para que os inquisidores lessem os sermões de abertura e encerramento do auto. Da mesma forma, seriam lidos no palanque as sentenças e os nomes dos condenados que seriam executados ou condenados à prisão.

Ao lado do palanque, foram erigidas cinco forcas. Os trabalhos deveriam ser otimizados, afinal 25 populares foram condenados à morte por enforcamento e, executando-se cinco de cada vez, o tempo seria abreviado. Os inquisidores estavam ansiosos para partir daquela aldeia.

O público para a leitura das condenações e execuções não seria muito grande, afinal havia restado poucas pessoas em Esperanza, e de Sevilha viriam apenas algumas autoridades locais e clérigos. A população dificilmente se deslocaria tamanha distância para assistir a um auto de fé.

Tendo-se em vista o tamanho reduzido da aldeia, a procissão da cruz verde foi dispensada. Simplesmente seguiriam os condenados até o sítio improvisado defronte à igreja. Não havia a necessidade de exposição pública para a intimidação de potenciais hereges. Tão somente as execuções seriam mais que suficiente.

Padre Afonso, apesar de haver sido a pessoa que levara ao conhecimento da Inquisição o que vinha acontecendo na aldeia, também foi condenado, mas sua pena foi relativamente branda diante das penas atribuídas às outras pessoas. Inicialmente, o inquisidor Manuel sugeriu que ele fosse executado por enforcamento — uma execução menos cruel que a fogueira, afinal sua condição de padre deveria ser considerada. Havia sido julgado por conivência com a heresia — não havia sido diligente o suficiente, talvez até mesmo de forma proposital, a fim de evitar que a aldeia onde mantinha sua Igreja padecesse com tantos atos de heresia.

Entretanto, sua pena não foi tão severa: ficaria preso em um mosteiro durante um ano, tempo este que ocuparia "meditando" e "refletindo sobre seus pecados". Durante o cumprimento de sua prisão, as autoridades eclesiásticas decidiriam se ele seria ou não expulso da Igreja e excomungado.

— Caso seja expulso da Santa Igreja, poderá arrumar um bom lugar como padre em missas negras — disse Manuel, ironicamente.

Ao todo, 25 pessoas foram enforcadas e 37 queimadas na fogueira diante da igreja. Os gritos e a fumaça oleosa encheram a aldeia durante dias seguidos. Quarenta e cinco pessoas foram condenadas à prisão, entre penas que variavam de um a cinco anos, e foram conduzidas até Sevilha, a fim de dar cumprimento à pena. Dentre as pessoas condenadas à prisão, estava Jacinto Garzía, o mesmo que acompanhou os inquisidores até a cabana da mulher de cabelos vermelhos. Escapou por muito pouco da morte devido ao fato de haver colaborado com os inquisidores.

A mulher de cabelos vermelhos, por sua vez, foi deixada por último. Fizeram questão de que observasse todas as condenações e execuções até chegar sua vez, tendo total ciência do que lhe aguardava.

A população havia sido reduzida a menos da metade. Todos foram convocados a comparecer diante da igreja, para presenciar a execução da mulher que, segundo eles, havia sido a causadora de toda a tragédia que se abateu sobre Esperanza. Mas o momento não era de júbilo, estava muito longe de ser algo gratificante para aqueles que conseguiram sair ilesos dos julgamentos. Nenhuma família escapou ilesa; em cada uma, ao menos um de seus membros sofreu alguma condenação.

Estavam fartos de presenciar as atrocidades praticadas pelo Santo Ofício, fartos de ouvir os gritos dos condenados e sentir o cheiro de suas carnes em chamas. Queriam apenas que tudo terminasse e duvidavam que a pobre Esperanza continuasse a existir. O desejo de todos os que ali restaram era ir embora quando tudo terminasse, tentando esquecer o que haviam vivido e presenciado. A aldeia ficaria para trás, esquecida. Os acontecimentos a haviam transformado em um lugar de más lembranças, um local para sempre amaldiçoado.

O céu estava claro e sem qualquer nuvem a macular sua cor azul. Apesar de ser inverno, a temperatura se apresentava agradável.

O que causava estranheza era o fato de não haver qualquer ruído de pássaros, os quais sempre chilreavam alegres no meio das manhãs, horário em que o sol brilhava com intensidade. Pareciam assistir silenciosos ao desenrolar dos fatos, como os demais espectadores que ali se encontravam.

A mulher ruiva, última a ser julgada, foi conduzida até a pilha de lenha que seria transformada em fogueira diante da igreja, no mesmo local onde haviam sido queimadas mais de 30 pessoas nos últimos dias. O cheiro de carne queimada no local era quase insuportável, enchia o ar, grudava-se em tudo ao redor e fazia com que os gritos de desespero ainda ecoassem, como o lamento de fantasmas.

O inquisidor Manuel Vargas leu todas as acusações que lhe eram imputadas: bruxaria, heresia, profanação de instrumentos sagrados, assassinato de crianças, dentre tantas outras, incluindo fornicação e adultério, os quais ocorriam durante seus sabás noturnos.

Tudo era fundamentado apenas nas acusações dos condenados que haviam tentado salvar-se ou minimizar suas penas, dizendo aos inquisidores o que queriam ouvir.

Ao terminar a longa leitura, Manuel complementou:

— Tens a oportunidade de confessar tudo o que lhe é imputado. Tens, ainda, a oportunidade do arrependimento sincero, a fim de que tua alma seja poupada do inferno. O que dizes?

A mulher permanecia impassível, como se não fosse sua a vida prestes a ser consumida pelo fogo, e seu silêncio foi interpretado como assunção de culpa.

Foi amarrada fortemente ao poste por dois dos guardas, sobre um monte de lenha seca. Não resistiu. Encarava-os com uma expressão que podia ser definida como uma espécie de ternura e agradecimento, uma expressão, ao mesmo tempo, resignada e sedutora. Seus cabelos vermelhos e revoltos pareciam brilhar ao sol. A pele não apresentava a palidez típica procedente do terror daqueles que estão à beira de uma morte cruel. Seus lábios pareciam ainda mais carnudos, úmidos e vermelhos, como se a situação lhe trouxesse uma sensualidade atípica, ou como se todas as mortes que havia assistido até chegar sua vez houvessem sido indiferentes ou, ainda pior, excitantes.

Permaneceu calada, encarando ora o inquisidor, ora as pessoas que assistiam ao auto de fé. Havia cansaço no semblante dos espectadores, os quais pareciam não mais odiar a bruxa, causadora de toda a desgraça; parecendo-lhes indiferente o fato de que ela pagaria pelo que havia causado. Acaso sua morte traria os tantos outros mortos de volta?

Antes que a lenha aos seus pés fosse acesa, Manuel disse:

— Há algo que quero saber.

Um dos guardas trouxe o cesto de palha trançada que continha as bonecas encontradas na cabana.

Ele retirou do cesto uma das bonecas de pano, esta representando uma menina de cabelos escuros. Observou-a durante algum tempo e guardou-a novamente.

— Por que as bonecas? Os pais reconheceram nelas as feições das crianças mortas e desaparecidas. Que espécie de troça é esta?

A mulher fechou os olhos e inclinou a cabeça para o alto, como se sentisse um cheiro agradável ou escutasse uma bela sinfonia. Adquiriu uma expressão sonhadora. Abriu novamente os olhos e perguntou:

— Não são vocês que dizem que os Santos são incorruptíveis, inquisidor? Não são as pessoas que morrem sem pecado, ou em sacrifício, incorruptíveis? Pois bem. Para mim não passam de bonecos, que não se deterioram ou apodrecem. A fé, a santidade e a inocência não passam de uma grande mentira, não passam de uma brincadeira como crianças brincando com bonecas.

O homem ficou pálido diante de tamanha afronta, deu alguns passos para trás e sacou o chicote curto que trazia sempre consigo. Olhou para o inquisidor Pablo, que estava com as mãos na boca como se tentasse sufocar um grito, igualmente chocado com a afronta e blasfêmia daquela mulher já em vias de ser executada e a quem era dada uma chance de se arrepender.

— Bruxa! — gritou o inquisidor Manuel. — Respeite ao menos os Santos! Respeite ao menos a Santa Igreja!

Voltou-se para os espectadores presentes, os braços abertos como se desejasse abraçar a todos simultaneamente:

— Ela não respeita nem mesmo a Fé.

Voltou-se, em seguida, para os guardas e ordenou:

— Acendam a fogueira.

— Esperem!

Tudo caiu novamente em silêncio. A mulher ruiva havia abandonado a expressão zombeteira que trazia no rosto e estava com o semblante sério. Uma seriedade que não havia adotado até então. Sua testa alva apresentava um vinco, como se estivesse preocupada ou houvesse tomado consciência do que a aguardava naqueles instantes finais.

Talvez anunciasse o arrependimento, o que poderia ser considerado uma vitória para o Santo Ofício — embora não a livrasse da morte.

Prosseguiu:

— Procure no cesto — disse ao inquisidor Manuel. — Há algo ali que irá lhe interessar.

Ele nada disse, apenas observou as bonecas amontoadas dentro do cesto e visualizou uma que não havia percebido antes, embora estivesse acima de todas as outras. Parecia haver se materializado sem que percebessem. Retirou-a e estremeceu diante do brinquedo: era a retratação em pano e palha de um homem corpulento, enfiado em um pesado casaco negro e ostentando uma longa barba branca. Até mesmo o chapéu negro, com abas largas, havia sido reproduzido.

Era ele, retratado em um boneco de pano e palha.

Tinha certeza de que o objeto não estava ali há poucos instantes, e estaria disposto a morrer ele próprio na fogueira se tivesse de afirmar o contrário.

O poder da bruxa era ainda maior do que imaginava.

— Maldita — murmurou para si mesmo. Atirou a boneca que representava uma paródia de si mesmo de volta ao cesto como se queimasse suas mãos. Voltou-se para um dos guardas que segurava a tocha acesa e ordenou:

— Queime.

Acrescentou olhando teatralmente para o pequeno ajuntamento de pessoas que a tudo assistia:

— E que Deus tenha piedade de sua alma.

A tocha foi tocada na pilha de lenha seca aos pés da mulher amarrada ao poste, e as chamas começaram a arder, lambendo seus tornozelos descalços.

Manuel se aproximou, estendeu a cruz diante dela e suplicou:

— Por favor, arrependa-se. Ainda há tempo.

Ela virou o rosto para ele e sorriu. As chamas aumentaram de intensidade e já começavam a assar seus pés. Logo subiriam pelo vestido de tecido fino e queimariam seus cabelos. Sua nudez seria revelada por poucos instantes, antes que o fogo a consumisse. Em pouco tempo, seria reduzida a uma tocha ardente. Demoraria alguns instantes, que para ela pareceria uma infinidade de tempo até que a fumaça finalmente entrasse em seus pulmões e a asfixiasse, enquanto seu corpo se reduzisse a carvão e cinzas, tornando-se negro, encolhendo e chiando como um pedaço de gordura sobre uma chapa quente.

Parecia alheia ao sofrimento que a aguardava.

— Não esqueci que lhe prometi que sua morte seria breve — disse ao inquisidor Manuel, sua voz quase ensurdecida pelos estalos dos gravetos secos que já queimavam com força, as chamas já atingindo as achas de lenha.

Nesse instante, ele deixou cair a cruz e levou as mãos ao peito. Era como se mãos fortes e invisíveis surgissem de dentro de si, esmagando seu coração e pulmões com a mesma facilidade que se esmaga uma fruta podre. Não conseguiu gritar, ou imaginar o que poderia acontecer caso a sensação persistisse por mais tempo. Tombou como uma estátua de pedra sem ao menos conseguir fechar os olhos e a boca. O rosto completamente azulado já estava sem vida antes mesmo de atingir o chão.

O corpo estirado no chão sofreu um espasmo e tossiu, expelindo sangue pela boca e pelas narinas.

Pablo se afastou do corpo do companheiro morto. Tentou sacar a cruz que trazia pendurada no pescoço, mas sua tentativa desesperada somente arrebentou o cordão que a sustentava, fazendo com que caísse no chão, emitindo um ruído metálico. A mulher riu.

— Vês? Nem mesmo a cruz te acha digno de segurá-la.

Os guardas se afastaram. Durante todo o tempo em que haviam acompanhado os inquisidores durante julgamentos e execuções, jamais haviam presenciado manifestação de poder como aquela. As chamas envolviam o corpo da mulher amarrada, mas estranhamente não a queimavam. A lenha já ardia e estalava, mas ela parecia imune ao fogo.

O inquisidor, igualmente, jamais havia presenciado cena semelhante. A essa altura, a mulher já deveria estar gritando, tomada pela dor e pelo desespero, isso se já não estivesse morta. Deveria estar pendendo sem vida do poste a que estava amarrada.

Alguns populares se aproximaram. Queriam ter a certeza de que o fogo não a consumia. A fumaça densa a ocultava dos olhares curiosos, fazendo com que se aproximassem ainda mais para a observar.

— Morra, bruxa! — gritou Pablo, com o dedo indicador em riste. — Facilite tua morte, vá logo para os portões do inferno, onde Satanás te aguarda!

Ela riu. Sua risada superou qualquer som que pudesse soar naquele instante. Foi uma risada que rasgou a manhã ensolarada, sem uma nuvem no céu. Pessoas que haviam se aproximado afastaram-se imediatamente, algumas correram aterrorizadas. Sorrindo para Pablo, ela disse com a calma de quem ensina algo novo a uma criança:

— Não, inquisidor. Quem vai morrer é você.

Antes mesmo que a frase terminasse, ele sentiu forte frio no estômago ao ouvir aquelas palavras ditas de forma alta e clara como se fossem uma profecia ou alguma ordem superior que devesse cumprir de imediato, sem o direito de questionar.

Logo percebeu que o que sentia no estômago não era frio, mas intenso calor. Tocou o casaco na altura da barriga e certificou-se de que não se tratava de impressão: um forte calor emanava, de fato, do interior de seu corpo, como se houvesse engolido chumbo derretido; e devido ao calor dentro de si, fumaça começava a surgir em suas roupas, seguida pelo odor de pano queimado.

Água. Precisava de água com urgência. Foi o que gritou aos guardas: "— Água!".

O cheiro de tecido queimado agora se misturava ao cheiro de carne queimada. Um dos guardas aproximou-se com um balde cheio de água, que mantinham ao alcance para o caso de fugir de controle o fogo que consumiria a herege. Apesar de a água não ser potável, Pablo mergulhou o rosto no balde e bebeu como beberia um animal sedento, a fim de fazer cessar o ardor. A queimação, entretanto, não diminuiu, e a água pareceu ferver dentro de si. Sentiu-a alimentar o calor, como se fosse óleo atirado sobre o fogo. Tentou gritar por socorro, mas dessa vez o que saiu de sua boca foi algo vermelho e quente, semelhante ao magma de um vulcão.

Eram suas próprias entranhas cozidas pelo calor intenso e que haviam se liquefeito, tornando-se semelhante a uma sopa quente e densa.

A mulher amarrada ao poste ria como se assistisse ao espetáculo de algum palhaço itinerante. Mais guardas se aproximaram com baldes e atiraram água sobre Pablo, que rolava no chão e agonizava. Tossia e expelia bocados vermelhos e fumegantes da massa em que havia se transformado suas vísceras.

Não houve qualquer efeito. A gosma vermelha e quente saía por seus ouvidos, boca e narinas. Os olhos derreteram, a fim de que os globos oculares vazios dessem espaço para a saída de mais matéria vermelha. Algum tempo depois, ele ficou imóvel. As roupas folgadas em seu corpo, como se houvesse murchado.

Nesse instante, conseguiu gritar, e seu grito desesperado quase superou o som das risadas da mulher, que se divertia com a cena.

Utilizando-se do restante das forças que ainda possuía, esticou o braço e agarrou a cruz de metal caída no chão ao seu lado. Quando a tocou, seu corpo entrou em combustão e foi consumido pelas chamas, como se fosse feito de palha seca, igual às bonecas amontoadas dentro da cesta. Em pouco tempo, tudo o que restou de sua passagem sobre a Terra foram cinzas que o vento se encarregou de espalhar.

A cruz, que era agarrada fortemente por sua mão direita antes de se transformar em cinzas, permaneceu incólume.

A mulher ria enquanto as chamas que deveriam consumir seu próprio corpo continuavam a aumentar sem que obtivessem qualquer efeito sobre ela.

De repente, ela desapareceu diante de todos que a observavam, como se seu corpo houvesse se transformado na mesma fumaça que a envolvia. Tudo o que restou foi o fogo, as cordas que a prendiam ao poste e o próprio poste. Ela desapareceu.

Os guardas não sabiam que atitude tomar diante de dois inquisidores mortos, sendo um deles reduzido a cinzas.

Não fazia sentido continuar ali. Montaram em seus cavalos e galoparam na direção de Sevilha o mais rápido que o vigor dos animais permitisse.

A escassa população que ali se encontrava fugiu aos berros, como se o próprio Demônio estivesse aos seus pés.

Esse foi o fim da pequena aldeia chamada Esperanza. O passar do tempo e o abandono fizeram com que a floresta voltasse a possuir o que lhe era de direito, retomando o espaço que havia sido desmatado para se construir a aldeia. A localização se perdeu e deixou de constar nos mapas. Tudo o que foi encontrado futuramente foram os restos do que parecia ter sido, um dia, uma igreja, que desabou devido ao abandono. O grande crucifixo de ferro estava coberto de plantas que se entrelaçaram a ele, como se tentasse ocultá-lo, e a umidade fez com que enferrujasse de modo irrecuperável.

A história de Esperanza foi esquecida com o passar dos anos, assim como a história das dezenas de execuções e prisões que lá ocorreram, inclusive a morte de dois inquisidores durante um auto de fé. Dois inquisidores de quem não mais se lembravam os nomes e não mais se encontravam em quaisquer registros.

Ninguém mais comentou acerca da estranha mulher de cabelos vermelhos que desapareceu diante dos olhos de várias pessoas enquanto deveria arder na fogueira.

Caiu no esquecimento como caem as lendas que deixam de ser contadas.

A mulher, entretanto, ressurgiu longe dali, em uma civilização com idiomas e costumes diversos. Os anos passaram, somando décadas e séculos, e ela continuou sua jornada sem fim de semear descrença e destruição. Por vezes, surgia em algum local com a aparência da ruiva sensual e voluptuosa que tantos homens já havia seduzido. Em outros locais ostentava a aparência de uma idosa centenária — o que ainda assim representava muito menos que sua idade real.

Pequenos povoados ao redor do mundo receberam sua visita ao longo dos séculos, e vários desses povoados, como ocorreu com a pequena aldeia espanhola outrora chamada Esperanza, desapareceram do mapa e da história após sua visita. Sua presença trazia consigo intrigas, maldade e histeria, geralmente culminando em tragédias que vitimavam famílias inteiras. A popularização das armas de fogo e dos meios de comunicação facilitou consideravelmente sua função de trazer dor e sofrimento à humanidade: uma única pessoa que fosse convertida para seu lado e se tornasse adepta de suas ideias poderia ocasionar desgraças ainda piores do que a ocorrida em Esperanza, e isso sem demandar tanto tempo e tanto empenho.

A descrença, com o decorrer dos séculos, se tornou algo bastante comum, tornando- se muito fácil preencher corações e mentes vazios. Corações e mentes vazios eram, na opinião da misteriosa mulher, folhas de papel em branco que poderiam ser preenchidas com os desenhos e com as cores que ela bem entendesse.

Na década de 1920, conheceu pessoalmente, na Inglaterra, um charlatão e pervertido sexual, cocainômano e que sacrificava animais domésticos, dando a si mesmo o título de mago. Atendia pelo nome de Aleister Crowley, embora este não fosse seu nome de batismo.

Os poderes que alegava possuir não o impediram, entretanto, de morrer esquecido e em absoluta miséria. Porém, suas ideias de o homem ser livre para fazer o que bem entendesse em razão da ausência de qualquer divindade sobreviveram à sua penúria. O livre arbítrio e a total falta de escrúpulos (afinal, segundo o finado senhor Crowley, "o homem é Senhor de si mesmo") faziam com que mulheres como ela não mais fossem temidas como antes, facilitando o seu processo de sedução, independendo da forma em que se apresentasse.

Alguns eram seduzidos por sua beleza de mulher jovem. Outros eram seduzidos por sua sabedoria de mulher muito idosa, que parecia saber acerca de tudo e já ter visto tudo ao longo de sua existência.

E acaso já não havia visto?

Popularizava-se o consenso de que as bruxas — quaisquer bruxas — eram pessoas do bem, unidas às forças da natureza e propagadoras de bons fluidos ao mundo. E era bom que todos acreditassem nessa nova definição. Desse modo, as bruxas que possuíam como objetivo maior o de arregimentar almas para Satanás passavam despercebidas. Nada mais representavam que histórias infantis contadas para assustar crianças.

Ela passou a ser apenas uma lenda. E como uma lenda, passou a ser ignorada; isso para ela era bom.

Ser ignorada atendia aos seus propósitos.

BRASIL. TEMPOS ATUAIS

I

A ideia parecia bastante simples: partiriam na sexta-feira pela manhã e, se tudo corresse bem, em cerca de três horas chegariam à pequena localidade de São Bento, onde realizariam entrevistas em vídeo com os moradores mais antigos, conhecedores das histórias e lendas locais. Seguiriam, então, para a pequena ilha, que embora não possuísse uma nomenclatura oficial, era conhecida como "Ilha das Bonecas", por alguns, e "Ilha da Bruxa", por outros. Na ilha, registrariam tudo o que houvesse de interessante — e certamente haveria na pequena ilha bastante material para o canal de terror que haviam criado no YouTube.

O canal "Casa da Dor" iniciou de maneira despretensiosa, apenas um espaço onde dois amigos — Eduardo e Alex — comentavam e avaliavam filmes de terror clássicos, inaugurado com uma análise minuciosa do filme *O Exorcista*, ocasião em que foi dissecada sua ficha técnica e todas as curiosidades que envolviam produção e pós-produção. O primeiro vídeo foi realizado de forma bastante amadora: os dois amigos tentando parecer descontraídos, mas visivelmente intimidados pela câmera do celular que tinham diante de si; os relatos e as trocas de ideias acerca do filme parecendo algo um tanto ensaiado.

Ao analisarem o vídeo, a reação foi a mesma entre os dois: estava uma porcaria sob qualquer ponto de vista técnico. Demonstrava completo amadorismo, mas ao mesmo tempo trazia consigo algo mais: passava sinceridade ao espectador. Era inegável que os dois rapazes sabiam do que estavam falando e, mais importante, *gostavam* do tema abordado.

Era o que tinham. Apesar de muito aquém do que desejavam, aquele era seu primeiro vídeo.

Alex criou uma vinheta e até mesmo um tema musical bem curto para a abertura — desse modo, não estariam violando direitos autorais e não correriam o risco de serem bloqueados logo no início.

O nome dado ao canal, "Casa da Dor", homenageava um dos conjuntos musicais preferidos de Alex, o conjunto de hip-hop irlandês "House of Pain", e se adequava à temática abordada nos vídeos que surgiriam.

Após terminado o vídeo que inauguraria o canal, os dois o assistiram por diversas vezes em busca de algum erro. Parecia razoável, desde que deixado de lado o visível nervosismo dos dois participantes, mas ao mesmo tempo nada que comprometesse a qualidade do material. Os dois utilizavam uma boa dicção, não gaguejavam e traziam consigo informações relevantes a quem se interessasse pelo gênero ou pelo filme que era discutido.

O momento em que disponibilizaram o primeiro vídeo na plataforma foi um momento solene, os dois bastante sérios e em total silêncio. A sorte estava lançada. Nada tinham a perder, embora desejassem que a nova empreitada obtivesse um mínimo de sucesso e relevância para que se animassem a prosseguir.

Eduardo foi quem idealizou o canal. Típico adolescente de cidade pequena, com seus óculos de grossa armação e algumas espinhas ainda remanescentes aos 18 anos de idade, não tinha com quem dividir seu excêntrico gosto pelos gêneros terror e horror em suas diversas formas: livros, filmes, histórias em quadrinhos e jogos eletrônicos. Para completar, o único cinema da cidade havia sido vendido e transformado em Igreja Evangélica; deste modo, decidiu criar o canal como um meio de comunicação com outras pessoas que possuíssem gostos semelhantes aos seus — essa havia sido a intenção inicial, bastante modesta, à princípio.

Os resultados iniciais, entretanto, superaram até mesmo as melhores expectativas: já no primeiro dia em que o canal foi ao ar, contabilizou mais de 100 acessos, obteve mais de 50 seguidores e 10 comentários positivos. Ou seja, não estava tão ruim quanto imaginavam.

A divulgação inicial foi feita de forma singela, apenas a amigos do colégio onde estudava. A partir daí, foi divulgado também em redes sociais, nas quais usuários compartilhavam os vídeos e recomendavam o canal "Casa da Dor".

Em pouco tempo, vários amantes do gênero — alguns residentes até mesmo fora do país — acessavam o canal em busca de informações e novidades, o que fez com que houvesse no mínimo uma atualização semanal.

Alex se encarregava da edição dos vídeos, embora só estivesse na cidade nos finais de semana; cursava o primeiro semestre da faculdade de Jornalismo na capital, mas dedicava boa parte de seus finais de semana à edição.

Eduardo, por sua vez, se encarregava da tarefa de garimpar material para análise e preparo dos textos.

A vantagem de viver em uma cidade pequena era o fato de não haver praticamente nada interessante a se fazer, o que permitia manter o foco.

Com o número de seguidores e acessos ao canal aumentando diariamente, as atualizações passaram a ser ainda mais constantes, bem como foram ampliados os assuntos abordados; além da análise de filmes, acrescentou-se a análise de perfis de *serial killers* famosos e a uma *live* semanal, em que se entrevistava alguém envolvido na área do terror.

Os patrocinadores começaram a surgir, e a monetização dos vídeos já se apresentava como uma possibilidade real. O conteúdo, apesar de forte para pessoas mais sensíveis, não era ofensivo a quem quer que fosse.

As entrevistas, realizadas on-line e geralmente a distância, possibilitavam o envolvimento com pessoas que estivessem em qualquer local do mundo.

A ideia, que no início parecia mero passatempo, passou a constituir fonte de renda. O trabalho era manter atualizados o canal e as páginas nas redes sociais, que passaram de mero entretenimento, para também divulgação de produtos diversos e, até mesmo, espaço para colaboradores, os quais enviavam críticas, análises e resenhas às páginas do "Casa da Dor", de forma voluntária, tendo seu material publicado sem qualquer custo. Atualmente, o número de colaboradores fixos passava de 30, possibilitando que as páginas fossem atualizadas diariamente.

Os donos e administradores do canal jamais haviam tomado conhecimento acerca da lendária e desconhecida ilha, até ser realizada, por Eduardo, uma entrevista cuja pauta era "Bonecos e sua Contribuição para o Cinema de Horror".

O convidado especial daquela *live* era um aspirante a diretor de filmes de terror chamado Adonis, que buscava bancar uma produção independente após tentar, sem êxito, a obtenção de patrocínio em órgãos estatais e empresas privadas. Conscientizara-se de que não havia no Brasil interesse em destinar verba pública a uma produção que não fosse a biografia de alguém, reescrevendo-lhe a verdadeira história, ou alguma comédia geralmente estrelada por atores de telenovelas.

O terror ficava de fora, principalmente quando a produção e a direção eram assinadas por um iniciante sem qualquer trabalho relevante no currículo; e a questão que o jovem aspirante a diretor lançava era a seguinte: "como seria possível qualquer trabalho relevante anterior, se ninguém oferecia uma oportunidade"?

A conversa a distância com o convidado iniciou com a abordagem do conto clássico "O Homem da Areia", de Ernst Theodor Wilhelm Hoffmann, salientando sua inegável influência para produções cinematográficas do gênero nos séculos XX e XXI.

Adonis era uma figura intrigante. Todo vestido de preto, os cabelos fixos com gel e penteados para trás, uma barbicha pontuda e anéis de prata com motivos de terror em seis dos 10 dedos, jamais se deixando desanimar pela falta de incentivo e patrocínio.

— Às vezes, isso representa uma motivação a mais — dizia. — Sem verba, a gente se vê obrigado a fazer como o José Mojica Marins fazia: colar pedaços de película, buscar atores que trabalhem por amor à sétima arte, meter a cara e fazer o filme sem dinheiro mesmo; ele provou por diversas vezes que é, sim, possível, e seus filmes estão aí para provar. O Zé do Caixão sobreviveu ao José Mojica, e ainda hoje serve de referência para muito cineasta gringo. Seus filmes já foram elogiados até pelo Roger Corman!

As dificuldades de se fazer um filme de terror no Brasil foram abordadas durante a conversa. O gênero era, ainda, alvo de bastante preconceito.

— É trabalho para doido e, ao mesmo tempo, é uma situação a ser analisada e debatida. Veja só: Stephen King, com o perdão do trocadilho, vende "horrores" por aqui. Os mortos-vivos do George Romero são sucesso até hoje, o seriado *Walking Dead* teve uma baita audiência no Brasil, mas ainda não há espaço para o terror nacional — e estou me referindo a todos os formatos: livros, filmes, HQs.

— Estamos falando de um país com um folclore riquíssimo, desde lendas urbanas até os "causos" contados no interior. Há preconceito, sim, sem dúvida. O brasileiro não valoriza o próprio produto.

O filme de Adonis estava em seus preparativos iniciais, após algum dinheiro haver sido levantado especialmente junto aos apreciadores do cinema por meio do sistema *crowdfunding* e de algumas empresas — mercados de bairro e lojas menores — que teriam como recompensa seus nomes mencionados nos créditos do filme, na qualidade de patrocinadores.

A ILHA DA BRUXA

Atores iniciantes foram escalados em cursos de teatro. Teriam como pagamento a oportunidade de atuar em seu primeiro filme. Se o filme fosse um sucesso, serviria como uma ótima menção no currículo; se ocorresse o contrário, bastaria não mencionar a participação.

O tema do filme era o ventriloquismo e seus respectivos bonecos.

— Boneco é um negócio sinistro — disse o convidado. — Existe até mesmo uma fobia por eles, do mesmo modo que tem gente que se apavora com altura, com lugar fechado e coisas do gênero.

Leu um pequeno papel que trazia consigo e prosseguiu:

— O nome é meio complicado, chama "automatonofobia", e por isso a questão do boneco no filme de horror é algo que sempre atrai a atenção. No fundo, bem lá no fundo, todos nós temos certo receio, ou medo mesmo, dessas criaturazinhas que parecem gente em menor escala e parecem que estão sempre nos vigiando, não importa a posição em que estejam. Já percebeu? Não importa o lugar onde estão, parece que sempre estão olhando diretamente para você.

A conversa evoluiu para um aspecto mais psicológico, envolvendo a atração que as pessoas inevitavelmente sentem pelos seus mais profundos medos. Mas como ninguém ali possuía formação em Psicologia, decidiram voltar ao tema original antes que dissessem alguma besteira, o que certamente seria percebido pelos ouvintes, sempre atentos.

Discutiram sobre os clássicos bonecos de vodu, utilizados, principalmente, na magia negra e feitos, em geral, com barro colhido em cemitérios, ou cera; falaram sobre Chuck, o brinquedo assassino, e mencionaram até mesmo o boneco Fofão, vendido durante os anos 1980 em terras brasileiras e que, segundo se dizia, possuía um "punhal" dentro de si e estava ligado a uma série de fenômenos sobrenaturais (embora nenhum comprovado), sendo constatado, afinal, que o mencionado "punhal" não passava de uma peça plástica que servia como a coluna vertebral do brinquedo, para o manter ereto.

— Em minha opinião, o marco no cinema de terror foi mesmo o Chuck, do *Brinquedo Assassino*. É claro que existem outros filmes com temática parecida realizados antes desse, mas o que estourou mundialmente foi o Chuck, que a propósito tinha as roupas bem parecidas com as do Fofão, não sei se você percebeu.

Eduardo se socorreu de suas anotações para a conversa:

— Na mesma época, foi lançado algo parecido nos cinemas, chamado *O Mestre dos Brinquedos*, não é?

— Perfeito — disse Adonis. — *Brinquedo Assassino* foi lançado em 1988, e a franquia *O Mestre dos Brinquedos* iniciou em 1989, aproveitando a onda do sucesso do outro. Ainda nos dias de hoje, são bastante surpreendentes em seus efeitos visuais, mesmo sendo algo mais simples, mais caseiro, sem o uso da computação gráfica — algo que nem existia naquela época. Em *O Mestre dos Brinquedos*, os bonecos são bizarros. Ninguém em sã consciência levaria uma coisa daquelas para dentro de casa, muito menos daria de presente para um filho. Já o Chuck era o brinquedo bonitinho, bonzinho. Tinha até um nome que inspirava confiança, se não me engano era *"good guy"*, mas o fato de um brinquedo criando vida e começando a aterrorizar é realmente algo perturbador.

— E não começou por aí, o tema vem de longa data — prosseguiu o convidado. — Em 1945, foi lançado um filme cujo título original é *Dead of Night*, no Brasil, traduzido como "Na Solidão da Noite". Um filme de terror dividido em cinco episódios, em que o último é sobre um boneco de ventríloquo que quer mudar de dono; e curiosamente foi dirigido por um brasileiro, Alberto Cavalcanti, influenciando várias obras posteriores. Olha aí o cinema nacional fazendo escola desde os anos 1940 do século passado.

O participante entendia do que falava, mas Eduardo também havia se inteirado do assunto.

— Pelas pesquisas que eu fiz para a pauta, verifiquei que até mesmo o Boris Karloff fez um filme com a temática de bonecos. E parece que bem antes do surgimento do Chuck e dos seus genéricos.

A expressão de desgosto no rosto do entrevistado foi visível mesmo na tela do computador.

— Cheguei a assistir aquele filme quando passou na televisão e depois fiz algumas pesquisas sobre ele — disse Adonis. — Sabe quando a coisa é tão ruim, que chega a te atrair? Pois foi o caso. Constrangedor mesmo, de tão ruim. Filme do final dos anos 1960, faz parte da fase decadente do Karloff em final de carreira e já bastante doente, inclusive numa cadeira de rodas. Comparando-se com outras produções nas quais ele trabalhou, o filme chega a ser uma afronta. Foi filmado no México, sendo que as cenas com o Karloff foram rodadas nos Estados Unidos e depois editadas. O cara ou estava tão doente que não podia nem viajar, ou a produção era tão pobre que não tinha condições de custear a viagem. Eu apostaria nas duas alternativas.

Um dos espectadores, que de algum lugar acompanhava a *live*, enviou o nome do filme.

— Olha aqui, Adonis. Alguém da audiência acaba de encaminhar o nome do filme: *Serenata Macabra*. Confere?

— Isso mesmo! Olha, esse foi um fim de carreira muito triste. O Karloff representou o Frankenstein original, trabalhou em mais de 150 filmes em 50 anos de carreira e faz uma bomba dessas no final. É triste. O velhinho devia ter uma porção de boletos vencidos para ter aceitado atuar naquilo.

— Na mesma época, tivemos uma experiência nacional, sendo que o José Mojica Marins filmou *O Estranho Mundo de Zé do Caixão*, um filme composto de três histórias curtas, sendo uma delas bastante perturbadora, chamada "O Fabricante de Bonecas". As tais bonecas só fazem parte da história, não criam vida nem nada, mas a produção não perde para cinema europeu. E isso feito praticamente sem grana, afinal estamos falando de um cineasta brasileiro e de uma produção nacional. O roteiro foi escrito pelo maior escritor *pulp* do mundo, Rubens Francisco Lucchetti, outro gênio brasileiro do terror que ainda não teve o devido reconhecimento.

No decorrer da conversa, um dos espectadores mencionou, de forma casual, uma pequena ilha situada no canal de Xochimilco, no México, que possuía bonecas de todos os tipos, por todas as partes. Uma ilha repleta de lendas, mas que, na realidade, não passava de um atrativo para turistas.

E foi Adonis quem fez a revelação:

— Dizem que temos uma ilha parecida no Brasil, também.

Eduardo vivia na casa dos pais. Seu quarto, apesar de pequeno, possuía tudo o que precisava. Tinha seu próprio computador, livros, revistas em quadrinhos — mais de 1 mil exemplares registrados na última contagem — e várias *action figures* em sua prateleira, em sua maioria personagens de filmes. Aquele era praticamente seu pequeno mundo, onde fazia seus planos para o futuro desde que nascera. Ali era seu refúgio.

Durante a *live*, após a revelação de uma ilha das bonecas existente no Brasil, semelhante à famosa ilha mexicana, Eduardo optou em dar prosseguimento apenas aos assuntos relacionados ao cinema. A informação acerca da ilha parecia deveras valiosa para ser abordada naquele momento, o que talvez instigaria a curiosidade de pessoas que se antecipassem a ele e Alex e decidissem investigar o local.

Encontravam-se diante da oportunidade de se publicar algo inédito, algo que ultrapassava a resenha e crítica de filmes.

Após a conversa que seria transmitida, Eduardo conversou em privado com Adonis e conseguiu obter mais alguns detalhes. Segundo o relato que o cineasta havia ouvido — e visivelmente não havia dado muito crédito —, um pescador encontrou uma carta dentro de uma garrafa que boiava no rio onde costumava pescar; nessa carta, era descrita uma série de fatos ocorridos em um local praticamente oculto e quase que totalmente ignorado pelo restante da população. Segundo o autor da carta, o local havia sido amaldiçoado e era guardado por demônios que impediam os moradores de irem embora.

— Coisa bem do outro mundo — disse Adonis. — Segundo a carta, no solstício de inverno é que a coisa fica perigosa. Tipo sacrifícios, coisas assim. Mas pelo jeito o cidadão que diz ter encontrado a tal carta dentro da garrafa não era só pescador, mas contava também muita "história de pescador", por isso ninguém acreditou nele, mesmo apresentando a carta como prova, afinal qualquer um pode escrever um monte de bobagens sem sentido em um pedaço de papel, não é mesmo? Até mesmo ele poderia ter feito isso em uma tentativa de chamar a atenção.

Eduardo, entretanto, decidiu dar algum crédito à história. Se soubessem explorar o tema de forma correta e sem muito sensacionalismo, a matéria teria mais acessos que qualquer outra já publicada e seria um ótimo meio de se divulgar ainda mais o canal, aumentando o número de anunciantes e seguidores, talvez até mesmo alcançando a tão almejada monetização.

Além disso, caso constatada a veracidade da ilha, seria uma ótima oportunidade para Alex exercitar seu talento jornalístico, possibilitando que, já no primeiro ano de faculdade, pudesse ser reconhecido no meio acadêmico com uma matéria de sucesso.

Adonis salientou que seria interessante um trabalho de abordagem acerca daquele local mencionado pelo pescador, desde que não se tratasse de mera invencionice.

— Minha área não é a de documentários, caso contrário, eu já teria ido atrás. Podem ter certeza de que uma matéria dessas faria o maior sucesso no canal.

Entretanto, mesmo ele não tinha certeza se a ilha, de fato, existia.

— O que eu posso dizer é que existe, sim, uma ilha bem naquela região. Dei uma conferida em alguns mapas, mas, fora isso, não existe nenhum registro a mais. No final das contas, deve ser só uma ilhazinha sem nada de interessante, mas sabe como é: não custa conferir.

Eduardo pensou em entrar em contato com Alex na mesma data em que realizou a *live* — ocasião em que o amigo não havia participado, impossibilitado em virtude de alguns compromissos acadêmicos. Mas quando olhou no relógio, percebeu que já passava das 3 horas da manhã, muito tarde para telefonemas ou mensagens, infelizmente.

Após breve edição, em que fez um corte no trecho em que Adonis fazia menção à ilha, disponibilizou a *live* já na madrugada de sexta-feira. Alguns minutos depois, as visualizações e os comentários começaram a surgir.

Não eram raras as madrugadas em que passava trabalhando nas edições, mas o resultado sempre era o esperado: os seguidores permaneciam fiéis devido à pontualidade das publicações, e, a cada semana, seus números aumentavam de maneira positiva, fazendo com que ele e o amigo já cogitassem em formar uma equipe maior para atuar na área técnica, afinal o trabalho já começava a se tornar desgastante para duas pessoas somente.

Deitou-se em sua cama de solteiro e apagou a luz da luminária. Apesar de toda ansiedade, aguardaria algumas horas antes de comunicar a ideia a Alex.

II

    Os planos foram compartilhados com o amigo via telefone já pela manhã. Eduardo precisava falar, e a digitação de uma mensagem de texto — ou mesmo uma mensagem de voz — seria verdadeira tortura para explicar o que estava planejando.

    Tinham uma grande oportunidade nas mãos, e tudo o que deveriam fazer seria aproveitá-la. Atualmente, não era comum haver a oportunidade de assuntos novos — tudo já parecia haver sido explorado ao extremo —, e aquela novidade havia surgido de forma tão espontânea que não seria justo ignorá-la. Parecia algo que havia caído em seus colos de maneira providencial.

    — Vou passar o fim de semana que vem em casa — disse Alex. — Aí a gente combina e coloca em prática. Se for isso mesmo que você está me dizendo, essa matéria vai fazer sucesso, pode ter certeza. Temos que trabalhar logo nisso, antes que alguém descubra e passe na nossa frente.

    De fato, a concorrência começava a se tornar visível. Já eram vários os canais e sites que abordavam os mesmos temas abordados no "Casa da Dor".

    As palavras de Alex atropelavam umas às outras, mal conseguindo controlar a empolgação.

    — Eu pensei nisso — disse Eduardo. — Por isso, antes de disponibilizar a *live,* deixei de fora a parte em que o Adonis fala a respeito da ilha.

    — Essa foi uma boa ideia. O melhor a se fazer é manter segredo por enquanto. Quando formos mencionar sobre essa ilha, vai ser por meio de nossa matéria completa, assim não vai ter como alguém atropelar a gente, e tudo o que surgir depois sobre esse tema vai ser cópia.

Os preparativos acerca da viagem e dos registros a se realizar foram combinados já no sábado, o que não constituiu qualquer dificuldade, afinal, embora diferentes, os dois amigos eram muito semelhantes em sua forma de pensar. Possuíam pouca diferença de idade entre si: Alex prestes a completar 20 anos, e Eduardo mal entrado nos 18. Naquela manhã de sábado, Alex surgiu com um casaco xadrez de flanela, calças jeans folgadas, tênis surrados e um gorro na cabeça. Ostentava todo o visual *grunge* do início dos anos 1990. Já havia passado por fases *dark*, metaleira, *punk*, e agora o grunge. Tentava encontrar seu estilo, ao contrário do amigo, que sempre fora discreto, fazendo questão de não se fazer notar; "a melhor estratégia é ver sem ser visto", costumava dizer em um tom bastante sério, quase filosofal, o que provocava risadas em Alex.

— Você parece o mestre daquela série antiga, o *Kung-fu*!

Sentaram-se diante do computador, abriram um mapa na tela, e Eduardo apontou o local com a seta do mouse, mais ou menos bem no meio, entre uma margem e outra de um rio chamado Angûera.

— Está vendo? — perguntou.

Alex se aproximou. Nada havia no local onde a seta do mouse apontava, a não ser a própria seta do mouse.

— Não.

— Isso mesmo. A maioria dos mapas não mostra a ilha. Nenhum mapa on-line mostra a ilha, nem mesmo utilizando o Google Earth se consegue visualizá-la.

O mapa na tela do computador não possuía qualquer ponto ou indicação de uma ilha, apenas o espaço vazio. Percebendo o olhar interrogativo do amigo, iniciou as explicações em um tom professoral:

— Pelo que pesquisei, a tal ilha fica bem nesse ponto. Nesse trecho, o rio Angûera possui mais ou menos 5 mil metros de uma margem à outra, e a ilha fica exatamente no meio do rio. É uma ilha pequena, que nem nome tem, e faz parte de uma localidade mais desconhecida ainda: São Bento. Essa localidade parece não pertencer a lugar nenhum, não faz parte de nenhuma cidade, é apenas um trecho perdido no mapa e que foi ocupado por algumas pessoas há vários anos, que por ali ficaram e aumentaram a população. De acordo com algumas contagens extraoficiais, possui menos de 200 habitantes, e essa contagem foi realizada há tanto tempo que nem se sabe mais a data. Daqui até São Bento, são, mais ou menos, 200 quilômetros de estrada.

— Tão perto — comentou Alex. — Como é que nunca ouvimos falar desse lugar e dessa ilha?

— É uma localidade esquecida, talvez uma vila de pescadores. Nem existe de maneira oficial. Podemos conferir pessoalmente, afinal o percurso leva, mais ou menos, três horas até São Bento.

— Ou menos, se eu dirigir — disse Alex, levantando a sobrancelha esquerda como costumava fazer desde criança. Praticamente a única coisa em que levava vantagem sobre a inteligência do amigo era o fato de saber dirigir, enquanto o outro mal sabia andar de bicicleta, tampouco se interessava em carros ou motores potentes.

Eduardo ignorou a menção sobre os atributos automobilísticos do amigo e prosseguiu:

— Imagino que a estrada até lá não seja boa, pelo menos no trecho final. Planejei o seguinte: chegar ao povoado de São Bento, conhecer o local e fazer algumas entrevistas. A partir daí, ir até a ilha para filmar e fotografar. Pelo que pesquisei, a ilha é isolada e provavelmente ninguém vive ali há anos; encontrei alguns registros em mapas bem antigos na biblioteca municipal, mas não nos mais recentes. É como se houvesse desaparecido, não existisse mais.

Alex estava empolgado com a situação, talvez até mais empolgado que o próprio amigo. Colheriam material audiovisual suficiente para a realização de um documentário em curta-metragem. Se fosse bem realizado, poderia ser disputado por vários distribuidores. Por que não?

Era bom sonhar alto.

— Provavelmente, vamos ter que ficar mais de um dia, tenho quase certeza de que nessa tal localidade de São Bento não há qualquer acomodação. Cerca de 200 habitantes, imagine. Não deve ter nem uma pousada.

— Já pensei nisso — respondeu Eduardo, que moveu a seta para outro ponto do mapa.

— Há uma cidade próxima, a menos de 30 quilômetros de distância a sudeste. Sol Poente é o nome. Ali podemos nos hospedar, caso haja a necessidade de permanecer durante mais tempo.

Alex moveu distraidamente a cabeça em sinal afirmativo, depois expôs seus próprios planos.

— Para se fazer uma boa matéria, vamos ter que ficar no mínimo dois dias. Levantar o material vai levar algum tempo, e um trabalho de qualidade não pode ser feito com pressa. Vamos entrevistar alguns moradores, fotografar e filmar tudo o que pudermos, colhendo o máximo de material possível para edição. Semana que vem é a última semana de aula, aí entro em férias. Vamos ter quase todo o mês de julho para trabalhar em cima da edição e da divulgação.

— Temos que fazer isso o quanto antes, sexta-feira que vem no máximo, afinal o trabalho de edição não vai ser dos mais fáceis. Vamos aproveitar o mês de julho só para editar o que a gente já tiver em mãos.

Alex conferiu o calendário do relógio. A próxima sexta-feira seria dia 20 de junho, o que julgou um tanto precipitado por parte do amigo; entretanto, ele tinha razão em adiantar a coleta do material. Faltaria na aula de sexta-feira, mas seria por uma boa causa.

Concordou com a sugestão e acrescentou timidamente, como quem faz um pedido difícil de se realizar:

— Se não tiver problema, eu posso levar a Paula com a gente, ela pode quebrar o nosso galho no que se refere às fotos e ao vídeo.

A sugestão não surpreendeu Eduardo. Paula era a namorada de Alex, e enfrentariam alguns problemas se não a levassem à expedição.

Sabia que Alex iria de qualquer forma, com ou sem a namorada. Conhecia-o bem e aquela era a maior oportunidade de sua vida até o momento. Mesmo assim, seria melhor evitar qualquer desentendimento entre o casal; percebia que o amigo e Paula estavam se dando muito bem. Jamais havia imaginado, até então, ouvir Alex fazendo planos de casamento, e era o que ocorria com frequência após iniciar seu namoro.

Para Eduardo, não havia qualquer problema. Gostava de Paula. Ela era uma das poucas garotas — talvez a única — diante da qual ele não se sentia desconfortável, sem saber o que dizer ou o que fazer com as mãos. Considerava-a como uma irmã mais velha e, além disso, poderia representar uma boa ajuda nas fotos e no vídeo. Já havia visto vários trabalhos dela e achou-os ótimos, não denunciando em nada os vícios amadorísticos de início de carreira.

Apenas sugeriu:

— Só avise que não haverá muito conforto na nossa viagem.

Percebeu que os olhos do amigo brilharam aliviados.

Tudo combinado, partiriam na sexta-feira pela manhã para chegar logo ao local. Os planos já se acumulavam. Pensavam adiante da matéria, talvez fosse interessante lançar uma série de *teasers* antes de disponibilizar o vídeo completo.

— O segredo é deixar as pessoas curiosas — argumentava Alex. — Vamos disponibilizando aos poucos, acendendo a curiosidade dos seguidores. Quando sair a matéria completa, o número de visualizações será bem maior.

Acrescentou:

— Tenho a impressão de que essa matéria vai mudar nossas vidas.

A semana foi de intensos preparativos. Imprimiram mapas, conferiram as câmeras fotográficas e de vídeo e reuniram-se na casa de Eduardo, já na noite de quinta-feira. O único empecilho surgido foi a queda brusca da temperatura durante a semana. O clima muito frio inibia qualquer aventura a um local desconhecido, convidando as pessoas a permanecerem no conforto de suas casas.

Mesmo assim, não se deixariam intimidar. Partiriam logo pela manhã de sexta-feira, independentemente da temperatura, chovesse ou fizesse sol.

Alex e Paula chegaram no final da tarde de quinta-feira à casa de Eduardo, trazendo consigo a pouca bagagem que levariam.

Ao descer do carro, Paula se espreguiçou, curvando-se para trás com as mãos na cintura. A posição, somada aos longos cabelos negros e olhos verdes da garota, fez com que Eduardo a associasse literalmente a uma gata fazendo seus alongamentos diários. Cumprimentou-a tímido, sentia-se mal em ainda não ter namorada, até mesmo com certo sentimento de culpa, como se estivesse descumprindo algum protocolo imposto pela sociedade, e achava Paula uma das garotas mais lindas que já havia visto — Alex era mesmo um cara de sorte.

Eduardo costumava brincar consigo mesmo, dizendo que, se sua timidez continuasse diminuindo naquele ritmo, talvez aos 30 anos tivesse coragem suficiente para convidar uma garota para o cinema.

Nos primeiros anos de colégio, não havia sido aceito por parte de outros colegas. O fato de usar óculos, de ser o primeiro aluno da classe, ou de estar sempre com um livro ou uma revista em quadrinhos durante os intervalos entre as aulas, fazia com que vários garotos pensassem que ele se julgava melhor que os outros.

Foi aí que tiveram início as provocações: esbarrões propositais, ameaças de surras na hora da saída. Não foram poucas as vezes em que Eduardo teve de ir para casa correndo, ou pular o muro nos fundos do colégio para despistar seus perseguidores.

Até o dia em que foi cercado por uma turma de quatro garotos maiores. Ao dobrar uma esquina, certo de que havia conseguido despistar seus algozes, deu de cara com dois deles, que, antecipando sua fuga, haviam dado a volta no quarteirão, a fim de surpreendê-lo.

Olhou para trás e deparou com os outros dois caminhando em sua direção.

Estavam acostumados com garotos fujões e já conheciam todas as artimanhas.

Pela primeira vez, ele experimentou a estranha sensação de alívio que a derrota traz consigo, a sensação da entrega total, do nada poder fazer. Não havia como fugir, engoliu em seco, o coração disparou e começou a suar de medo, sentindo o suor frio escorrer por sua espinha. Estava conformado em apanhar, não tentaria nem sequer revidar ou se defender; achava que apenas pioraria sua situação. Se apanhasse quieto, talvez eles cansassem mais depressa de espancá-lo e acabasse apanhando menos. Mas estava decidido: não choraria. Ao menos não diante deles.

— Estava fugindo da gente, "quatro-olhos"? — perguntou o líder do grupo, um garoto maior que os outros e com a cabeça raspada — método simples utilizado por alguns pais com o intuito de colocar fim a infestações de piolhos. Usava botas semelhantes a botas de combate e uma camiseta preta, apertada e desbotada, com as mangas dobradas nos ombros, para demonstrar os bíceps em desenvolvimento. Imaginava ter músculos tão salientes que deviam ser contemplados por todos, mas não passava de um moleque magricela, melequento e metido a valentão; um verdadeiro *skinhead* em miniatura.

O mais curioso era que Eduardo nem sabia o porquê de estar prestes a levar uma surra, afinal não recordava haver feito nada de errado. Talvez a vida fosse mesmo assim: às vezes, apanhamos sem merecer.

Tentou responder algo, argumentar ao menos, mas a voz não saiu.

O líder o agarrou pelo colarinho e já havia levantado o punho direito para começar a massacrá-lo, quando ouviu atrás de si:

— Solta ele. Agora.

A ordem foi proferida de maneira calma, arrastada, como se saída da boca de um gigantesco John Wayne com as mãos pousadas calmamente na fivela do cinto, mas, ao mesmo tempo, pronto para sacar o revólver e atirar sem piedade.

O aperto no colarinho de Eduardo se afrouxou. O punho fechado de seu agressor permaneceu imóvel no ar, como que congelado.

Todos olharam para a direção de onde partira a voz. Não era o falecido John Wayne quem ali estava, mas, sim, um garoto magro, da mesma altura que o líder do grupo e com os cabelos cortados bem curtos. Os olhos eram tão sérios que faziam com que o grupo se intimidasse sem que houvesse a necessidade de qualquer ameaça.

— Vai querer defender esse cara? — perguntou o careca, apontando Eduardo com o queixo.

— Vou. Ele é meu amigo.

O agressor ainda manteve a mão esquerda no colarinho de Eduardo por mais alguns instantes, talvez para a humilhação ser um pouco menor diante de seu séquito, mas acabou por soltá-lo bruscamente. De uma forma ou outra, cumpriu prontamente o que havia sido determinado.

Para tentar demonstrar um mínimo de coragem, preservando o orgulho que lhe restava, perguntou:

— Acha que consegue bater em todos nós?

— Não —foi a resposta. — Mas tenho certeza de que consigo bater em *você*. E tenho certeza de que seus amigos vão sair correndo para não apanhar também.

Cada palavra foi salientada com o dedo indicador do garoto recém--chegado espetando de forma implacável o peito do valentão, que resistiu bravamente, sem derramar uma lágrima diante dos cutucões dolorosos contra suas costelas salientes.

Deixaram Eduardo em paz e foram embora sem tocá-lo. O líder passou olhando firme para o garoto que havia mandado soltá-lo, apenas para fingir que não tinha tanto medo quanto aparentava, mas era evidente que, caso não houvesse borrado as calças, havia chegado muito perto disso.

O garoto que havia ordenado que deixassem Eduardo em paz, ao ver a expressão desafiadora do líder, disse:

— Se quiser mesmo brigar, pode brigar comigo.

Afastaram-se ainda mais depressa diante daquela proposta.

Ao vê-los se afastando até desaparecer, Eduardo acreditou que os anjos da guarda realmente existiam, embora não tivessem asas ou cabelos loiros e encaracolados como os das gravuras. Às vezes, podiam ter a aparência de um garoto comum, com os cabelos cortados rente, como se estivesse no exército. Reconheceu-o depois de passado o susto. Era um dos garotos que estudavam no mesmo bloco que ele, uma ou duas salas depois da sua. Um garoto que andava junto daqueles que o ameaçavam diariamente, mas que jamais havia importunado quem quer que fosse.

Era um pouco mais velho e estava uma turma adiantado.

A frase "ele é meu amigo" não parava de se repetir em sua mente. Mal o conhecia de vista, como poderia ser seu amigo?

O estranho estendeu a mão e disse:

— Meu nome é Alexandre, mas pode me chamar de Alex.

Eduardo apertou sua mão. Tentou apertar firmemente, como o pai havia ensinado.

— Eu sou Eduardo, mas pode me chamar de Eduardo mesmo.

Os dois riram. A partir daquele momento, se tornaram amigos inseparáveis, e ninguém nunca mais importunou Eduardo no colégio. A presença do amigo bom de briga fazia com que todos os valentões o respeitassem, gostassem ou não dele.

Desde muito cedo, Alex teve de aprender a se defender sozinho. Quando tinha quatro anos, seu pai abandonou o lar, sua mãe, ele e seus dois irmãos mais velhos. Não que fizesse muita diferença, afinal o sujeito sempre havia sido um marido e pai ausente, sem emprego fixo e com uma atração acima do normal pela bebida. Quando finalmente foi embora de uma vez por todas, o fato acabou constituindo mais alívio que tristeza. Acabava-se, enfim, toda a insegurança que ele representava. Acabavam-se as brigas e discussões, que nos últimos tempos haviam sido tão comuns a ponto de que os filhos achassem que aquilo fazia parte do cotidiano de qualquer família normal, e até mesmo estranhassem que, na casa dos amigos, não houvesse constantes discussões, xingamentos, destruição de louças e bater de portas.

Os garotos aceitaram o fato de que não possuíam mais um pai — mesmo que aquele que possuíssem anteriormente deixasse tanto a desejar.

Deviam se virar, com a certeza de que não havia mais uma figura masculina a lhes servir de exemplo.

Ou melhor, havia. O avô materno de Alex assumiu os netos como a figura masculina a ser seguida. Aquele homem, que na época parecia tão alto quanto uma montanha, com sua barriga saliente de cerveja, o andar levemente trôpego em virtude de um ferimento na perna esquerda provocado por um acidente de trabalho, os cabelos brancos e espessos, a barba branca que, longe de deixá-lo parecido com um bondoso Papai Noel, o deixava mais parecido com um lenhador aposentado, e aquele olhar duro e receptivo, ao mesmo tempo, foi quem ensinou tudo o que garotos deviam saber, e até algo mais, como cuspir, socar e urinar em um arco mais alto que a própria cabeça.

Foi com o avô que Alex aprendeu que não devia temer quem quer que fosse. Com sua filosofia simples de quem havia vivido durante muitos anos, ensinara que o medo nada mais era que mero limitador de qualquer atitude a ser tomada.

— Do chão, ninguém passa — costumava dizer o velho.

Em certo final de tarde, encontravam-se ele, o avô e os dois irmãos no quintal da casa. Era uma daquelas tardes lentas e mornas de verão. Os dois irmãos mais velhos simulavam uma luta, ele se balançava em um pneu pendurado com uma corda no galho de uma das árvores, e o velho fumava distraidamente seu cachimbo que soltava fumaça com cheiro de chocolate, enquanto lia a página policial do jornal. Lembrava até mesmo as roupas que o avô usava naquele dia: a velha camisa de flanela em xadrez preto e branco, as calças jeans folgadas de velho e um par de surradas sandálias de couro. Trazia na cabeça o inseparável boné desbotado, que um dia fora preto, já bastante puído na aba.

Foi quando o pai surgiu com o mesmo andar cambaleante de quando exagerava na dose da bebida diária e chegava em casa fedendo a álcool.

Reconheceu-o de imediato. Estava mais magro, barbado e necessitando de um corte de cabelo. As fraldas da camisa estavam para fora das calças. Os dois irmãos interromperam a simulação de luta e ficaram estáticos, como se não acreditassem no que viam. Sabiam que, quando o pai surgia trôpego e desalinhado, era impossível antever suas reações, poderia tanto abraçar como socar os filhos, dependendo do seu humor no momento. Muitos olhos roxos e lábios rachados haviam surgido quando o pai chegava cambaleante e com cheiro de bebida.

O avô também percebeu a aproximação. Colocou cuidadosamente o jornal e o cachimbo no chão e levantou-se da cadeira de lona na qual estava sentado. Era 10 centímetros mais alto, 20 quilos mais gordo e 30 anos mais velho que o genro. Passou a mão pela barba, o que geralmente não era um bom sinal.

Costumava ser muito direto em tudo o que fazia, e naquele dia não foi diferente:

— O que quer aqui? — perguntou.

O outro respondeu com a voz engrolada:

— Vim ver meus filhos.

Entretanto, a frase soou quase que ininteligível devido ao torpor alcoólico, e não comoveu nem um pouco o velho, que se aproximou e disse algo bem próximo de sua orelha, algo que apenas os dois compartilharam.

Ele estacou. Olhou os garotos, olhou novamente para o velho.

Em seguida, voltou cambaleando da mesma maneira que havia chegado.

O avô se sentou novamente em sua cadeira de lona, acendeu novamente o cachimbo e apanhou o jornal.

Os dois irmãos mais velhos reiniciaram a simulação da luta, e Alex voltou a se balançar no pneu, como se nada de diferente houvesse ocorrido naquele fim de tarde, quando as cigarras começavam a cantar.

Os anos passaram, ele conheceu Eduardo, e criaram o canal "Casa da Dor" juntos. Alex sempre foi um estudante mediano, nunca o pior da classe, mas sempre longe — bem longe, às vezes — de ser o melhor. Prestou o vestibular para o curso de Jornalismo e surpreendentemente passou de primeira. O avô, emocionado, presenteou-o com o velho Maverick que o acompanhava desde a década de 1970, o primeiro e único carro que havia comprado em sua vida.

— Não estou mais em condições de dirigir — disse enquanto lhe estendia as chaves do carro, ainda as originais, em um chaveiro de couro tão desgastado que não era possível identificar o que havia sido um dia gravado nele. — Tenho certeza de que você vai aproveitá-lo bem melhor que eu. Esse carro é muito bom para ficar parado em uma garagem.

Nunca mais teve notícias do pai. Quando perguntava ao avô se, por acaso, sabia por onde ele andava, o velho apenas respondia:

— Quem pode saber? Aquele lá sempre foi um aventureiro. Pode tanto estar longe, como pode estar perto. Pode tanto estar vivo, como pode estar morto. Quem pode saber?

A ILHA DA BRUXA

·) ·) ·)·●·(·(((·

Cresceu guiado pelos conselhos do avô, arrumou sua primeira namorada, e o namoro parecia desenvolver para algo sério, não uma simples aventura passageira típica da juventude. Paula parecia ser tão especial quanto ele, e sua empolgação com a viagem chegava a superar a empolgação dos dois amigos.

Haviam se conhecido na biblioteca da universidade, estando ela um ano à frente no curso de Jornalismo.

Encontravam-se ocasionalmente na biblioteca e perceberam que ambos procuravam o mesmo livro nas prateleiras abarrotadas. A partir daquele momento, começaram a conversar e descobriram que possuíam muito em comum. Aqueles profundos olhos verdes conquistaram Alex já no primeiro instante. Logo ele que não via a hora de entrar em uma universidade para iniciar sua jornada de festas e diversão típica dos filmes norte-americanos: muitas garotas, diversão, bebida e sexo sem compromisso.

Já de cara trocaram tantas ideias na biblioteca, que a bibliotecária — mulher rígida e sisuda, que mantinha a ordem naquele ambiente como uma diretora de campo de concentração — lhes chamou a atenção. Riram discretamente do próprio vexame e continuaram a conversa no restaurante da universidade. A partir daquele dia, passaram a se encontrar diariamente, e não demorou muito tempo para que começassem a namorar. Eram inseparáveis, e logo Alex a apresentou para Eduardo; a partir daí, ela mesma passou a prestar importante colaboração ao "Casa da Dor" com artigos, curiosidades, e trazendo mais usuários interessados nos assuntos que o canal trazia.

Para a viagem, Paula trouxe consigo sua câmera fotográfica e câmera de vídeo profissionais, além de um pequeno gravador, mostrando-os a Eduardo e explicando suas funcionalidades. Ele possuía bastante afinidade com os aparelhos, mas demonstrou educado interesse.

— Nunca se sabe — disse. — Numa dessas, a pessoa não quer que a gente filme, então é interessante levar o gravador, muito mais eficiente e prático que qualquer gravador de smartphone.

Haviam pensado em todos os detalhes, a fim de que a matéria fosse um sucesso.

Na véspera da viagem, Paula foi apresentada aos pais de Eduardo, que a receberam como se recebessem a namorada do próprio filho, inclusive no que se refere às tantas perguntas que pais preocupados com os relacionamentos dos filhos costumam fazer em tais ocasiões.

·) ·)   79   (((·

Como deveriam dormir cedo para partir na manhã seguinte sem perder tempo, a bateria de perguntas acabou não sendo tão intensa quanto o seria em outra ocasião, tampouco se aprofundaram acerca da viagem.

Eduardo fez questão que Paula dormisse em seu quarto na noite anterior à viagem. O quarto de hóspedes era utilizado como escritório por seu pai, por isso, ele e o amigo dormiram na sala, deixando a garota com a privacidade a que tinha direito, mesmo diante de seus protestos.

— Posso dormir na sala com o Alex.

Não adiantou. Os dois amigos estenderam colchões no chão da sala e ali dormiram. O cavalheirismo ainda não havia sido extinto por completo, ao menos não naquela casa.

Os dois amigos pouco dormiram, passando a madrugada trocando ideias sobre como procederiam no dia seguinte. A situação recordava as muitas noites em que dormiam um na casa do outro após campeonatos de videogame, jogos de tabuleiro, ou após assistirem a filmes de terror madrugada adentro.

Ao conseguir finalmente pegar no sono, Eduardo dormiu mal. O sono foi agitado, repleto de estranhos sonhos. Não propriamente pesadelos, mas sonhos desconfortáveis.

Sonhou com um imenso e plácido rio de águas calmas e barrentas. Nadava incessantemente, mas não conseguia chegar a lugar algum, por mais que agitasse os braços, e, a cada instante que passava, sentia-se mais exausto, enquanto o dia se tornava mais escuro como se uma violenta tempestade se aproximasse.

Logo ele, que jamais havia aprendido a nadar.

De repente, tudo ficou negro, e foi nesse momento que abriu os olhos.

O ambiente estava tão escuro quanto o dia havia se tornado em seu sonho. Aos poucos, seus olhos se acostumaram com a escuridão, e conseguiu visualizar o teto da sala. Ouviu o leve ressonar de Alex, estendido no colchão. Não fazia ideia de que horas seriam, mas o silêncio era tão intenso que chegava a perturbar. Não havia qualquer ruído, nem o vento, nem o bater de algum galho na janela da sala. Nada além do leve ressoar do amigo.

A imagem do rio em seu sonho assustava-o. Havia lido certa vez, ao folhear um dicionário de símbolos, que o curso das águas de um rio representa vida e morte, sua trajetória simbolizando a existência humana e o curso da vida.

Sentiu, de repente, uma espécie de mau pressentimento, o que, em sua opinião, era resultado da ansiedade. Quase nunca saía de casa, e a expectativa fazia com que tivesse sonhos estranhos e más impressões.

Apenas um sonho, nada mais que isso.

Acordaram por volta de 5 horas da manhã de sexta-feira, e a temperatura àquele horário estava especialmente baixa, como se desafiasse quem pensasse em sair de debaixo das cobertas. Colocaram a bagagem no porta-malas — a qual se resumia a quatro mochilas, sendo uma com o equipamento, alguns sanduíches e comida industrializada para o caso de não encontrarem um restaurante ou uma lanchonete, e as outras com roupas e objetos pessoais — e se acomodaram no velho Maverick Quadrijet 1975 de Alex, cujo interior parecia ainda mais frio do que do lado de fora.

O automóvel era invejável para quem admirasse veículos antigos. Sua cor laranja com laterais e capô pretos era original e, devido aos mais de 40 anos de sol, chuva e demais intempéries, encontrava-se manchada e desbotada, mas sem qualquer ponto de ferrugem. Os vidros, igualmente originais, estavam opacos e arranhados. Afora esses detalhes, o carro ainda impunha muito respeito.

O avô foi obrigado a parar de dirigir em virtude da idade, do reumatismo e da perna ferida. "A idade é uma bosta" — costumava dizer o velho, sem qualquer traço de amargura, afinal eram apenas os efeitos do passar do tempo, e seria um exercício frustrante e inútil não os aceitar.

Ao presentear o neto preferido com aquele carro por haver ingressado em uma universidade, outros futuros herdeiros se insurgiram contra o ato, mas o velho foi categórico, encerrando a discussão:

— O carro é meu e dou para quem eu quiser.

Aquele sempre fora seu jeito. Embora fosse obrigado a se apoiar em uma bengala para se locomover atualmente, ainda vivia e ainda era o mesmo sujeito durão que Alex conhecera e tinha como referência: o tipo de homem — cada vez mais raro — que conseguia fazer discursos apenas com um breve olhar.

Eduardo se acomodou no banco traseiro e notou os antigos rasgados no couro, remendados caprichosamente com fita isolante preta. O cheiro em seu interior denunciava os muitos anos de uso, uma mistura de couro velho, mofo, suor e tabaco, disfarçados pelo aroma artificial de baunilha de um aromatizador em forma de pinheiro, preso na alavanca do câmbio manual.

Brincou com Alex, sabendo que aquele carro era uma de suas maiores paixões:

— Pensei que você já tivesse se livrado desse bebedor de gasolina.

O amigo esboçou um meio sorriso e virou a chave, acionando o motor. O ruído era perfeito. O motor ainda funcionava como um relógio, sempre muito bem regulado. Chegara a fazer um curso básico de mecânica apenas para poder manter em dia o potente Maverick, e a partir daí eram comuns as tardes de sábado em que passava trabalhando no carro, com graxa até os cotovelos.

— Isso é item de colecionador — disse. — Um dia refaço a pintura e os bancos, troco os vidros e aí quero ver você achar graça.

Engatou a primeira marcha e acelerou levemente, fazendo com que o motor demonstrasse uma pequena parte de toda sua potência. Acionou os limpadores de para-brisa para retirar o orvalho que atrapalhava a visibilidade, e partiram rumo a São Bento.

A viagem transcorreu sem qualquer surpresa. Inicialmente, só havia o silêncio no interior do carro, aquele silêncio típico das pessoas que acordaram muito cedo, uma espécie de preguiça de falar. O dia começou a clarear por volta de 6 horas da manhã, e finalmente o frio intenso desapareceu quando o sol começou a brilhar forte. O céu naquela manhã estava especialmente limpo, sem qualquer nuvem. Paula se virou para trás, apoiou os braços no encosto do banco, e perguntou a Eduardo:

— E aí? Ano que vem começa a faculdade?

— Pretendo.

Alex provocou:

— Ih, esse aí não vai sair de casa nunca. Filho único, tem todas as regalias.

— Vai sonhando.

Paula sorriu e disse:

— Chega um momento em que se tem que deixar a casa dos pais. É ruim no começo, mas a gente acostuma.

Eduardo era filho único, alvo da total proteção dos pais. Havia tido um irmão, que morrera antes de ele nascer, vitimado pelo que era chamado de "síndrome do berço". Dormiu em determinada noite e jamais acordou. Assim, quando sua mãe descobriu dois anos depois estar novamente grávida, cercou de cuidados o filho, já antes mesmo de seu nascimento. Após o nascimento, chegou a passar noites acordada ao lado do berço, apenas velando seu sono, temerosa de que a tragédia se repetisse e ele tivesse o mesmo fim que o irmão tivera dois anos antes, embora o pediatra — a quem recorria quase que diariamente — dissesse que não havia qualquer fator genético envolvido, ou seja, não era porque um de seus filhos havia sido vitimado pela síndrome do berço que o outro teria probabilidade de ter a mesma morte. Explicou que, na realidade, ninguém sabia a causa dessa síndrome, podendo estar relacionada com um defeito no cérebro, mau funcionamento do sistema imunológico, ou mesmo apneia do sono.

Com o passar dos anos, o excesso de cuidados por parte da mãe diminuiu, mas sempre esteve longe de cessar por completo. Os medos persistiam, embora tivessem mudado suas faces. Do medo da morte no berço ou de algum acidente doméstico, passou-se aos medos da violência urbana, das drogas, das doenças sexualmente transmissíveis, do envolvimento com más amizades. Chegara ao ponto de telefonar para a casa de uma garota com quem Eduardo iniciara uma amizade, a fim de conhecer seus pais e ter a certeza de que se tratava de uma menina de família e não representava qualquer ameaça ao filho.

Devido a tantos cuidados, ele se acostumou a ficar em casa, onde quase tudo o que tinha a fazer era ler; e lia avidamente, sendo essa era uma das razões pelas quais sempre foi o melhor aluno de sua turma.

Ao começar a sofrer perseguições dos valentões do colégio, evitou contar a situação aos pais; sabia que tomariam providências que acabariam piorando ainda mais a situação. Aos 11 anos de idade, já se julgava adulto o suficiente para enfrentar sozinho aquele momento crítico: fugiria enquanto fosse possível, afinal nada dura para sempre, e um dia a perseguição também teria fim. Entretanto, não foi necessário aguardar tanto tempo, eis que Alex se encarregou de intimidar seus perseguidores no dia em que se tornaram amigos.

Até mesmo com Alex a situação foi semelhante. Antes de os pais de Eduardo aceitá-lo despreocupadamente como amigo de seu filho, tiveram de conhecê-lo bem.

O fato de Alex ser filho de pais separados e viver com a mãe, inicialmente os preocupou. Pensavam tratar-se de um garoto rebelde, que pudesse desencaminhar o filho, mas, quando o conheceram pessoalmente, seu sorriso os conquistou de imediato, assim como o fato de tratá-los por "senhor" e "senhora", pedir licença e outros detalhes que julgavam tão caros. Em breve, era como se tivessem outro filho, e de algum modo a preocupação diminuiu.

Assim, com o intuito de não preocupar os pais, Eduardo acabou por omitir o verdadeiro propósito da viagem. Se dissesse que buscariam uma matéria em um lugar misterioso e desconhecido, tentariam demovê-lo da ideia. A versão que havia dito era a de que apenas fariam um passeio — o que não destoava totalmente da verdade, afinal.

Por volta das 8 horas da manhã, o Maverick cruzou uma placa com vários buracos de bala, a qual indicava "Bem Vindos a Sol Poente". O sol forte já havia secado o orvalho que havia sobre o asfalto, fazendo com que o carro levantasse poeira enquanto seguia em frente.

Alex se empolgou e acelerou um pouco mais. Estavam próximos do destino. O motor do velho Maverick mostrou seu potencial, passando a engolir os quilômetros de asfalto à frente, ainda com mais avidez, mantendo a estabilidade e emitindo um ronco respeitável.

— Estamos perto — declarou.

Eduardo desdobrou e analisou o mapa que havia imprimido, dando as coordenadas:

— Agora só precisamos seguir em frente.

Ao invés de prosseguir, decidiram entrar em Sol Poente para tomar o café da manhã antes de iniciar as entrevistas e todo o trabalho de pesquisa; assim sendo, obedeceram a uma placa na estrada que indicava: "Sol Poente — Entrada a 200 metros".

— Talvez a gente possa já começar aqui nesta cidade — sugeriu Alex. — Os moradores já devem ter ouvido falar sobre a tal ilha.

Era uma boa ideia. Serviria como uma espécie de aquecimento para o trabalho principal.

Alex reduziu a velocidade e ligou o pisca-alerta, entraram na cidade e procuraram algum lugar onde pudessem tomar o café da manhã. Após breve procura, encontraram uma padaria aconchegante, com algumas mesas e cadeiras, o balcão, uma máquina de café expresso e a tabela com os preços no alto da parede. Em sua fachada, havia uma placa com aparência de nova, indicando com cores reluzentes a inscrição "Padaria Pão Nosso".

Em uma das paredes internas do local, ao lado do balcão, havia uma espécie de mural de avisos, com alguns papéis colados com durex ou pregados com tachinhas. Um dos papéis referia-se a alguém se oferecendo para executar serviços de pedreiro e carpinteiro. Outros eram declarações de amor — aquele devia ser uma espécie de ponto de encontro de jovens, algo que poderia servir como rede pessoal em várias décadas passadas, mas ainda hoje sobrevivia no local.

Quase oculto pelos demais avisos havia um papel com a inscrição "desaparecidos", e logo abaixo a foto de dois jovens impressa em preto e branco. Não eram jovens locais, pois o aviso dizia em letras menores, debaixo das fotos: "vistos pela última vez em Sol Poente — oferecemos recompensa a qualquer informação que leve ao paradeiro".

O papel já se encontrava bastante amarelado e uma das pontas inferiores havia se descolado e enrolado para cima. Eduardo tentou recolocá-la no lugar, mas o durex há muito havia perdido seu efeito adesivo.

Fizeram os pedidos no balcão — três médias com pão e margarina — aliás, a única opção que o lugar oferecia — e sentaram-se. A atendente, uma jovem com seus 18 anos, enfiada em um uniforme azul-claro já bastante usado, os serviu e, antes de voltar para trás do balcão disse:

— Vocês não são daqui.

A frase não foi propriamente uma pergunta, mas uma afirmação. Eduardo respondeu:

— Não. Estamos de passagem. Dá para notar tanto assim?

Ela sorriu e se aproximou mais um pouco da mesa. Eduardo a avaliou. Bonitinha, com um belo sorriso, mas um ar que traía certo desespero, como se não visse a hora de cair fora daquele lugar. Parecia temer passar os melhores anos de sua vida atrás daquele balcão, sem conhecer o que o mundo oferecia. Apesar da pouca idade, usava maquiagem logo de manhã; talvez tivesse a esperança de que, algum dia, um produtor de cinema ou televisão passasse por ali e a descobrisse.

Ela retribuiu seu olhar e disse:

— Aqui todo mundo se conhece, e eu nunca tinha visto vocês. Posso perguntar para onde vão?

— São Bento.

— Vão pescar?

Paula tomou parte na conversa, que já assumia ares de interrogatório.

— Vamos conhecer o lugar e tirar algumas fotos. Geralmente esses lugares possuem muitas histórias.

Ela olhou para Paula como se até aquele momento ignorasse sua presença. Disse:

— Não conheço nenhuma história sobre aquele lugar, mas já que vocês estão por aqui, não custa ir até lá e dar uma conferida, não é mesmo? Não é longe. Há algum tempo, dois rapazes passaram por aqui e estavam a caminho de São Bento, como vocês. Alguns dias depois, veio um homem com um papel dizendo que eles tinham sumido. Ainda está ali, no quadro de avisos, o papel.

Após mencionar o fato, ela se debruçou sobre o balcão e apontou o mural de avisos.

— Eles foram localizados? — perguntou Eduardo.

A garota deu de ombros.

— Não sei. O aviso continua ali. Ninguém veio avisar se foram encontrados ou não, por isso tenho pena de jogar o aviso fora, sabe?

— Você conhece o lugar? São Bento, quero dizer.

— Não. Só ouvi alguma coisa. Pelo que dizem não é nada mais que uma vila de pescadores abandonada. O tempo passou, aos poucos as pessoas foram embora, e atualmente ninguém mais vai lá para aqueles lados. Acho que nem mora mais ninguém, e se mora, nunca vem aqui pra cidade.

Complementou a frase dizendo:

— Tem gente que diz que esse lugar nunca existiu.

Durante o tempo em que tomaram o café da manhã, ninguém mais entrou na padaria. Talvez o frio matinal mantivesse as pessoas em suas casas, por isso foram obrigados a se contentar com a conversa que tiveram com a atendente — o que, afinal, não foi muito revelador.

Não se deixaram abater pela propaganda negativa de São Bento. Terminaram o café, pagaram a conta e novamente pegaram a estrada.

Saíram de Sol Poente e prosseguiram em silêncio. Cerca de 20 quilômetros depois, havia um desvio para a direita, conduzindo a uma precária e estreita estrada de terra. Caso não prestasse atenção, o motorista ignoraria aquela entrada e seguiria adiante. Alex, no entanto, estava atento e percebeu o desvio. Reduziu a velocidade, convergiu à direita e estranhou a largura da estrada.

— Mal passa um carro.

Era como se houvesse sido projetada justamente para dificultar o acesso. Além disso, não havia qualquer identificação do local, qualquer placa ou qualquer informação de onde estariam.

Alex prosseguiu conduzindo o carro adiante, devagar, com a marcha engatada em segunda e torcendo para que nenhum veículo surgisse em sentido contrário, pois, neste caso, haveria problemas. Não seria possível abrir passagem, e a única solução seria um dos veículos prosseguir de ré até só Deus sabe onde, vez que seria impossível desviar o veículo para a lateral. Em alguns pontos, havia barrancos, em outros, profundas valas ou árvores que quase invadiam a estrada. Desviar seria no mínimo perigoso, um convite para que o carro tombasse.

Paula fotografava a paisagem através do vidro, bem como o caminho que os conduzia ao local. Em pouco tempo, foi possível visualizar o rio à esquerda, um rio largo, com águas escuras e tão mansas que davam a impressão de se tratar de imensa pintura. A vegetação ao redor reluzia em virtude do brilho ofuscante do sol refletido na água.

Aquela visão, que devia ser algo belo, trazia consigo uma desagradável sensação de desamparo. A paz e a quietude que ali havia eram algo semelhante à paz e quietude encontradas em uma necrópole, algo que mais remetia à morte que propriamente à paz e calmaria.

Alex conduzia devagar, ainda com a marcha do Maverick em segunda. Seria impossível guiar com mais velocidade naquela estrada precária. Enquanto dirigia, sentiu uma imensa necessidade de retornar, questionava-se sem conseguir compreender, afinal, a razão de se dirigirem àquele destino.

Respirou fundo e focou apenas na matéria a ser desenvolvida, concentrou-se em como poderiam beneficiar-se com aquela oportunidade: ele, por exemplo, já no primeiro ano do curso de jornalismo, produziria algo que tinha grande possibilidade de ser reconhecido além dos muros da universidade.

Continuou dirigindo calado pela estrada de terra que parecia não ter fim. O silêncio dentro do carro era angustiante, um clima tenso e desagradável havia surgido entre os amigos, como se de alguma forma compartilhassem da mesma sensação que ele.

Decidiu tentar ser mais otimista e atribuiu o silêncio apenas à ansiedade que sentiam.

Ao longe, visualizou um homem pedalando uma velha e desconjuntada bicicleta, com uma vara de pesca apoiada sobre o ombro direito, vindo em direção a eles. Reduziu a marcha do Maverick, parando ao lado do ciclista sem desligar o motor. Baixou o vidro, e uma lufada de vento gelado castigou seus olhos. Disse:

— Bom dia. Estamos querendo ir para São Bento. Estamos no caminho certo?

O homem era extremamente magro, como se convalescesse de longa doença; possuía idade indefinida, porém avançada, alguns tufos de cabelo escuro, oleoso e encardido apareciam sob o gorro de lã sujo que usava. Uma barba grisalha, comprida e emaranhada praticamente escondia seu rosto. Calçava um velho par de chinelos, bermuda de algodão e um casaco sujo de moletom. Embora não demonstrasse, devia sentir muito frio com aquela roupa.

Fato curioso era que a bicicleta não possuía os pneus. O sujeito a conduzia apoiado nas rodas de metal, já tortas e quase que completamente destroçadas.

Observou-os em silêncio como se estivesse juntando as palavras que acabara de ouvir, a fim de compreender o que lhe havia sido perguntado. Primeiro, avaliou o rosto de Alex, depois inclinou um pouco a cabeça e viu Paula no banco do passageiro. Ela sorriu e acenou para ele, mas não obteve nenhum sorriso ou aceno em resposta. Depois ele inclinou a cabeça para a direita e visualizou Eduardo no banco traseiro.

Os olhos eram vazios, sem vida. Olhos azuis desprovidos de brilho, como os olhos de um cego.

Sua resposta foi apenas apontar com um dedo para a direção de onde vinha. Talvez sinalizando de que estavam no caminho certo.

Alex agradeceu, fechou o vidro e prosseguiu, aliviado em se afastar do ciclista.

— Que cara estranho — comentou.

Esperava que os demais moradores do local fossem diferentes.

Um pouco mais adiante, finalmente visualizaram a localidade de São Bento.

Parecia algo abandonado há séculos e tiveram dúvidas acerca de haver ou não pessoas por ali.

Tudo o que se via eram velhas construções de madeira, carroças sem cavalos e algumas bicicletas deterioradas, corroídas pela ferrugem. O único veículo motorizado visível era uma velha picape GMC estacionada em um quintal cheio de mato e sem quaisquer condições de locomoção, eis que estava sem as quatro rodas, suspensa por alguns tijolos empilhados; os vidros cobertos por uma grossa camada de poeira, e a pintura, cuja cor era indefinida, desbotava ainda mais ao sol da manhã.

Mais à frente, passaram pelo pequeno cemitério local, que parecia ainda mais tétrico e cinzento que os cemitérios habituais. Durante a breve passagem por sua fachada, não visualizaram qualquer colorido de flores, algo comum em tais lugares, e todos os túmulos pareciam abandonados e esquecidos, enegrecidos pela ação do tempo e aparentemente sem ninguém para mantê-los limpos ou com flores. Ao lado do cemitério, havia os restos de uma construção aparentemente incendiada há bastante tempo, levando-se em conta a quantidade de mato e árvores que haviam crescido ao redor.

A única peça que sobrara praticamente intocada era uma torre feita com pedras. No alto da torre de aproximadamente seis metros de altura, havia um grande crucifixo de ferro, inclinado para a esquerda e dando mostras de que, em breve, desmoronaria como o restante da construção.

— Devia ser a igreja desse vilarejo — comentou Alex, enquanto prosseguia dirigindo lentamente. Não compreendia a razão de a igreja não haver sido reconstruída. A falta de verba seria a explicação mais plausível, mas geralmente as comunidades pequenas se uniam quando o assunto era reconstruir uma igreja incendiada e prontamente conseguiam verba e mão de obra necessárias para a reconstrução.

Talvez os moradores fossem muito pobres, ao menos, era o que parecia.

Pouco adiante do que restava da igreja, havia um espaço que poderia ser considerado como o ponto de encontro da cidade, onde havia um pequeno palanque de madeira construído. Sua tinta havia sido branca um dia, mas já descascado quase que completamente, deixando para trás apenas alguns vestígios do que havia sido sua antiga cor. Talvez fosse utilizado como coreto ou para quaisquer outras apresentações.

Eduardo e Paula permaneciam quietos, apenas observavam o que havia ao redor enquanto seguiam.

Tudo parecia abandonado, não havendo qualquer placa que identificasse o local. A impressão que se tinha era a de que todos haviam partido por alguma razão. Talvez a atendente da padaria onde haviam tomado o café da manhã estivesse certa, e aquela localidade não possuísse moradores há tempos. Talvez o sujeito da bicicleta sem pneus nem fosse dali.

Eduardo recordou uma pesquisa que havia feito há algum tempo acerca da "Colônia de Roanoke", situada na Ilha de Roanoke, localizada nos Estados Unidos, mais precisamente no estado da Carolina do Norte, onde, por volta de 1590, cerca de 120 colonos desapareceram sem deixar quaisquer vestígios, restando apenas a colônia com algumas casas derrubadas e muito mato.

O que realmente intrigou os historiadores foi a inscrição *CROATAN*, entalhada em uma das árvores do local. As hipóteses que podem justificar o desaparecimento das pessoas ainda hoje são muitas, dentre elas o massacre pelos espanhóis ou pelos índios *powhatan*, a fuga dos colonos pelo mar para a Inglaterra — havendo posterior naufrágio — e por aí afora, não faltando, logicamente, a hipótese de abdução extraterrestre, sendo ainda nos dias de hoje uma incógnita o desaparecimento dos moradores da colônia conhecida como "A Colônia Perdida".

Inicialmente, imaginou estar em um local onde, misteriosamente, todos os habitantes houvessem desaparecido. De qualquer maneira, renderia uma matéria interessante. Pensou, ironicamente, que seria até mesmo capaz de encontrar a misteriosa inscrição *CROATAN* esculpida em algum lugar.

O que era ainda mais intrigante no lugar onde se encontravam era a aparente ausência de cães. Para qualquer local que se vá, é comum a presença de um cachorro, seja um bem tratado cão de raça, seja até mesmo um vira-latas que sobreviva com sobras encontradas no lixo. Os cães se encontram tão integrados em qualquer sociedade que muitas vezes passam despercebidos.

Não ali. A ausência de cachorros naquele lugar era visível e até mesmo perturbadora.

A mesma ausência ocorria com os gatos. Em uma localidade que se mantinha com a pesca, seria comum visualizar dezenas de gatos gordos e vadios, superalimentados pelas carcaças e peixes que caíssem das redes — ainda mais em um local onde aparentemente não existiam cães.

Talvez as pessoas que porventura ali vivessem não gostassem de qualquer espécie de animal de estimação; ou talvez estivessem, tanto os animais como os moradores, se protegendo do frio intenso daquela manhã, o que era uma hipótese pouco provável, mas não impossível.

Aos poucos, porém, como se para contrariar tal possibilidade, algumas pessoas começaram a surgir. Algumas espiavam sorrateiramente detrás das vidraças de janelas fechadas; outras — mais ousadas — abriam as portas de suas casas e espiavam através de estreitos vãos. Eduardo não se surpreenderia nem um pouco se dentre aquelas pessoas houvesse algumas que estivessem armadas e prontas para atirar contra os forasteiros que se atreviam a invadir seu território.

Pelo semblante de alguns moradores, não se surpreenderia se realmente *começassem a atirar contra eles*. Pareciam dizer: "Vão embora". "Vocês não fazem parte daqui". Abriam portas e janelas e fechavam-nas rapidamente ao serem descobertas.

Suas expressões não eram acolhedoras nem propriamente hostis. Pareciam com a expressão de desagrado ao se receber visitas indesejadas. Paula visualizou naquelas expressões vazias o mesmo semblante de quem houvesse perdido todas as ilusões e esperanças e se acostumado a ver o tempo passar ao seu redor sem participar de qualquer acontecimento. Eram os mesmos semblantes vazios dos idosos esquecidos por seus familiares em asilos ou casas de repouso, aguardando o tempo passar, dia após dia, rumo ao destino inevitável.

Alex prosseguiu até localizar uma pequena construção de madeira que lembrava uma mercearia, com a porta de entrada dupla e larga. Estacionou o Maverick defronte ao local, onde não havia nada que lembrasse uma calçada, apenas o chão de terra úmida do orvalho que ainda não tivera tempo de secar apesar do sol forte que surgira há pouco.

Os três ocupantes do veículo entreolharam-se como se perguntassem uns aos outros o que deveriam fazer. Descer? Procurar alguém e fazer algumas perguntas? Ou talvez o mais sensato a se fazer fosse retornar e voltar para casa?

Finalmente chegavam ao almejado destino e sentiam-se como o cão que corre atrás de um carro e fica sem saber o que fazer quando o carro, finalmente, para.

Foi Alex quem exteriorizou a pergunta que todos faziam mentalmente:

— E agora?

Uma matéria inédita sempre teria seus percalços, e ali tudo o que havia era um lugar estranho, habitado por pessoas estranhas e com cara de poucos amigos, um local que parecia não ser lá muito acolhedor.

Analisado de maneira positiva, um local que incentivava a curiosidade de qualquer um e poderia render uma matéria de sucesso. Nada mais perigoso que isso.

Como não pretendiam ficar ali pelo resto de suas vidas, não havia qualquer importância acerca da hospitalidade ou falta de hospitalidade por parte do povo local. Fariam o que vieram fazer, voltariam para suas casas e jamais retornariam, tampouco lamentariam a boa ou má acolhida. Seriam simpáticos ao máximo com os moradores do vilarejo, afinal estavam em seu território, e colheriam todo o material necessário. Simples assim.

Respondeu:

— Vamos descer e fazer um reconhecimento do local, bem devagar, para não assustar nem ofender ninguém. O importante é não sermos invasivos. Devemos respeitar a privacidade.

Alex abriu a porta ao seu lado e comunicou à Paula:

— Você fica aqui.

Ela olhou para fora e visualizou as pessoas curiosas olhando para o veículo com a mesma expressão de espanto que teriam se uma espaçonave houvesse ali aterrissado. Seria mera questão de tempo até se aproximarem do carro, somente o tempo necessário para tomarem um pouco de coragem ao perceberem que aquele veículo não os morderia. Começou a imaginá-los se aproximando de forma lenta, mas decidida, como o ataque de uma horda de zumbis, e aquela não era uma expectativa agradável.

Lembravam os personagens de um filme que havia assistido de madrugada em um canal da tevê a cabo. *Deliverance* era o título original do filme — no Brasil, traduzido como "Amargo Pesadelo". Aquelas pessoas e aquele local lembravam o filme cuja carga de tensão era tamanha que não conseguiu assistir nem até a metade. Observando aquelas pessoas, tinha a impressão de que a qualquer momento surgiria um rapaz doentiamente magro e com orelhas de abano, trazendo um banjo a tiracolo, ou um caipira armado e mal ajambrado dizendo que ela tinha "uma boquinha bem bonita".

— De jeito nenhum vou ficar aqui sozinha — disse em um tom que não admitia qualquer objeção. — Vou com vocês.

Saíram os três do carro e foram surpreendidos pelo frio que havia do lado de fora. Alex conferiu o celular e constatou que estava fora de área. Nem uma única barra de sinal aparecia na tela, o que igualmente se dava com o sinal de internet, impossibilitando que fizessem uma *live*.

— Droga.

A ILHA DA BRUXA

·) ·) ·)·●·((((·

Eduardo e Paula também conferiram seus celulares, e o resultado foi o mesmo: sem área e sem internet. Seriam capazes de apostar que por ali não existiam telefones, móveis ou fixos.

Entraram no local que parecia uma mercearia e depararam-se com um ambiente escuro, sendo a pouca luminosidade provinda da rua e de uma espécie de abertura existente no teto, talvez projetada com o propósito de iluminar durante o dia sem que houvesse a necessidade de se consumir energia elétrica.

A tinta, que em um passado distante havia coberto as paredes, se encontrava gasta e encardida.

O ambiente era abafado e com o cheiro característico dos armazéns, uma espécie de mistura de grãos, vegetais passados e mofo. Possuía alguns grandes sacos de grãos abertos, entretanto todos pareciam conter milho, nada de feijão, arroz ou qualquer outro tipo de grão. Possuía também um velho balcão de madeira, alguns vidros de alimentos em conserva nas prateleiras — a maioria algo semelhante a peixe, mas que lembrava fetos em prateleiras de laboratórios — e um homem atrás do balcão, com uma comprida barba branco-amarelada e uma barriga inchada típica dos alcoólatras que já passaram da época de frear um pouco seus instintos etílicos. Vestia um macacão azul já bastante surrado e desbotado e usava um boné cinzento.

Conversava com um homem cujo todo o lado esquerdo do rosto era deformado por queimaduras. Não usava barba nem bigode, e a cabeça era raspada. Onde deveria haver a orelha esquerda, havia apenas um espaço vazio de cor vermelho vivo, como carne crua. Uma espécie de venda, que dava a volta em sua cabeça, ocultava o espaço vazio onde algum dia estivera seu olho esquerdo.

O poder da autossugestão é forte, por isso, Alex teve a impressão de sentir cheiro de carne queimada exalando do sujeito.

O homem atrás do balcão sorriu surpreso para os jovens desconhecidos e disse:

— Estão perdidos.

As pessoas por aquelas bandas pareciam ter o estranho hábito de se expressar apenas por meio de afirmações incontestáveis.

— Aqui é São Bento? — perguntou Alex.

— Sim.

·) ·)   93   ((·

— Então estamos no lugar certo — respondeu com um sorriso que pretendia ser simpático, afirmando que não estavam ali em busca de qualquer tipo de encrenca ou confusão.

O barbudo riu. Felizmente era uma pessoa simpática, apesar da aparência rude.

— Então estão mesmo perdidos, isso sim — prosseguiu. — O que estão fazendo neste fim de mundo? Aqui não há qualquer opção de diversão para jovens como vocês.

Sua voz soava acolhedora, mas seus olhos estranhamente não possuíam a mesma acolhida. Traíam certa desconfiança daqueles estranhos, pareciam sondar o ambiente e, ao mesmo tempo, implorar aos jovens forasteiros para que caíssem fora e os deixassem em paz.

— Não parece tão mau assim — disse Alex, a fim de ser educado, afinal concordava com cada palavra. — Só é bastante frio.

— Se estão falando da temperatura, é graças ao rio, ele quase congela nessa época do ano. Mas esse rio dá o sustento para os moradores daqui de São Bento. Está aqui o nosso amigo que não me deixa mentir.

Ao se referir ao rio, apontou com o polegar direito para suas próprias costas, como se o Angûera estivesse ali atrás, dentro da mercearia.

O "amigo", a quem havia se referido, certamente era o sujeito das cicatrizes, o qual não esboçou qualquer reação, continuando a cumprir sua função de figura meramente decorativa. Parecia não querer ser percebido, talvez, a fim de não chamar muita atenção para a própria deformidade. Ou talvez o acidente que havia sofrido e que deixara seu rosto naquele estado também houvesse comprometido sua fala.

Alex se apoiou no balcão e começou a puxar conversa. Não podia desperdiçar a vontade do dono do armazém em falar ao se deparar com alguns ouvintes inesperados.

— Esse rio é o Angûera, não é?

— Sim — respondeu, enquanto tirava o boné e passava a mão pelos cabelos ralos e grisalhos que mal cobriam sua cabeça. — Meu avô e meu pai tiraram seu sustento desse rio durante toda a vida; graças à pesca, meu pai conseguiu construir essa mercearia. Sei que não é muita coisa, mas é o que tenho e aqui vou vivendo até hoje.

Alex se apresentou e apresentou em seguida a namorada e Eduardo. Prosseguiu, decidido a revelar as verdadeiras intenções do grupo.

— Na verdade, não estamos aqui a passeio, mas a trabalho. Eu e minha namorada somos estudantes de Jornalismo, nosso amigo possui um canal na internet, e gostaríamos de fazer uma matéria sobre o rio Angûera e sobre a ilha.

"Canal" e "internet". As palavras soaram como se houvessem sido pronunciadas em aramaico.

O homem das cicatrizes fez um quase imperceptível aceno de cabeça para os visitantes e retirou-se. O outro recolocou o boné, apoiou as mãos grandes e vermelhas no balcão e disse aos jovens:

— O pessoal daqui não gosta muito de aparecer, como vocês já devem ter notado; se gostassem, não viveriam aqui neste fim de mundo. Não sei se vão receber muito bem vocês. E nem é por maldade, acreditem; é que já faz tanto tempo que não aparece ninguém de fora por aqui que já nem lembramos mais como é que se recebe um visitante. Talvez a gente seja o que se chama de caipiras, mas não é por maldade não.

Não mencionou qualquer palavra acerca da ilha, talvez preferisse não a mencionar.

Já haviam imaginado a hipótese de que os locais não se interessassem em aparecer; era comum os habitantes de localidades pequenas como aquela serem mais arredios que os moradores de locais maiores. O isolamento parecia trazer consigo uma espécie de desconfiança.

— O senhor poderia nos ajudar? Indicar alguém que goste de contar histórias?

Ele pareceu pensar durante algum tempo, enquanto olhava para fora. O movimento praticamente inexistia. Para o lugarejo, pouco importava qual fosse o dia da semana, todos os dias eram iguais. A única ocasião em que havia algum movimento era na data chamada pelos locais como "o dia do sorteio".

O proprietário do estabelecimento prosseguiu em sua reflexão:

— Tenho a certeza de que, seja lá o que for que vocês escreverem, ainda assim não vão conseguir atrair pessoas de fora para cá. Duvido muito que alguém, em algum dia, se interesse por esse fim de mundo, sabe?

Falava como se sua única opção fosse prosseguir vivendo naquele lugar abandonado, como se não existisse todo um mundo a ser conhecido além daqueles limites.

Eduardo estava prestes a dizer que a intenção da matéria não era fazer propaganda do local, a fim de atrair intrusos (percebera que seria mais conveniente nominar como intrusos os eventuais visitantes ou turistas), mas apenas apresentar fatos curiosos, quando o homem apanhou uma garrafa debaixo do balcão e uma velha caneca de lata esmaltada. Retirou a rolha da garrafa e encheu a caneca completamente. O cheiro forte da bebida se fez sentir por todo o ambiente. Estendeu a caneca aos três jovens e disse:

— Acredito que vocês já tenham idade suficiente para um trago. Bebem?

Nenhum dos três se aventurou a beber. O cheiro daquela coisa, por si só, já era suficiente para entorpecer qualquer um. A caneca foi esvaziada em um único gole, como se o dono do estabelecimento estivesse tentando reunir coragem, a fim de fazer revelações há muito tempo guardadas.

Limpou a boca com as costas da mão, tornou a encher a caneca e disse:

— Essa bebida é feita aqui em São Bento. Só terão a chance de prová-la por aqui, por isso, aproveitem.

Mesmo assim, resistiram. Ele se debruçou sobre o balcão, apoiando-se com os cotovelos, e perguntou como se lançasse um desafio:

— O que querem saber?

Os olhos do sujeito brilhavam, como se tivesse inúmeros segredos a compartilhar.

Eduardo se adiantou. Havia ensaiado para aquele momento desde o primeiro instante em que tomou conhecimento da existência da ilha. Apanhou o celular e disse ao velho:

— Se não houver problemas de sua parte, eu gostaria de filmar seu depoimento para fazer uma matéria fiel.

Talvez houvesse por aquele homem o interesse em ser reconhecido como uma espécie de artista de cinema. A vaidade é um sentimento que atinge qualquer pessoa, mesmo pessoas que vivem isoladas em locais desconhecidos.

— O senhor pode autorizar verbalmente a divulgação de sua imagem — prosseguiu Alex —, a filmagem com a autorização substitui o documento escrito.

Ele bebericou mais um gole da caneca que repousava sobre o balcão de madeira surrada — quantos milhares de copos e canecas não haveriam passado por ali? — E disse:

— Isso me lembra que ainda não me apresentei, por isso peço desculpas. Me chamam Astrogildo, mas todos me conhecem por Gildo. Sou de um tempo, garoto, em que não havia necessidade de se assinar qualquer documento. Sou de um tempo em que a própria palavra já era documento suficiente.

— É apenas uma mera formalidade, e...

Gildo prosseguiu como se não tivesse sido interrompido:

— Sei que nos dias de hoje só a palavra não é mais suficiente. Aqui o tempo parece que parou, mas compreendo que fora daqui as coisas são diferentes, por isso façam o que precisam fazer, e, se precisar assinar qualquer papel, eu assino. Mal sei ler e escrever, mas sei assinar meu próprio nome.

Paula e Eduardo prepararam seus celulares. Filmariam sob dois ângulos diferentes para possibilitar uma futura edição; preferiam não utilizar o equipamento profissional naquele momento, o que demandaria mais tempo para a preparação, possibilitando que o entrevistado mudasse de ideia e desistisse de prestar seu relato.

Gildo autorizou verbalmente o uso de sua imagem, o que foi devidamente filmado para evitar possíveis comprometimentos futuros.

— Na realidade, a nossa matéria é sobre a ilha que dizem que existe no rio Angûera, embora não conste nos mapas — disse Alex antes que a entrevista tivesse início. — Viemos pessoalmente verificar se esta ilha existe de fato, e se o que dizem sobre ela é verdade.

Mais um gole da bebida que cheirava como combustível.

— Toda cidade e todo vilarejo têm seus segredos — disse Gildo, após enxugar novamente a boca com as costas da mão. — São como as pessoas. E creio que os segredos não devem ser eternamente guardados sob pena de se enlouquecer. Ligue esse negócio aí, garoto, e pergunte o que tem que perguntar.

III

Gildo vomitou toda a história como se a estivesse guardando dentro de si há anos, esperando apenas o momento de poder se livrar daquele fardo indesejável.

Atualmente, tinha 60 anos de idade. Era ainda jovem quando a velha que morava isolada na ilha colocou seus pés em São Bento pela primeira e única vez.

— Essa ilha que você mencionou existe, sim — disse ele. — Houve um dia em que, de acordo com aqueles que estiveram por lá, era cheia de velhas bonecas penduradas nos galhos das árvores. Hoje não se sabe se ainda é assim, faz muito tempo que ninguém mais vai até lá. O povo daqui tem medo daquele lugar. Eu mesmo prefiro não me arriscar; não tenho medo, mas prefiro respeitar o que as pessoas dizem. Além disso, não tenho nada a fazer por aquelas bandas.

— Mas naquela época — prosseguiu —, na época em que a velha ainda vivia, muita gente a procurava.

Neste ponto, Alex o interrompeu, a fim de esclarecer os personagens da narrativa:

— Quem era "a velha"?

O dono da mercearia sorriu. Estava tão empolgado em despejar tudo o que sabia, que terminava por atropelar a história.

— Era a moradora da ilha. A única moradora. Dizem que não era uma mulher má; lia a sorte, fazia simpatias e trabalhos para todos os tipos de necessidade, desde para se curar alguma doença como para se atrair a pessoa amada. Coisas desse tipo, que atualmente o povo não acredita mais.

Quem mais procurava a velha eram as mulheres de São Bento, não porque acreditassem nessas coisas, mas por outra razão bem simples: ela fazia abortos.

Houve silêncio, como no momento da grande revelação em uma peça teatral barata.

Gildo percebeu o desconforto que havia causado entre os jovens e prosseguiu com seu monólogo.

— Estamos falando de uma época muito distante, um tempo em que vocês nem mesmo eram nascidos. Hoje as pessoas pensam de outra forma, há uma porção de jeitos para se evitar uma gravidez. Naquele tempo, se uma mulher já tinha muitos filhos e descobria que estava esperando mais um, bastava pegar a canoa e cruzar o rio até a ilha, que era chamada de "Ilha da Velha". Depois passou a ser conhecida como "Ilha da Bruxa", e hoje nem nome tem. É só mais uma ilha sem qualquer importância, um lugar pequeno onde não se pode plantar nada. Dizem que a terra lá é ruim; em alguns pontos, é muito alagada, e, em outros, dura como pedra; terra ruim.

Seu olhar estava perdido no espaço como se visualizasse algo há muito tempo esquecido e que naquele momento voltava a se projetar à sua frente. Olhou para os jovens, e seus olhos amarelados pelos longos anos de constantes bebedeiras ganharam mais um pouco de brilho, como se houvesse recordado algo importante a se dizer. Perguntou:

— Querem um conselho? Voltem para casa agora, antes que...

De repente a frase foi interrompida de forma brusca, como se por alguma estranha razão o homem houvesse ficado mudo. Calou-se e nem sequer fechou a boca, deixando a frase incompleta suspensa no ar, a boca aberta revelando dentes sujos e irregulares. Seus olhos fixos na entrada da mercearia.

Eduardo, Alex e Paula olharam para trás e depararam com um desconhecido ali parado, tão alto e largo que quase obstruía a entrada. Usava um chapéu de vaqueiro e um sobretudo preto desbotado, o que o fazia parecer com um pistoleiro coadjuvante dos filmes de Sergio Leone. Por trás da barba espessa e negra, podia-se visualizar os vestígios do que seria um sorriso, mas um sorriso de nenhuma forma acolhedor, um sorriso frio como o vento que vinha do Angûera.

— Sempre com suas histórias, hein Gildo? — disse o desconhecido, e sua voz grossa e rascante parecia ainda mais fria que o sorriso.

As filmagens foram interrompidas.

Gildo tentou sorrir também, colocou outra caneca de lata sobre o balcão, a encheu com a bebida misteriosa e perguntou ao estranho:

— Veio me acompanhar em um trago?

O estranho entrou, e seus passos ecoaram no ambiente. Calçava pesadas botas, e o som abafado acompanhava seus passos. Possuía olhos claros e pequenos debaixo de um emaranhado de sobrancelhas grossas. O nariz era levemente torto para a esquerda, provavelmente devido a alguma fratura ocorrida tempos atrás. Uma cicatriz fina e profunda marcava sua testa diagonalmente. Parecia que, naquele lugar, várias pessoas possuíam cicatrizes.

O cheiro azedo de seu suor impregnava suas roupas empoeiradas e começava a tomar conta do ambiente, misturando-se com o cheiro forte da bebida sobre o balcão.

Apanhou a caneca, virou-a e engoliu o líquido de uma só vez, fez uma careta e disse aos estranhos:

— Essa porcaria tem um gosto horrível, mas é o que temos.

Lançou aos jovens ao seu lado um olhar de cachorro-do-mato. Seus olhos passearam pelos rapazes, como se os farejassem, e pararam em Paula. Analisaram a jovem da mesma forma que um predador avaliaria sua presa antes de atacá-la. Observou-a de cima a baixo, como se há muito tempo não visualizasse algo tão belo. Disse:

— Rostos novos em São Bento. O que fazem aqui, jovens?

Fez a pergunta de um modo geral, mas encarando fixamente o rosto de Paula, como se a pergunta fosse a ela dirigida. Alex interveio:

— Viemos fazer uma matéria a respeito da ilha no rio Angûera.

O homem desviou o olhar lentamente para Alex, com um ar de aborrecimento, como se somente agora desse conta de sua presença. Observou o rapaz quase da mesma maneira que havia observado Paula, entretanto ao rapaz o seu olhar demonstrava certo desprezo e enfado. Estendeu a enorme mão com unhas imundas.

— Sou Jofre.

Alex apertou sua mão, e a sensação era a mesma de apertar um tijolo, devido à firmeza do aperto, dureza e aspereza da pele.

— Sou Alex — respondeu, livrando-se do aperto de mão e sentindo o sangue latejar como se houvesse esmagado a própria mão em uma engrenagem.

Gildo começou a se explicar diante do olhar reprovador do recém-chegado.

— Eu estava contando a história da velha da ilha. Eles não são daqui e estão interessados em saber.

Jofre o observou de soslaio, como se dissesse "falaremos sobre isso depois".

Olhou para os jovens e perguntou:

— Onde ele parou? Posso continuar a história e tenho a certeza de que serei muito mais breve que nosso amigo aqui. Se deixar, ele leva semanas para contar uma história. Acho que adora o som da própria voz.

Menos mal, ao menos, a entrevista continuaria. E sempre era interessante ter várias versões e diferentes pontos de vista sobre um mesmo fato, o que somente enriqueceria a matéria.

Afinal, o recém-chegado, mesmo com toda aquela panca de pistoleiro de filmes de faroeste italiano, poderia ter alguma utilidade. Alex, entretanto, preferiu apenas gravar a entrevista em áudio; imaginava que sugerir a gravação em vídeo talvez fizesse com que a presteza de Jofre diminuísse.

Acionou o gravador de áudio do celular e disse:

— Paramos no ponto sobre a velha senhora que vivia na ilha; uma senhora que, além de praticar magia, cometia também alguns atos criminosos.

— Abortos — disse Jofre, enquanto retirava o chapéu e o colocava sobre o balcão. Remexeu os cabelos negros e suados e apontou para a caneca vazia, que foi prontamente reabastecida por Gildo. Bebeu novamente de um só gole, como se precisasse ganhar coragem para prosseguir.

— A velha bruxa praticava abortos, mas isso na época não era tão ruim como nos dias de hoje. Atualmente, penso que as coisas devem ter mudado bastante, mas pessoalmente sempre achei que não se deve matar uma criança, mesmo que ainda esteja na barriga da mãe; sempre achei isso uma covardia sem tamanho, só que antigamente isso fazia parte do dia a dia. Quando o casal se descuidava e não tinha condições de sustentar mais um filho, apelava para essa solução.

Jofre não chegara a conhecer a velha pessoalmente. Quando os fatos aconteceram, ele contava com menos de 15 anos de idade e somente havia ouvido falar nela.

— As crianças tinham medo dela — disse —, e isso era mais graças aos pais do que à própria velha e às suas esquisitices. Os pais apavoravam os filhos um pouco mais do que o necessário para que não se aproximassem do rio, e com isso foram criadas muitas lendas. Vocês já devem ter percebido que, em um local pequeno como este, não há muito assunto, por isso, as pessoas acabam inventando coisas para ter sobre o que conversar. E é desse jeito que surgiram os boitatás e sacis-pererês.

A história prosseguiu do mesmo ponto onde havia sido interrompida: a velha vivia isolada na ilha, e ninguém sabia desde quando. No dia em que a primeira pessoa chegou a São Bento, ela provavelmente já vivia por lá.

— Não sei como ela era. Nunca vi a velha com meus próprios olhos, mas cada um tem uma descrição diferente. Alguns dizem que era uma mulher gorda e grande, outros dizem que era uma mulher magrinha e pequena. O fato é que não existe nenhuma foto — pelo menos eu nunca vi — por isso, cada um fala que ela era de um jeito diferente.

De acordo com Jofre, a localidade de São Bento iniciou em 1950, com a vinda da primeira família e a construção da primeira casa, uma casa humilde, construída com madeira como todas as outras que vieram depois. Dizia-se que o primeiro morador havia chegado até aquele fim de mundo devido a alguns problemas com a lei — alguns diziam que havia matado um desafeto em uma briga de bar, por isso fugiu com a mulher e os filhos ainda pequenos para o local que ainda não se chamava São Bento, um local isolado e sem nome.

Naquela época, sem toda a parafernália tecnológica que existe atualmente, ainda era possível fugir e permanecer oculto.

A primeira família que ali se estabeleceu passou a se manter com a pesca. Meses depois, chegou a segunda família, e a população começou a aumentar, principalmente depois que os filhos e filhas das famílias que chegaram casaram-se e tiveram seus próprios filhos.

O local era abastecido pelo rio Angûera, que fornecia a água e a alimentação necessárias aos moradores que batizaram a região de São Bento. A quantidade de peixes que ali havia — e ainda há — é abundante. O Angûera é um rio que resiste à poluição que inevitavelmente chega até ele.

O nome "São Bento" não era oficial, era apenas a maneira como os moradores passaram a nominar o local onde viviam, dando-lhe uma identidade própria. As razões para tal nome perderam-se com o passar dos anos.

A primeira aparição da solitária moradora da ilha, segundo o que disse Jofre, ocorreu em um fim de tarde, em finais de junho de 1965. Os pescadores recolhiam suas redes enquanto escurecia e a temperatura baixava, prenunciando uma noite bastante fria.

— Vamos logo com isso — dizia um deles. — Está esfriando muito. Vem geada por aí.

Enquanto encerravam os trabalhos do dia, visualizaram algo no rio que vinha de encontro a eles, aproximando-se da terra firme. Era uma canoa que navegava lentamente, e em pouco tempo o barulho dos remos contra a água fez-se ouvir.

Na canoa, somente uma velha com idade indefinida. Segundo algumas descrições, era uma mulher com cabelos brancos, compridos e desgrenhados, enfiada em um vestido cinzento, feito com pano grosso como o utilizado em sacos de aniagem, que chegava até os tornozelos.

Não calçava sapatos. Desceu descalça da canoa, com uma agilidade surpreendente para a idade que aparentava. Os pescadores a observaram calados, jamais imaginariam que um dia alguém desembarcaria por ali, muito menos uma senhora aparentando tanta idade.

— Os peixes não estão mais nadando em direção à ilha — disse a desconhecida, apontando para a direção de onde tinha vindo. — Podem doar algum?

Ninguém respondeu. Eram em sua maioria homens muito supersticiosos e conhecedores de várias histórias envolvendo o rio Angûera. Desse modo, aquela visão surgida do nada não havia causado boa impressão. Alguns faziam disfarçadamente o sinal da cruz, mas um deles revirou o cesto de palha que trazia consigo — havia pescado mais do que era de costume naquele dia. Apanhou duas piavas com quase um quilo cada e ofereceu-as para a desconhecida.

Ela as apanhou e disse:

— Não tenho dinheiro.

O pescador mais que depressa respondeu:

— Não tem necessidade, dona. Hoje pesquei mais que o suficiente.

A desconhecida lhe apontou o dedo indicador e disse:

— Não tenho dinheiro, mas vou lhe pagar. Não gosto de dever favores.

Aproximou-se do pescador e prosseguiu, em voz baixa, como se contasse algum segredo:

— Sua mulher está com um problema que está deixando você muito preocupado. Mande-a até a ilha e eu resolverei a questão como pagamento pelos peixes que me deu.

Sem esperar qualquer resposta, ela virou as costas, entrou novamente na canoa, carregando as duas piavas, e remou silenciosamente em direção à ilha. A pequena embarcação se afastou lentamente e logo desapareceu da mesma forma que surgiu, encoberta pela névoa que quase escondia as águas do rio.

O pescador que doou os peixes chamava-se Silas. Ficou impressionado com o que a mulher desconhecida havia dito, pois retratava o que ocorria em sua casa. Sua mulher não estava propriamente com um "problema", nunca havia encarado a situação como tal, mas não deixava de ser algo parecido.

O fato era que ele e a esposa já tinham cinco filhos, e ela se encontrava grávida da sexta criança. A gravidez atual era de altíssimo risco, pois, em seu quinto parto, ela por pouco havia sobrevivido.

Jamais esqueceria a noite em que foi buscar o médico na localidade próxima. A chuva caía torrencialmente, como se o céu fosse desmoronar despejando grossas gotas que chegavam a ferir quem atingiam.

Quase não havia visibilidade, e somente quem conhecesse muito bem o caminho aventurar-se-ia a sair em uma noite como aquela.

Vieram de carroça, ele e o velho médico chamado Farid, um árabe naturalizado brasileiro, que ostentava um bigode branco enrolado nas pontas, à moda antiga, e não clinicava mais, mas estava sempre disponível e disposto a auxiliar em emergências como aquela.

Vestia-se sempre de branco. "Acostumei" — costumava dizer. E atualmente seus cabelos e bigode eram tão brancos quanto as roupas que usava.

O cavalo puxava lentamente a carroça devido às precárias condições da estrada de terra, transformada em lama e buracos. A cada trovão, o animal empinava e ameaçava fugir, deixando-os para trás. Farid continuava sentado, segurando o chapéu, a fim de que não fosse arrancado pela ventania, ao mesmo tempo que domava o cavalo assustado. Estava acostumado com situações semelhantes, não era a primeira tempestade que enfrentava ao se dirigir ao local de alguma emergência médica.

Finalmente, conseguiram chegar à pobre casa, completamente encharcados. Ao se abrigarem da chuva no recinto seco, quente e aconchegante, não tiveram nem sequer tempo de se secar, ou ao menos beber um gole de aguardente para "esquentar o peito". O médico apenas retirou o chapéu e o paletó molhados da chuva, enrolou as mangas da camisa até os cotovelos e ordenou:

— Traga água quente.

Silas obedeceu, enquanto Farid iniciava o parto. A esposa de Silas, Rosa, possuía 25 anos na época e lutou bravamente para dar à luz mais aquele filho. Os trovões ecoavam ruidosamente na noite, e, entre um trovão e outro, quase três horas após a chegada de Farid, Silas finalmente ouviu o choro da criança recém-nascida pela casa, um choro forte, que indicava que tudo havia corrido bem.

Rosa sobreviveu. Após amamentar o mais novo filho, desfaleceu sobre a cama.

O médico acomodou o bebê adormecido ao lado da mãe e, enquanto lavava as mãos em uma bacia, disse:

— Cinco filhos são mais que o suficiente, Silas. Se sua esposa tentar dar à luz mais uma vez, posso garantir que não sobreviverá. Você ficará sem o filho e sem a esposa. Pense bem nisso: ficará viúvo, e seus filhos ficarão órfãos de mãe. E por quê? Por causa de ignorância, nada mais.

Aquele era o modo de Farid dizer as coisas: direto e sem qualquer floreio, o que o fazia querido por todos.

Silas era jovem também, apenas dois anos mais velho que a esposa. O que fazer? Não poderiam mais se amar? Não poderiam mais ter relações?

— Somos muito jovens, doutor. É cedo para pararmos de ter filhos.

Farid o encarou com reprovação enquanto enxugava as mãos recém-lavadas. Ao perceber o olhar acusador do médico, com a cabeça ligeiramente inclinada, baixou os olhos, envergonhado.

— Há métodos para se evitar, Silas. Você, com certeza, já ouviu falar em preservativos. Há remédios para se evitar a concepção.

O pescador baixou a cabeça e disse com a voz sumida:

— A Igreja não aceita, doutor. A gente tenta fazer só nos dias certos, mas, às vezes, erra na conta.

Estava explicado. O pobre casal, a fim de não contrariar os mandamentos religiosos, tentava utilizar o método conhecido como "tabelinha", mas tal método era bastante falível. Qualquer outro método contraceptivo seria mais seguro.

O médico o olhou com um duro olhar de reprovação, recolocou o chapéu e o paletó molhados, apanhou sua maleta surrada e disse em seu tom rabugento:

— Pois então faça como achar melhor. Respeito suas opiniões e crenças, e quem sou eu para contradizê-lo? Só digo, mais uma vez, que sua esposa não sobreviverá a outro parto. E não serei eu quem irá realizá-lo, sabe por quê? Porque nunca ninguém morreu em minhas mãos em mais de 40 anos de medicina, e não será agora que isso irá acontecer. Muito menos por causa da teimosia de um cabeça-dura como você!

A chuva já havia parado, e ele foi embora sem cobrar qualquer quantia.

Silas observou a esposa pálida e adormecida sobre a cama e percebeu o quanto a amava e o quanto era difícil até mesmo imaginar perdê-la. Amava-a tanto que até sentia vergonha em pensar que, se tivesse de escolher entre ela e o filho que havia acabado de nascer, a escolheria sem pensar duas vezes. Em determinada ocasião, levara essa questão ao padre Escudero, único padre da pequena igreja local: seria correto amar a esposa ainda mais que aos próprios filhos?

Lembrava aquela tarde no interior da igreja vazia e de sua conversa com o padre. Não havia sido propriamente uma confissão, mas, sim, algo semelhante a uma conversa entre dois amigos, ambos sentados em um dos bancos de madeira, falando baixo para que suas vozes não ecoassem no ambiente silencioso e acolhedor, embora estivessem apenas os dois no interior da igreja.

— Não se pode dizer que isso seja um pecado, meu filho — disse-lhe o padre Escudero, um homem forte na casa dos 50 anos, careca e com sotaque espanhol carregado. — A Bíblia diz que o homem não é dono de seu sopro de vida, assim sendo, também não é dono de seus próprios pensamentos. O que se deve fazer é ser perseverante na oração, pedindo sempre a Deus, nosso Pai e Senhor, que o ajude a não pensar que ama sua esposa mais que aos próprios filhos, sem jamais esquecer que o Senhor, este sim, deve ser amado acima de qualquer vivente.

Caminharam juntos até a porta da igreja, o padre com a mão direita pousada sobre o ombro de Silas, caminhando lentamente com seu andar gingante. Naquele momento, encontrava-se diante de um fiel em crise de consciência por julgar amar mais a esposa do que os próprios filhos.

Se todos os problemas enfrentados fossem semelhantes àquele, certamente o mundo seria um lugar mais acolhedor.

— O amor é um sentimento nobre — prosseguiu. — Não se sinta um pecador por amar. Continue amando sua família e, com o passar do tempo, perceberá que ama tanto sua esposa como seus filhos, e com a mesma intensidade, somente de formas diferentes.

Silas ficou mais aliviado em desabafar com o padre tudo o que o afligia há tempos.

Dois anos após o problemático parto, ocasião em que o médico Farid havia dado o ultimato para que parassem de ter filhos sob pena de Rosa não sobreviver, descobriram que ela novamente se encontrava grávida.

Ambos se preocuparam. Não haviam esquecido o que o velho médico havia dito dois anos antes. Uma nova gravidez seria o mesmo que uma sentença de morte.

Não buscaram métodos contraceptivos por serem condenados pela igreja, e agora o resultado se apresentava. O que fazer? Se a contracepção era condenada, o aborto era ainda mais condenado. Afinal, tratava-se de um crime até mesmo perante os olhos dos homens.

Qual alternativa restava, então? Seguir adiante e arriscar a vida de Rosa? Estavam diante de um problema. E a mulher estranha que vivia na ilha e a quem havia dado os peixes, de alguma forma, sabia que estavam diante de um problema. E mais: oferecera-se para ajudá-los.

Foi em uma manhã, alguns dias após o encontro com a velha, antes mesmo de o sol nascer, que Silas e sua mulher embarcaram em uma canoa em direção à ilha.

Tinha medo de que a esposa não sobrevivesse, e conversaram muito sobre o que estavam prestes a fazer. A decisão não havia sido fácil, mas, além do risco que a vida de Rosa corria se levasse a gravidez até o final, havia também a necessidade de se pensar nos outros filhos, que ficariam desamparados no caso de sua morte.

O que foi decidido, foi decidido em comum acordo.

O caminho até a ilha foi percorrido em silêncio, tudo o que se ouvia era o barulho das pás dos remos contra a água. Ocasionalmente, alguns peixes saltavam, mergulhando em seguida, mas o casal nem sequer percebia.

O melhor a ser feito era falar o mínimo possível. Estavam cientes de que estavam prestes a cometer um crime, algo hediondo aos olhos de Deus e dos homens.

A ILHA DA BRUXA

·) ·) ·) ·● ·● ·● ·●

Sabiam que, após realizado o ato, jamais tocariam novamente no assunto. Haveria um pacto de silêncio entre os dois, mesmo que não formalizado.

Silas remava enquanto o dia clareava aos poucos. Rosa apenas observava a água.

Passado algum tempo, finalmente chegaram à ilha. O sol ainda não havia surgido por completo. Desembarcaram e, ao longe, conseguiram avistar uma luz fraca, proveniente do interior de uma velha cabana de madeira. A luz fraca se destacava em meio à penumbra.

Havia alguém no interior da velha morada.

Caminharam, passando por várias árvores com galhos retorcidos que àquela hora pareciam muito mais sinistras devido às sombras que se alongavam com as primeiras luzes da alvorada. Pararam diante da porta da cabana, e Silas bateu — três batidas leves, tímidas, quase inaudíveis. A porta foi aberta logo em seguida, como se a vinda do casal fosse aguardada.

Ali estava a mulher que havia se oferecido para resolver o "problema". O mesmo vestido amarrotado, os mesmos cabelos brancos e desgrenhados, os mesmos pés descalços. Seus olhos pareceram brilhar ao ver o casal diante de si como se ambos estivessem lhe trazendo um presente inesperado.

Sorriu, mostrando alguns dentes, poucos e irregulares, afastou-se da porta, indicou-lhes com a mão a entrada e convidou:

— Entrem.

Ao perceber a timidez do casal, ordenou com rispidez:

— Entrem, entrem.

Entraram e visualizaram um lampião aceso, que era de onde provinha a luz fraca que permitiu encontrarem a cabana.

O ambiente era simples: uma mesa, duas cadeiras, um velho fogão a lenha e uma velha e estreita cama em um canto.

Sentaram-se nas cadeiras, e a mulher permaneceu em pé, esfregando as mãos secas e encarquilhadas.

— Sabia que viriam.

Rosa estava imóvel, sentada desconfortavelmente sobre a cadeira. Tudo o que queria era ir embora. Aquele lugar lhe provocava calafrios.

A velha tocou sua barriga e disse:

— Três meses de gravidez. Quer retirá-lo?

Ela olhou para Silas, como que buscando alguma resposta. Ele baixou os olhos e fez um sinal positivo com a cabeça. Rosa respondeu:

— Sim.

Não havia mais volta. O pacto estava selado.

A dona da cabana dirigiu-se até o fogão a lenha e dali retirou um bule que se encontrava esquentando sobre a chapa de ferro; em seguida, despejou parte de seu conteúdo fumegante em uma caneca de lata. O cheiro que provinha do vapor era o de alguma espécie de erva, um odor enjoativo e forte. Segurou a caneca com as duas mãos e estendeu-a a Rosa.

— Beba enquanto ainda está quente — ordenou. — E em menos de um dia seu problema estará resolvido.

Rosa perguntou:

— O que é?

A velha a olhou com impaciência, como se sua função não fosse a de explicar o que quer que fosse, e a de Rosa fosse apenas obedecer ao que lhe era ordenado.

— Não importa — respondeu.

Apontou um dedo para a mesma porta por onde haviam entrado e prosseguiu:

— Se tiverem dúvidas, vão até a cidade e procurem um médico. E sumam daqui porque tenho mais o que fazer.

Rosa, temendo que a velha mudasse de ideia, obedeceu e bebeu o líquido ainda quente. Suas mãos trêmulas mal conseguiam segurar a caneca fumegante.

A velha deu um sorriso de aprovação e ordenou a Silas:

— Volte. Sua esposa ficará aqui. Amanhã, nesta mesma hora, você deve retornar para buscá-la.

A princípio, ficou confuso com a ordem, sentindo uma desagradável sensação de desamparo, como se aquela estranha houvesse declarado que sua esposa jamais retornaria.

Porém, não estava em condições de questionar o que quer que fosse, por isso, acatou a ordem. O pior já havia sido feito.

Despediu-se de Rosa. Tentou sorrir, mas não foi possível. Virou as costas antes que as lágrimas surgissem. A vida sem ela não seria nada boa — tentava se convencer de que haviam tomado a decisão certa.

Retornou para o vilarejo, deixando-a para trás, junto do filho que jamais nasceria. Antes de retornar, perguntou à velha qual era seu nome.

— Eu não tenho nome — foi a resposta seca, que servia como uma forma de apressar sua saída.

Rosa passou o dia na cabana, em repouso. Pouco depois de beber o que havia lhe sido oferecido, começou a sentir sono. Dormiu e teve pesadelos, os mais terríveis pesadelos que jamais tivera em sua vida.

Sonhou com seres que rodeavam a mata existente na ilha, seres com o formato de demônios, semelhantes a sombras avermelhadas e que a cercavam em enorme velocidade, como malignas bolas de fogo lançadas por canhões. Tentava desvencilhar-se deles, mas estavam tão próximos que era possível sentir até mesmo o frio que deles emanava, um frio tão intenso que poderia até mesmo queimar.

Ainda pior que a aparência eram os sons que emitiam. Gemidos, uivos e risadas que ecoavam longe. Os risos não possuíam qualquer alegria, eram como risos de um louco, sons que feriam seus ouvidos e ameaçavam perfurar seus tímpanos.

Misturado aos sons, ecoavam também choros de crianças, como se todos os bebês do mundo chorassem ao mesmo tempo com sofrimento e dor. Constatou com horror que os troncos das árvores que circundavam a cabana possuíam feições de crianças, e era dali que partiam os choros.

Sonhava que havia dado à luz e acordava com o pequeno bebê aninhado ao seu lado. Porém, ao tentar aconchegá-lo em seus braços, constatava que o que julgava ser seu filho, na realidade, não passava de uma boneca de plástico com os olhos vidrados.

Algumas horas depois, sofreu um sangramento médio e abortou. O bebê que havia dentro de si não mais existia.

Os pesadelos cessaram.

Na manhã seguinte, Silas desembarcou novamente na ilha, desta vez para buscar a esposa. Apesar de a velha ser a única habitante da ilha — ao menos era o que parecia —, caminhou até a cabana com a sensação de estar sendo observado. Bateu na porta devagar, sem fazer muita força — não queria demonstrar a mínima ansiedade ou falta de respeito. A velha abriu sem nada dizer, ignorou-o e abriu passagem para que entrasse. Ele encontrou Rosa pálida, em pé logo atrás da anfitriã, e com aparência abatida. Notou que ela havia chorado. As olheiras e os olhos vermelhos denunciavam.

Sentiu-se mal, mas, ao mesmo tempo, teve a consciência de que, caso não houvessem agido daquela forma, ela morreria junto da criança. Não tinham outra opção senão aquela. Envolveu a mão da esposa nas suas. Eram cúmplices de um ato terrível, um ato que jamais poderia ser modificado.

— Não se preocupem — disse a velha, como se houvesse lido seus pensamentos e a angústia que sentiam. — Não contarei nada a ninguém. Se dependesse só de mim, este nosso segredo morreria aqui.

Sua boca sem lábios entortou-se em uma paródia de sorriso. Acrescentou:

— Mas sei que vocês falam demais.

O casal tomou o rumo do vilarejo. Pretendiam jamais relatar o ocorrido a quem quer que fosse. Sentiam vergonha do ato praticado e, ao mesmo tempo, tinham a certeza de que estariam sempre em débito com a mulher que habitava a ilha.

IV

Paula interrompeu a narrativa de Jofre:

— Ela não cobrava nada, então a troco de que realizava os abortos?

Jofre sorriu e mexeu na caneca sobre o balcão, como um enólogo que agita o vinho em uma taça de cristal. Considerou que mais uma dose seria bom, relaxaria as más lembranças advindas daquelas histórias desenterradas como cadáveres. A bebida, porém, era forte, e já havia bebido mais que o recomendável. Mais um gole, e sua língua se soltaria, e talvez acabasse falando mais do que deveria. E como diziam os chineses: "se a palavra é prata, o silêncio é ouro".

Olhou para a jovem e respondeu:

— O povo dizia que a velha era uma mulher boa, que só fazia o bem. Muitos até lembram dela como se fosse uma benzedeira, sabe? Uma daquelas que benzem espinhela caída e febre de estômago, daquelas que fazem chazinhos para dor de barriga de criança. Uma velhinha inocente, incapaz de fazer mal a uma mosca. Pelo menos, era o que diziam.

Olhou novamente para a caneca vazia. Gildo apanhou a garrafa para enchê-la, mas Jofre fez um gesto negativo com a mão. Precisava manter-se sóbrio e vigilante com as palavras.

Gildo, por sua vez, aproveitando-se de já estar com a garrafa na mão, encheu a própria caneca. Engoliu o líquido e sentiu o calor queimar seu peito.

Naquele lugarejo, não havia diversão além de beber em excesso a mistura feita com milho e levedura. Bebia diariamente para ter a impressão de que os dias passavam mais depressa, mas a ilusão era a cada dia mais frágil.

Os dias se arrastavam, pouco importando o quanto bebesse. Mesmo que sorvesse inúmeras canecas, ainda assim acordaria no mesmo local; a ilusão que a ebriedade lhe trazia estava longe de ser a mesma de outros tempos.

Ultimamente, a bebida não o atingia como antes. Sentia-se um pouco mais relaxado, um pouco mais falante ao ingeri-la, mas antes bastaria uma ou duas canecas para derrubá-lo. A única coisa que o orgulhava de certo modo, fazendo-o sentir-se superior a Jofre e aos demais sob alguns aspectos, era o fato de poder beber sem qualquer efeito que o abalasse externamente.

Era tudo o que possuía, ou seja, nada, apenas uma vantagem inútil e sem qualquer importância. Talvez seu fígado finalmente sucumbisse e abreviasse seus dias.

Jofre prosseguiu com a história, mirando um ponto fixo na parede como se naquele ponto estivesse sendo projetado o passado:

— Ela não era uma pessoa boa. Uma benzedeira inocente não pratica abortos. A velha era malvada. E quem a viu disse que ela tinha os olhos mais cruéis que já existiram. Meu falecido pai dizia que pareciam os olhos da sucuri, e por isso não era aconselhável encará-los por muito tempo. Já ouviram falar da sucuri? É uma cobra imensa que hipnotiza suas vítimas e depois as engole inteiras, sem dó nem piedade.

Fez o sinal da cruz e disse em um tom quase impossível de ser ouvido:

— A velha tinha parte com o Diabo.

Gildo repetiu o gesto de Jofre, mas, ao invés de fazer um único sinal da cruz, fez três vezes seguidas, como se quisesse garantir que estaria espantando de forma mais eficiente qualquer influência maligna. Afinal, três tiros surtem mais efeito que um.

— No começo, as pessoas pensavam que ela era apenas uma mulher que, naquele tempo, era chamada de "curiosa". Sabem o que é uma "curiosa"? É uma pessoa que pratica partos sem licença das autoridades, coisa comum no passado. Com o passar do tempo, descobriram que ela não fazia partos, mas, sim, abortos. E hoje dizem que o que ela fazia não era para o bem da população de São Bento, mas, sim, sacrifícios pro Satanás.

Decidiu finalmente tomar mais um gole. Era necessário. Normalmente, era homem de falar pouco, mas a verborragia atual parecia fazer-lhe bem. Era como se limpasse um velho sótão, colocando para fora objetos há muito tempo guardados, mas jamais esquecidos.

Fez um gesto com o indicador e o polegar para Gildo, indicando que queria uma dose pequena. Gildo encheu um terço da caneca — era o que se entendia como uma pequena dose naquele local. — Jofre engoliu a bebida e disse:

— O pessoal se acostumou com a velha, era bom tê-la por perto, entendem? No caso de acontecer algum imprevisto, ela sempre estava por perto. Mas, com o passar do tempo, os casais tomaram consciência do controle de natalidade por meio da prevenção, os tempos mudaram, as pessoas ficaram mais conscientes, e chegou o momento em que ninguém mais ia até a ilha. Foi aí que as crianças de São Bento começaram a desaparecer.

Após a visita de Silas e Rosa, a fama da velha sem nome espalhou-se pelo vilarejo. Rosa comentou com algumas pessoas acerca do que havia ocorrido, e logo a estranha passou a ser procurada por mulheres que haviam descoberto uma gravidez indesejada. Procurar a ajuda da velha acabou mostrando-se uma providência mais cômoda que qualquer outra. Era algo prático e rápido.

Os moradores tinham a impressão de que se tratava de uma boa pessoa em virtude de sempre receber bem aqueles que a procuravam, sem qualquer espécie de crítica ou julgamento. Os abortos passaram a ser realizados constantemente, sempre utilizando as mesmas ervas.

Aos poucos descobriram que ela possuía outros atributos além de utilizar as ervas abortivas até então desconhecidas. Podia curar doenças sem a necessidade de medicamentos ou da presença de um médico.

Podia até mesmo realizar desejos, como uma versão velha e carcomida do gênio da lâmpada.

Em certa ocasião, ela ajudou um morador de São Bento que possuía uma impagável dívida financeira proveniente de jogo. Mesmo que pescasse durante cinco anos seguidos e entregasse todo o lucro aos credores, ainda assim não saldaria o débito. Deixara-se seduzir pelo carteado, e, quando deu por si, as dívidas haviam se acumulado como verdadeira bola de neve, tornando-se gigantescas.

Na esperança de recuperar o prejuízo com uma possível maré de sorte, passou a aumentar ainda mais as apostas, tendo como único resultado o aumento astronômico do que devia.

Alguns amigos diziam que dívidas de jogo não precisam ser pagas, mas para ele havia a questão da honra, afinal, "um homem sempre paga o que deve" — é o que lhe havia ensinado o pai.

Além disso, deveria ser considerado para quem estava devendo. Não devia para um banco, ou para jogadores comuns que fazem do jogo mero passatempo, mas, sim, para criminosos que viviam na cidade próxima. Dizia-se que trapaceavam no baralho e, por isso, tinham no jogo a sua fonte de renda. Mas, de qualquer forma, era tarde demais para questionar o fato de ter ou não havido trapaça. Pouco importava. O fato era que devia para pessoas perigosas e que levavam o jogo muito a sério.

Deram-lhe dois meses para pagar a quantia acrescida de juros. "— Em dois meses a gente volta. Esteja com o dinheiro".

Com seus rendimentos, a quantia seria impossível de ser levantada em cinco anos, o que dizer então em dois meses?

Mesmo que vendesse a casa, a pequena embarcação, que constituía sua fonte de renda, mesmo que vendesse a própria família, caso fosse possível, não haveria como obter o dinheiro que lhe era cobrado.

Dizia-se que ele, em completo estado de desespero, buscou a ajuda da misteriosa moradora da ilha. Em uma noite chuvosa, entrou em seu pequeno barco de pesca e remou até o local, a fim de buscar alguma solução.

Não se sabe o que a velha disse ou que feitiço praticou, mas, naquela noite, ele dormiu como há tempos não dormia e teve um sonho bom: sonhou que desenterrava um tesouro no quintal da própria casa. Foi um sonho extremamente realista, sentia a terra úmida entre seus dedos, sentia, até mesmo, o cheiro da terra enquanto arrancava torrões com as próprias mãos.

Na manhã seguinte, antes mesmo de o sol nascer, resolveu cavar um buraco no local onde o sonho havia indicado. O local se apresentava tão nítido como se houvesse memorizado uma fotografia em cores: ao lado de uma pedra escura e ao pé de uma árvore. Munido de uma pá, cavou. E era como se estivesse sendo movido por fios invisíveis.

A pá penetrou a terra macia e úmida da chuva e cavou cerca de um metro e meio até bater em uma superfície firme, que emitiu um som oco ao ser atingida. Era uma caixa de madeira enterrada a, mais ou menos, um metro e meio de profundidade. Deixou a pá de lado e cavou com as mãos ao seu redor, exatamente como fizera no sonho. Retirou a caixa de onde estava enterrada e percebeu que sua tampa estava firmemente lacrada com pregos. Com o auxílio de um martelo, conseguiu forçá-la, surpreendendo-se ao verificar que havia dinheiro ali dentro, diversas cédulas novíssimas, e a quantia ali encerrada era exatamente a quantia necessária para saldar a dívida que tanto lhe atormentava. O mais impressionante foi o fato de as cédulas não se encontrarem mofadas ou emboloradas; não estavam nem mesmo úmidas — estalavam de tão secas e novas. Era como se houvessem sido impressas e enterradas há minutos, e tratava-se de dinheiro verdadeiro.

Como essa, várias outras situações estranhas passaram a ocorrer.

Uma dessas situações foi a do pescador Guilherme, que necessitava de dinheiro para comprar um barco novo em virtude do estado crítico em que o seu velho se encontrava, já não mais sendo possível mantê-lo navegável por meio de consertos. O pescador buscou os alegados poderes da habitante da ilha e, alguns dias depois encontrou um anel com imenso diamante dentro de um peixe que havia pescado. Ao estripá-lo, dentre dezenas de outros peixes que foram vendidos inteiros, localizou misteriosamente a joia.

Escudero, o padre local, apenas observava tudo com muita reserva, evitando emitir opiniões, mas ciente de que algo não corria bem. Sabia que dívidas deviam ser pagas e que, se, porventura, forças ocultas estivessem auxiliando na resolução de algumas situações, seriam dívidas bem mais difíceis de serem saldadas. Sabia, também, que as forças ocultas sempre cobravam além do que lhes era devido, exigindo para si um preço muito maior que o inicialmente acordado.

Aquela misteriosa mulher que vivia na ilha não lhe causava de forma alguma uma boa impressão.

— A voz do Demônio é doce — costumava dizer o padre em seus sermões.

Em outra ocasião, uma das moradoras do vilarejo, de nome Iara, procurou a habitante da ilha, a fim de pedir conselhos sobre como agir em relação ao marido, o qual gastava com mulheres e bebida todo o dinheiro recebido com a pescaria, não admitindo qualquer repreensão a respeito, chegando, inclusive, ao ponto de agredi-la e ao próprio filho, uma criança com 3 anos de idade.

A história foi contada sem pressa, no interior da cabana da velha, cujo nome ninguém sabia. Ela ouviu atentamente a história, sentada diante da mulher que a narrava e separadas pela pequena e castigada mesa de madeira, sem proferir qualquer palavra. Ao término, perguntou:

— O que você quer?

A resposta foi simples:

— Quero que ele pare de beber.

A velha fez um gesto de desdém.

— Pouco importa ele parar de beber. Continuará sendo o mesmo homem irresponsável e violento. Continuará sendo o mesmo péssimo pai de família e marido. Você está procurando uma solução para *seu* problema, e nada mais tem importância.

Ela apoiou os cotovelos sobre a mesa, aproximando seu rosto até praticamente tocar o rosto de Iara. Ordenou:

— Diga, então, o que você quer de verdade.

Iara baixou a cabeça. Voltaram à sua mente os bons tempos que haviam vivido juntos logo após o casamento. Recordou os planos simples que faziam, planos sem ambições inatingíveis, apenas uma casa simples, alguns filhos, envelhecerem lado a lado.

Tudo o que queriam na época era a companhia um do outro. Vicente, o marido, prosseguiria seu ofício de pescador, e Iara continuaria sendo a dona de casa que sempre havia sido, mantendo as coisas no lugar, cuidando dos filhos que teriam e recebendo o marido no final de cada tarde.

Mas, em algum ponto da caminhada, os bons planos se perderam.

Respondeu, enfim:

— Dona, já cheguei ao ponto de querer que ele morresse, mas eu amo muito aquele homem. Se ele morrer antes de mim, minha vida vai perder toda a graça. O que eu queria mesmo é que ele fosse bom, que dependesse de mim, que ficasse em casa sempre, não saísse para os bares e para frequentar casas de prostitutas na cidade.

Um sorriso surgiu no rosto da velha, revelando os poucos dentes que ainda lhe restavam. Não era um sorriso acolhedor, mas, sim, de vitória, um sorriso que demonstrava sua superioridade diante daquela que lhe falava.

Cedo ou tarde, a verdade sempre se apresentava.

Inclinou-se novamente sobre a mesa e apontou a longa unha do dedo indicador descarnado e encurvado para o rosto de Iara, quase tocando a ponta de seu nariz.

— Cuidado com o que se deseja, minha filha. Muitas vezes se consegue.

A ILHA DA BRUXA

·) ·) ·)·●·(·(((·

Inicialmente, Iara não compreendeu o significado do que havia sido dito. A velha sem nome levantou-se da cadeira e ordenou:

— Se estiver certa do que deseja, venha comigo.

Estava certa do que desejava, é lógico que estava certa. Caso contrário, não teria cruzado o rio. Afinal, o que poderia haver de mau em seu desejo? Era algo que não envolvia o mal de quem quer que fosse, tampouco fortuna; apenas queria que o marido modificasse seu comportamento. E que mal poderia haver naquilo?

Caminharam até uma parte da ilha distante da cabana, a velha seguida por Iara. A tarde já acabava, e as sombras das árvores se uniam; sentiria muito medo se estivesse caminhando sozinha. Após alguns minutos, a velha parou diante de uma folhagem no chão, de onde sobressaíam alguns frutos verdes e pequenos, parecidos com jilós. Acocorou-se diante da folhagem com impressionante agilidade e disse à outra:

— Afaste-se. A raiz da mandrágora só deve ser colhida em noites de lua cheia. Como não é noite de lua cheia, é melhor você ficar longe e tapar os ouvidos.

Iara obedeceu, se afastou e tapou os ouvidos com as duas mãos espalmadas, mesmo sem compreender a razão daquele gesto. De longe, observou-a remexer com habilidade a terra. A velha cavou com as mãos durante alguns minutos, enterrando-as até os pulsos e parte dos braços na terra escura. Finalmente, pareceu encontrar algo, agarrou-o com as duas mãos e puxou-o para fora com força.

Naquele instante, um grito ensurdecedor surgiu do buraco recém-cavado, como se ali houvesse algo ou alguém sendo ferido de maneira cruel. Iara apertou ainda mais as mãos contra os ouvidos e estremeceu diante do grito inumano que parecia fazer tremer o mundo ao seu redor. Felizmente, o som não durou muito, desaparecendo da mesma forma que surgiu e não deixando qualquer eco para trás, apenas a lembrança de um lamento que jamais seria esquecido.

A velha se aproximou trazendo consigo algo aninhado em suas mãos, segurando-o com o mesmo cuidado com o qual seguraria uma pequena ave que houvesse encontrado caída e ainda viva.

Observou o que a velha trazia e assustou-se, resistindo ao impulso de gritar e correr diante daquela visão. O que havia aconchegado nas palmas de suas mãos sujas e encarquilhadas era algo muito semelhante a um bebê, um bebê diminuto e sujo de terra, com seus pequeninos braços abertos como uma imagem do menino Jesus nos Presépios, retirada do fundo de um buraco.

Entretanto, aquele pequeno bebê parecia ser feito de barro cru, e em sua cabeça sobressaía algo semelhante a dois chifres, como se fosse uma versão pagã do Salvador a se colocar na manjedoura, algo feito para escarnecer da fé.

Afastou-se, não se permitindo olhar durante muito tempo o que a velha segurava. Recusava-se a olhar com mais atenção para aquilo, fosse o que fosse. Ela estendeu o estranho objeto que trazia aconchegado nas mãos, e Iara se afastou com um misto de profundo medo e repulsa. Não queria tocá-lo, nem que fosse obrigada a fazê-lo. Fugiria daquela ilha nem que fosse a nado!

— Guarde a raiz em um local seguro e vá tirando um pequeno pedaço de cada vez — ordenou a velha.

Ao ouvir aquelas palavras, Iara suspirou de alívio.

Uma raiz! No final das contas, aquele objeto não passava de uma raiz retirada da terra, não obstante sua aparência assustadora. E aquele grito? Jamais havia ouvido nada igual. Tocou a raiz com as mãos trêmulas, limpou parte do barro que a envolvia e guardou-a no bolso do vestido que usava.

— Um pequeno pedaço de cada vez — repetiu a outra. — Coloque todos os dias na comida dele, e seu desejo será realizado.

Finalmente, conseguiu perguntar:

— E aquele grito?

A velha riu e respondeu:

— Foi a raiz da mandrágora. Como eu disse, ela gosta de ser retirada do solo apenas em noites de lua cheia.

Naquela mesma noite, o marido de Iara chegou mais uma vez bêbado em casa, situação essa que se tornava costumeira. Vicente já havia sido um homem forte, mas isso havia sido antes de se entregar à bebida. A cada dia que passava, sua força física diminuía em virtude do excesso de álcool, perdendo peso diariamente, à medida que o fígado inchava. Mais algum tempo e seria premiado com uma cirrose, caso não modificasse seus hábitos.

Entrou em casa por volta das 11h30 da noite. Deveria ter chegado há, pelo menos, quatro horas, ao final da pescaria diária. Iara nada disse, havia se acostumado a permanecer calada e sem fazer perguntas. Sabia que o atrevimento lhe custaria sérias consequências, como de fato em outras ocasiões havia custado, e tudo o que queria naquela noite era que ele não acordasse o filho do casal, que dormia alheio àquela situação.

Mais uma vez, Vicente voltava para casa sem trazer consigo um único peixe; provavelmente, havia trocado a pesca por bebida, como costumava fazer de forma frequente, ou teria vendido a pescaria do dia e gastado todo o dinheiro em algum bordel. Mais uma vez, ela teria de apelar para a bondade dos vizinhos no dia seguinte, a fim de que o filho não passasse fome.

Ele entrou cambaleando e se sentou em uma das cadeiras defronte à mesa de madeira que utilizavam para as refeições. Suava, e seu suor tinha cheiro de aguardente. Diante dele, um prato com alguma comida — um pouco de arroz, feijão, alguma salada e o último pedaço de peixe que ainda tinham em casa.

Fazendo parte do tempero, estava um pedaço da estranha raiz que Iara havia picado em pedacinhos minúsculos, quase invisíveis. Rezava para que ele estivesse bêbado a ponto de não sentir qualquer sabor diferente.

— Traz a garrafa — ordenou à esposa.

Ela obedeceu. O importante era que ele comesse a raiz. Trouxe a garrafa de cachaça e um copo. Ele encheu o copo até a borda e bebeu, trazendo, em seguida, o prato para perto de si. Cheirou a comida, como costumava fazer, e começou a comer ruidosamente. Aparentemente, não sentiu qualquer sabor estranho, ou, se sentiu, foi algo melhor que o habitual, tendo-se em vista a volúpia com a qual devorou a comida que tinha diante de si.

Em poucos minutos, esvaziou o prato e saiu da mesa. Estirou-se sobre a estreita cama do casal, ocupando-a completamente e sem sequer tirar as botinas enlameadas que calçava. Poucos segundos depois, roncava como um porco.

Iara lavou a pouca louça que o marido havia sujado, retirou suas botinas, tomando cuidado para não o acordar, e trouxe uma cadeira para próximo da cama onde ele dormia. Sentou-se e observou. Esperava que algo visível ocorresse.

Vicente teve um sono sem sonhos por algum tempo, permanecendo imóvel como se estivesse morto, o que sobressaltou a esposa, a qual, em alguns momentos, se aproximou dele para ter a certeza de que ainda respirava.

Cerca de 10 minutos após haver adormecido, passou a ser acometido por pesadelos.

Os pesadelos se interligavam e se confundiam uns com os outros. Ao mesmo tempo que sonhava com criaturas emergindo das profundezas do rio onde pescava diariamente, tentando puxá-lo para o fundo, sonhava com legiões de demônios e espíritos malignos à sua procura. Escondia-se em uma floresta escura, mas ouvia os passos das criaturas que se aproximavam a cada instante, esmagando com seus pés as folhas que havia no caminho.

A fim de se ocultar de seus perseguidores, buscava refúgio em um bordel que costumava frequentar; ao entrar no local, entretanto, constatava que as prostitutas eram as próprias criaturas que o procuravam na floresta. Criaturas sem rosto, com inúmeros tentáculos. As risadas feriam seus ouvidos, e do lado de fora os passos e ruídos se aproximavam um pouco mais a cada segundo. Alguém batia na porta e nas janelas, como se estivesse impaciente para entrar. A casa toda tremia com as pancadas.

Gritava, mas as risadas das criaturas abafavam seus gritos.

Ao mesmo tempo, não mais se encontrava no interior do bordel, mas, sim, em um local que lembrava um matadouro, com sangue e pedaços de carne por todos os lados, correntes e ganchos ensanguentados pendendo do teto.

Evitava olhar para a carne no chão. Sabia que, se prestasse atenção, constataria serem pedaços de carne humana. Sabia que conseguiria visualizar partes humanas, como pés e mãos, talvez até mesmo uma cabeça separada do restante do corpo.

As paredes estavam pintadas com sangue já enegrecido. Conseguia sentir o cheiro do sangue.

Mas o pior eram os gritos, muitos gritos de dor — provavelmente gritos de pessoas sendo torturadas ou esquartejadas vivas.

Constatou, horrorizado, que não estava em um matadouro, mas, sim, em sua própria casa. O sangue que manchava o chão, as paredes e, até mesmo, o teto era o sangue de seu filho. Olhava para suas próprias mãos e visualizava-as tingidas de vermelho. Em seguida, visualizava uma faca de limpar peixe em uma das mãos e uma garrafa de bebida na outra. Ao redor daquela cena, as mesmas criaturas que o perseguiam na floresta observavam-no caladas, sérias e reverentes, como se admirassem a atrocidade que havia cometido.

Formavam um círculo ao seu redor, venerando-o como a um deus.

Tentou novamente gritar, mas dessa vez sem sucesso. O grito morreu em sua garganta.

Iara, sentada ao lado da cama, observava-o se debatendo, suando frio e tremendo como se ardesse em febre. No início, sentiu vontade de acordá-lo, a fim de livrá-lo daquela agonia, mas deixou que continuasse dormindo.

Ele merecia sofrer por todo o mal que havia causado a ela e ao filho.

De alguma forma, a situação lhe trazia prazer, deliciava-se com a oportunidade de vê-lo tão vulnerável e dependente. Sabia que, naquele momento, apenas ela, mais ninguém, poderia libertá-lo dos pesadelos, despertando-o. Simples assim: bastava despertá-lo, e esse poder estava em suas mãos. Pela primeira vez, ela se encontrava em situação de superioridade diante do marido.

Por enquanto, ela não o livraria dos pesadelos, deixaria que sofresse um pouco mais.

Ele merecia.

Havia aprendido ao longo da vida que o sofrimento é o melhor dos mestres.

Em seus pesadelos, ele novamente corria pela floresta, e dessa vez o número de árvores parecia muito maior, a ponto de se sentir sufocado entre tantos troncos e folhas. Sentia a floresta encolher ao seu redor, como se aos poucos o esmagasse.

Suspensas nos galhos por cordas e barbantes, centenas de bonecas com olhos vidrados como se o vigiassem. Vicente esbarrava contra aquela infinidade de bonecas, fazendo-as se chocar umas contra as outras, balançando como se executassem a dança dos enforcados suspensos no ar. Chocavam-se, geladas, contra seu corpo, provocando intensos arrepios.

De repente, descobriu que não eram bonecas suspensas nos galhos, mas crianças. Quando percebeu o que eram realmente, todas começaram a chorar, mas não o choro mecânico dos brinquedos, e sim o choro de bebês que sentissem fome ou dor. O som aumentou, tornando-se mais intenso e insuportável a ponto de ferir seus tímpanos. Vicente se ajoelhou com as mãos nos ouvidos, gritando o mais alto que conseguia, a fim de tentar abafar os sons, sabedor de que, caso persistissem por mais tempo, o levariam à loucura.

Fechou os olhos, mas as imagens e os sons persistiram, o mundo todo parecendo girar movido por imagens e sons insanos.

Finalmente conseguiu fugir, abrindo caminho com os braços, como se estivesse nas profundezas do rio Angûera e se agitasse, a fim de chegar à tona.

Ouvia sons atrás de si, passos, gritos, choros e grunhidos que não eram de origem humana. Não ousava olhar para trás, afinal temia o que poderia ver. Apenas corria até que todos os seus músculos ardessem, como se prestes a entrar em combustão. Ouvia algo correndo às suas costas e esmagando o mato com seus passos; fosse o que fosse, aproximava-se rapidamente, parecendo cavalgar ao seu encontro.

Sentia que o corpo não suportaria por mais muito tempo. Em breve, seu coração explodiria, cessando de mandar sangue ao corpo. Não conseguia mais respirar devido à exaustão provocada pela corrida.

Mas não podia morrer. Não ali. Não naquele momento.

Sabia que, se morresse, estaria condenado à danação eterna. Ainda tinha contas a acertar na Terra, pecados que deveriam ser sanados, perdões que ainda devia conceder e receber.

Conseguiu, finalmente, abrir os olhos. Rolou pela cama e caiu de lado, pesadamente, ferindo o ombro e a cabeça contra o assoalho de madeira.

Sentou-se e começou a se arrastar para trás até encontrar a firme resistência da parede. Tentava gritar e não conseguia.

Ao seu redor, um cheiro insuportável de álcool. Em seu delírio, imaginou que alguém havia embebido seu corpo em álcool, a fim de lhe atear fogo, matando-o finalmente e livrando-o de todo aquele horror. Então, por que não o faziam logo? Por que tamanha tortura? Queriam matá-lo de medo? Haveria no mundo morte pior que aquela?

Viu uma pessoa à sua frente, estendendo-lhe os braços. Inicialmente, pensou tratar-se de um gigante, algo imenso diante de sua pequenez. Percebeu, em seguida, que tudo não passava de ilusão: estava sentado e encolhido no chão enquanto a outra pessoa se encontrava em pé à sua frente, parecendo assim muito maior.

Era Iara, sua esposa, e jamais ficara tão feliz em tê-la diante de si. Jamais havia pensado que um dia ficaria tão feliz em vê-la estendendo-lhe os braços, algo que fazia diariamente, um gesto ao qual ele jamais havia dado o devido valor.

Não tentou levantar-se, sabendo tratar-se de tarefa impossível. Estava imóvel àquele canto da modesta casa, ao lado da cama. Tentou articular algumas palavras, mas não conseguiu.

E aquele cheiro, meu Deus? Percebeu que o cheiro de álcool que impregnava seu corpo nada mais era que seu próprio suor. Encontrava-se molhado com o suor frio e pegajoso do medo e o cheiro emanava dali, o cheiro da bebida nociva que talvez o estivesse enlouquecendo e que finalmente abandonava seu corpo, fugindo por todos os poros. Pior: havia urinado nas próprias calças. Havia molhado as calças como se fosse uma criança, e a própria urina possuía o odor do álcool.

Precisava lavar-se, arrancar do corpo aquele cheiro repulsivo, jogar no lixo as roupas que vestia, mas não queria levantar-se. Jamais sairia dali. Não tinha coragem de sair dali. Talvez jamais tivesse coragem novamente de voltar a fazer o que quer que fosse. Encolheu-se em posição fetal e ali permaneceu.

Iara se sentou ao seu lado e começou a passar um pano úmido e reconfortante em sua testa. A sensação foi boa e, aos poucos, muito devagar, seu coração começou a voltar ao ritmo normal. Sua respiração ficou menos intensa, e seus tremores diminuíram.

Explodiu em um acesso de choro, as lágrimas jorrando de seus olhos. A esposa se levantou de seu lado e disse:

— Vou fazer um chá de camomila para você se acalmar.

Ele a agarrou pelas pernas e fez um sinal negativo com a cabeça. Ainda não conseguia falar, mas Iara compreendeu que ele não queria que o abandonasse. Compreendeu que temia ficar só.

Ela olhou para o armário ao lado do fogão a lenha onde guardava alguma louça, pó de café e alguns chás. Havia escondido atrás daquele armário a estranha raiz em forma de bebê.

Pelo jeito a coisa funcionava.

Sentou-se junto ao marido e abraçou-o como se estivesse ao lado de uma criança.

Teve a certeza de que ele era seu novamente.

V

Naquele ponto, Jofre interrompeu o relato. Calou-se durante alguns instantes, imerso em suas próprias recordações, e finalmente prosseguiu:

— O casal ainda vive, e dizem que a dona Iara até hoje coloca aquela maldita raiz na comida do marido. Aliás, ele quase nem sai mais de casa.

Houve uma pausa, como se tomasse fôlego para prosseguir; as unhas sujas arranhavam o tampo do balcão denunciando que as recordações traziam certa ansiedade.

— Pouco tempo depois, o filho deles desapareceu. Todo mundo se reuniu para procurar o moleque de dia e de noite, mas mesmo assim o Vicente não saiu de casa. E olha que as buscas duraram bem uns cinco dias seguidos. Dia e noite, as pessoas se revezaram, e as buscas não pararam nem por um minuto. Mesmo assim, o homem não deu as caras, nem mesmo pra ajudar a procurar o próprio filho desaparecido.

— Como é que uma criança com pouco mais de 3 anos de idade pode simplesmente sumir? O povo pensou sobre tudo, até mesmo que o moleque tivesse sido apanhado por algum animal, afinal isso pode acontecer. Mas dentro da própria casa? E sem deixar rastro?

— Encontraram a criança? — perguntou Alex.

Enquanto recolocava o chapéu na cabeça, respondeu:

— Até hoje, não. Provavelmente caiu no rio e foi levado pela correnteza; aquelas águas, apesar de parecerem mansas, são perigosas. Por fora, parecem um tapete, mas, no fundo, são cheias de correntes e redemoinhos. E eu já falei demais para um dia só, espero que me desculpem. Normalmente não sou tão falador assim, mas vai ver que gostei da companhia de vocês, não é mesmo?

Afastou-se do balcão sem esperar resposta e sem se despedir, tocou a aba do gasto e empoeirado chapéu de vaqueiro, em um sinal de cumprimento a Paula, e disse a Gildo, apontando-lhe o dedo indicador:

— E você, velhote, vê se não perturba os jovens com suas histórias. Eles já ouviram muito para um dia só.

Ele sorriu o sorriso amarelo dos servis e olhou para as costas de Jofre enquanto este se afastava, como se estivesse prestes a baleá-lo. Quando Jofre desapareceu, recolheu as canecas do balcão e disse aos jovens:

— Não sei se vão conseguir muito mais informações. Já ficaram sabendo bastante coisa sobre a velha que morava na ilha, e duvido que as pessoas saibam mais do que vocês acabaram de ouvir. Faz muito tempo que isso tudo aconteceu, e vocês sabem como é, naquele tempo, as coisas não eram tão registradas como nos dias de hoje, muita coisa foi esquecida com o passar dos anos.

Ainda faltava muito mais. Pretendiam conhecer a ilha, pretendiam fotografá-la e confirmar a existência, ou não, das bonecas suspensas nos galhos e, caso existissem, o porquê daquela estranha decoração. Aquele seria o ponto alto, o grande objetivo da matéria. Precisavam falar com mais pessoas que pudessem fornecer mais detalhes acerca da história, caso contrário, a visita de nada teria valido.

Corriam o risco de, mais cedo ou mais tarde, alguém se adiantar e fazer a matéria caso a adiassem. Desse modo, precisavam levantar todas as informações a respeito da habitante da ilha, que não mais estaria viva para prestar seu relato após passados tantos anos.

— Precisamos ir até a ilha — sentenciou Eduardo.

Gildo parou no meio do caminho com as canecas de lata na mão e, evitando olhar os garotos nos olhos, deu seu conselho:

— Se eu fosse vocês, voltaria para casa. Deixem isso de lado, não há nada naquele lugar, é pura perda de tempo. Cruzar um rio, mesmo que a distância seja pequena, é perigoso para aqueles que não convivem com águas traiçoeiras.

Virou-se e, olhando os jovens nos olhos, complementou a frase:

— E se eu precisasse apostar todo o meu dinheiro, apostaria que vocês não têm qualquer familiaridade com as águas de um rio.

O olhar do homem parecia implorar para que desistissem. Por fim, voltou a se afastar e disse, resignado:

— Enfim, façam o que achar melhor.

— O Jofre disse que o casal da história, Iara e Vicente, ainda vive. Gostaríamos de ir até lá — disse Alex.

Gildo recolocou as canecas sobre o balcão. Retirou o boné, passou novamente as mãos pela cabeça. Recolocou-o.

— Eles são apenas um casal de velhos que merecem um pouco de sossego a essa altura da vida. Já passaram por muita coisa ruim, tiveram um casamento conturbado, perderam o único filho; mas, se realmente querem importuná-los, entrem no carro de vocês e sigam em frente. A mais ou menos uns mil metros daqui, encontrarão uma velha casa pintada de verde. É lá que eles moram.

Deu de ombros e acrescentou:

— Ou pelo menos é onde moravam até algum tempo atrás.

Após a situação que envolveu Iara, Vicente e a estranha raiz de mandrágora, a moradora da ilha prosseguiu fazendo seus trabalhos, a fim de auxiliar as pessoas do vilarejo. Jamais colocou novamente seus pés em São Bento, afinal não havia necessidade para tanto; ela passou a ser procurada sempre que necessário, e a procura era constante.

Com o passar do tempo, os abortos começaram a se tornar raros, tendo-se em vista o aumento da conscientização dos casais para o controle de natalidade. O uso de preservativos e anticoncepcionais passou a ser menos incomum que em épocas passadas.

Coincidentemente, à medida que os abortos escasseavam, começaram a ocorrer desaparecimentos de crianças na região. Depois do desaparecimento do filho de Vicente e Iara, outro garoto desapareceu, este um pouco mais velho, com cinco anos de idade; havia saído de casa no final da tarde, a fim de encontrar o pai que retornava da pescaria, e a partir daí não foi mais visto por ninguém.

Foi procurado durante vários dias até que finalmente chegaram à conclusão de que, por algum descuido, a criança havia se aproximado muito do rio e caído em suas águas, sendo arrastada pela correnteza. Inclusive, já havia sido anteriormente advertido e castigado pelo pai por costumar brincar muito próximo às margens do rio.

A culpa, como sempre, era atribuída ao Angûera, mas o pai não acreditava que o rio tivesse qualquer culpa em mais aquele desaparecimento.

— Duvido que ele tenha chegado perto do rio. Chegou a apanhar por brincar muito próximo da água e prometeu que jamais faria novamente — dizia o pai.

Entretanto, não havia outra explicação. Sequestro ou rapto por algum pervertido estava fora de cogitação, afinal todos se conheciam no vilarejo, e forasteiros não passavam por ali. São Bento se encontrava em um ponto estratégico, não havendo a necessidade de se cruzá-lo a caminho de qualquer outro lugar. Era como se ali fosse o próprio ponto final. Mesmo assim, alguma desconfiança começou a ocorrer entre os moradores, o que não deixava de ser normal diante dos acontecimentos.

Ainda assim, a polícia da cidade mais próxima não foi comunicada. A alegação era a de que "podiam resolver sozinhos os seus problemas", o que não foi contestado nem mesmo pelos pais das crianças desaparecidas.

Quando as buscas foram encerradas, o padre local dedicou uma missa às crianças e depois seguiu junto dos fiéis até o rio, onde todos fizeram uma oração. Houve muito choro, algumas pessoas atiraram flores na água, que foram arrastadas pela correnteza como as crianças que, acreditavam, haviam encontrado o mesmo fim.

A mãe do garoto já havia sofrido o suficiente, por isso se manteve impassível durante o ritual. Apenas assistiu a tudo em silêncio, como se não fizesse parte daqueles acontecimentos.

Depois, tudo voltou à normalidade.

Até outra criança desaparecer poucos meses depois.

Novamente foi um desaparecimento sem vestígios, e mais uma vez a culpa foi atribuída ao rio Angûera. Talvez não quisessem acreditar que pudesse ser algo mais complexo. Talvez a hipótese de a criança haver sido levada pelas águas do rio fosse algo mais fácil de se acreditar ou aceitar.

Entretanto, algumas pessoas sabiam o que estava acontecendo de fato.

VI

Os jovens entraram no velho Maverick e seguiram lentamente até a tal casa verde. Paula quebrou o silêncio durante o trajeto.

— Não sei se vale a pena mencionar na matéria a mulher que vivia na ilha como sendo uma "bruxa". Atualmente, isso pode soar bastante preconceituoso, afinal já está comprovado que essa história de que as bruxas são pessoas más e perversas é apenas um resquício dos tempos da Inquisição. Alguém até pode se ofender se a gente levar a matéria para esse lado, e vocês devem saber mais do que eu como funciona a cultura do "cancelamento" nas redes sociais nos dias de hoje.

— Mas o próprio nome da ilha, ou pelo menos como costumam chamá-la, envolve a palavra "bruxa" — disse Alex, segurando o volante e com os olhos fixos no caminho à frente. — "Ilha da Bruxa" é como costumam chamar, não é mesmo?

— Acho que a Paula tem razão — disse Eduardo, no banco traseiro e tomando parte na conversa. — Já pensou se algum bruxo moderno se ofende e decide processar nosso canal? Atualmente, todo o cuidado é pouco, afinal tem gente que ganha a vida processando os outros.

Paula se encontrava em uma turma adiante de Alex na universidade. Inicialmente, optara em cursar Direito, mas sua personalidade comunicativa e a habilidade natural para lidar com fotos e vídeos, desde muito pequena, fizeram com que abandonasse o curso de Direito antes mesmo de findar o primeiro semestre. "Muito bonito na teoria, mas horrível na prática", dizia após conviver, ainda que brevemente, com a infinidade de ritos a serem seguidos durante uma demanda judicial, bem como a infinidade de egos a serem afagados dentro do mundo jurídico. Preferia a ação que o jornalismo trazia consigo, a denúncia por meio de uma boa matéria de impacto, as provas — sempre contestáveis no espectro legal — obtidas por meio fotos, vídeos e entrevistas.

O pai, a princípio, rejeitou a ideia da filha. Para ele, a imprensa se tornava a cada dia algo mais abjeto e menos ético, atendendo não somente a interesses coletivos, mas, sim, a interesses de determinados grupos previamente escolhidos. Paula o convenceu de que, no direito, as coisas não eram em nada diferentes. Sua argumentação, digna de uma advogada detentora de polpudos honorários, foi o suficiente para que ganhasse a aprovação do pai. "Você é jovem — disse —, ainda tem tempo para voltar atrás em muitas coisas".

Alex a conquistara com sua aparência de *bad boy* de décadas passadas, misturada com o jeito típico de uma criança carente. Eram bastante diferentes na maneira de pensar, mas, no final, somados prós e contras, acabavam formando o casal perfeito.

— Às vezes, é legal polemizar um pouco — disse Alex, já conseguindo visualizar a casa verde à frente. — E sempre tem alguém que se ofende mais que o normal com qualquer coisa, radicalizando o assunto e buscando uma graninha fácil como indenização. Mas, aconteça o que acontecer, tudo vai servir como divulgação do nosso trabalho.

O Maverick foi estacionado defronte à casa, porém "verde" era uma maneira de definir a cor que havia tido em dias distantes. Alguns vestígios da cor ainda resistiam em algumas partes, não completamente esmaecidas pelo passar dos anos.

O muro e o pequeno portão de madeira possuíam cerca de um metro e meio de altura, mas preferiram chamar do lado de fora ao invés de entrar e bater na porta.

As casas ao lado pareciam vazias, algumas mesmo abandonadas e com suas vidraças tão sujas a ponto de impossibilitar observar através delas.

No pequeno jardim da casa verde, havia uma plantação abundante de uma mesma espécie de planta, cujas folhas eram acinzentadas e as flores azuis. Perceberam que a plantação circundava toda a casa.

— É sálvia — comentou Paula, enquanto fotografava as plantas. — Dizem que serve para purificar e expulsar maus fluídos.

As casas da vizinhança possuíam em comum o fato de não serem repintadas há anos, suas fachadas desbotadas, manchadas e descascadas, trazendo um triste ar de abandono ao local.

Não havia campainha, por isso Alex bateu palmas. Inicialmente, não houve qualquer reação, a casa parecia estar tão vazia quanto as outras. Ia bater novamente, a fim de anunciar suas presenças, quando uma pequena fresta da porta da frente se abriu.

Após observar pela fresta se alguém estava realmente chamando ali na frente, uma senhora aparentando cerca de 80 anos de idade surgiu. Era magra e pequena. Os cabelos brancos como a neve, amarrados em um coque. Vestia um velho vestido estampado e usava chinelos com meias. Alex sorriu com nostalgia: lembrava sua avó materna.

Não usava óculos e apertou os olhos, a fim de enxergar quem chamava. Aproximou-se para visualizá-los melhor e se impressionou ao se deparar com jovens desconhecidos.

Sorriu de forma acolhedora, embora seus olhos traíssem certo espanto.

— Boa tarde — disse Paula, com seu sorriso característico. — A senhora é a dona Iara?

Falava um pouco mais alto que o necessário, para o caso de a velha senhora não ouvir muito bem, mas a atitude se demonstrou desnecessária. Se a visão aparentava não ser mais a mesma de antigamente, sua audição parecia inalterada.

Ela abriu a tranca do portãozinho com seus dedos tortos de artrite.

— Sim, sou eu. Que surpresa! Por favor, entrem. Entrem. Faz tanto tempo que não vejo rostos jovens por aqui. Como é bom ver novamente rostos jovens por aqui!

Obedeceram, espantados com a hospitalidade. Ela os conduziu até o interior da casa humilde e pequena. Acompanharam seus passos ágeis para a idade. Sua postura ereta, como a postura de uma jovem bailarina, também era notável.

Acomodou-os em um velho sofá com três lugares, depois se dirigiu até a cozinha.

— Por sorte, eu havia acabado de fazer chá. Parecia que estava adivinhando que teria visitas.

Afastou-se da sala em passos lépidos, deixando os três jovens a aguardá-la.

O local era simples, com tudo muito limpo e arrumado. Em um canto da sala, um velho rádio de válvula, imenso, aparentando não funcionar há anos. Não havia televisor. A tinta das paredes estava bastante gasta com as sucessivas limpezas de vários anos.

Um oratório vazio, preso à parede, chamava a atenção. Nele não havia qualquer imagem de qualquer santo; apenas o espaço vazio, como se representasse o que poderia ser o oratório de um ateu.

Nas paredes, apenas uma foto antiga de um jovem casal logo após o casamento. A mulher, muito jovem, usava o vestido de noiva. O homem estava enfiado em um terno escuro que parecia alguns números maior que o seu tamanho e bastante desajeitado nos ombros. Nada que afetasse a aparência de alegria registrada no momento.

O odor do local evidenciava um ambiente limpo, mas abafado, como se estivesse constantemente fechado.

Logo dona Iara retornou à sala, trazendo consigo uma bandeja com bule e três xícaras de louça sem pires. Percebia-se que nenhuma xícara era igual a outra, e ao lado delas havia uma velha caneca esmaltada, levemente amassada e sem tinta em alguns pontos — as canecas de lata pareciam fazer sucesso em São Bento. Paula ajudou a colocar a bandeja sobre a mesinha de centro. Eduardo perguntou, apontando a foto na parede:

— É a senhora?

Ela olhou a foto como se houvesse esquecido que aquele retrato continuava ali, após passado tanto tempo. Sorriu e respondeu, como que a recordar o passado:

— Sim. Eu e meu marido Vicente. Estamos juntos até hoje. Naquele tempo, quando o padre dizia "até que a morte os separe", os casais levavam muito a sério.

Encerrou o assunto por ali, como se não quisesse incomodar os jovens visitantes com comparações entre os tempos passados e os atuais, explicando "como as coisas eram melhores naquele tempo" e como hoje tudo parece estar caminhando rumo à perdição. Serviu-os e acomodou-se em uma poltrona com a caneca de lata entre as mãos, como se quisesse aquecê-las. Os olhos brilhavam de contentamento por estar em companhia dos jovens e inesperados visitantes.

— Peço que me desculpem pelas xícaras. Vocês sabem como é, vão quebrando com o passar do tempo e aí nunca se consegue formar um conjunto igual. Mas o que vieram fazer por aqui?

Paula explicou sobre a matéria que pretendiam fazer sobre o local e sobre a ilha.

A ILHA DA BRUXA

·) ·) ·)·●·((((

Dona Iara colocou sua caneca sobre a bandeja. Ao ouvir falar sobre a ilha, pareceu envelhecer alguns anos. Seu rosto adquiriu uma feição séria, e suas rugas se tornaram ainda mais fundas e visíveis. Era notório que o assunto trazia lembranças desagradáveis. Perceberam que suas mãos tremiam levemente, e era fácil concluir que aquele tremor em nada tinha a ver com a idade ou com o frio do lado de fora.

— Não há o que se falar sobre aquela ilha — disse, de maneira brusca. — Há tantas coisas melhores para se fazer. Aproveitem seus dias de juventude e deixem aquele lugar esquecido. Se o conselho ainda vale alguma coisa, anotem o que digo: deixem aquele lugar para trás, esqueçam que existe, é um lugar mau.

Diante do silêncio dos jovens, a velha senhora prosseguiu:

— Eu acredito em forças negativas, vocês não? Penso que é como acender uma fogueira: mesmo quando o fogo se apaga, permanece o cheiro da fumaça e da lenha queimada. Penso que aquele lugar é assim: muita coisa ruim ainda permanece por lá, mesmo depois de passado tanto tempo.

O conselho serviu apenas para aumentar ainda mais a curiosidade dos visitantes A ilha realmente existia, mas por que havia tanto mistério ao seu redor?

Por fim, ela fez um gesto com a mão direita, como se espantasse uma mosca e novamente sorriu.

— No final das contas, são apenas manias de velha. Vocês, jovens, são curiosos, e quem sou eu para querer podar toda esta curiosidade? Podem acreditar que já fui jovem um dia e sei como tudo parece interessante, principalmente um lugar misterioso como aquele. Eu adorava histórias de fantasmas quando tinha a idade de vocês.

Eduardo aproveitou a deixa e perguntou:

— A senhora chegou a conhecer a mulher que viveu naquela ilha?

O sorriso novamente desapareceu de seu rosto. Ela hesitou um pouco e, por fim, respondeu:

— Sim. Nunca soube qual era seu nome, ninguém nunca soube. Cheguei a conhecê-la, sim. Mas quem dera jamais tê-la conhecido.

Seus olhos demonstravam intensa mágoa e arrependimento ao recordar o passado imutável.

·) ·)   135   ((·

Dona Iara autorizou que sua imagem fosse utilizada, e Alex buscou a câmera profissional no carro — o registro deveria ser feito da melhor maneira possível —, apoiou-a em um tripé, ajustou a imagem, enquadrando bem a interlocutora sentada no sofá, acionou a câmera e deu o sinal para que começasse o seu relato.

Ela começou a contar o que havia ocorrido, inicialmente tímida diante da câmera, mas, afinal, parecia guardar toda aquela história dentro de si há muito tempo, o que fez com que logo suas palavras fluíssem como se estivesse conversando com velhos conhecidos, compartilhando com os visitantes os fatos há tanto tempo guardados somente para si.

Após ingerir, de maneira inconsciente, a raiz de mandrágora, Vicente jamais voltou a beber uma única gota de álcool. Imaginava que todos aqueles pesadelos que quase o levaram à loucura eram resultado da bebida alcoólica, por isso decidiu nunca mais beber novamente. Tinha medo de enlouquecer e não queria terminar seus dias esquecido em um hospício.

Iara continuou a colocar a raiz em sua comida, e a vida voltou à normalidade. O marido trabalhava durante o dia e, antes de o sol se pôr, voltava direto para casa. Nunca mais frequentou bares ou prostíbulos. Passou, inclusive, a participar das missas e comparecer à igreja ao lado da esposa, que tentava convencer a si mesma de que o fato de haver procurado a mulher que todos julgavam ser uma feiticeira havia sido, enfim, para conseguir algo louvável. Poderia ter cometido algo ofensivo aos olhos de Deus, mas havia sido por uma boa causa.

Não se diz que "os fins justificam os meios"? Pois aquela situação constituía um bom exemplo.

Ao menos era em que tentava acreditar até então.

Com o passar dos dias, a raiz foi diminuindo de tamanho devido à retirada diária de pequeninos pedaços, até desaparecer por completo. No dia em que colocou os últimos pedaços no prato do marido, decidiu parar de utilizá-la, afinal já havia conseguido seu intento: Vicente voltara a ser o mesmo marido e pai de antes, e desse modo julgava não haver necessidade de prosseguir com o tratamento alternativo.

Entretanto, já na primeira manhã, após deixar de utilizar a raiz, percebeu os efeitos de sua abstinência.

Naquela manhã, Vicente abriu os olhos e não levantou da cama. Ali permaneceu deitado, imóvel, como um paciente em estado de coma. O que denunciava o fato de estar vivo eram seus olhos, que, embora desprovidos de vida, passeavam de um lado para o outro, ora observando sua direita, ora sua esquerda, como se não soubesse onde estava ou o que ocorria ao seu redor, como os olhos de um cego que, mesmo sem enxergar, se voltam para o local de determinado ruído.

Lembrava um zumbi haitiano, um ser humano mantido vivo, mas em estado catatônico, um verdadeiro corpo sem alma.

— Ele parecia um morto-vivo — disse Dona Iara. — Estava vivo, mas, ao mesmo tempo, não estava, entendem? O coração batia, ele respirava, os olhos se moviam, mas ele parecia vazio, parecia não haver nada dentro dele. Parecia que havia perdido o espírito. Não há como explicar.

Vários conhecidos vieram até a casa para visitar o amigo que, imaginavam, padecia de algo desconhecido. As opiniões foram diversas, mas a que prevaleceu foi a de que ele havia sofrido algum distúrbio durante o sono. Deveriam levá-lo até o hospital mais próximo o quanto antes, a fim de que a situação não piorasse.

Um dos presentes lançou a seguinte sugestão:

— Talvez fosse bom falarmos com a velha antes.

Todos compreenderam quem era "a velha".

Menos de uma hora depois, Iara deixou o filho aos cuidados de uma vizinha e tomou a direção da ilha em uma canoa. Alguns pescadores se ofereceram para levá-la, mas recusou, já havia ido até lá sozinha antes e preferia ir novamente sozinha. Ademais, tinha assuntos particulares a tratar, coisas que não diziam respeito a mais ninguém.

O rio estava calmo naquele dia, por isso foi fácil remar. Ao chegar, amarrou a canoa em um emaranhado de raízes que havia às margens e dirigiu-se até a cabana da velha. Estranhamente, a ilha era tão sinistra durante o dia quanto durante a noite — durante o dia, as árvores que ali havia pareciam ainda mais assustadoras, seus galhos lembrando braços abertos, prontos para agarrá-la. Os galhos e as folhagens das árvores moviam-se como se balançados pela brisa, embora não houvesse qualquer resquício de vento.

O silêncio era tão assustador quanto os ruídos noturnos. Um silêncio que trazia consigo a impressão de centenas de olhos ocultos vigiando, analisando cada movimento, esperando apenas o momento apropriado para atacar.

Chegou até a cabana e bateu na porta. A moradora atendeu prontamente, parecendo aguardar sua visita, o rosto sério e nada acolhedor. Abriu passagem e ordenou:

— Entre.

Iara obedeceu. O interior da cabana em nada lembrava o ambiente relativamente aconchegante que havia conhecido quando ali estivera pela primeira vez. Agora se encontrava escuro e parecia mais frio que do lado de fora, embora estivesse totalmente fechada e abafada. Algumas velas acesas iluminavam fracamente o que havia ao redor, projetando desconfortáveis sombras nas paredes.

Sentaram-se nas mesmas cadeiras feitas de madeira e palha que haviam sentado anteriormente. Iara logo explicou o motivo de sua visita:

— Senhora, o Vicente amanheceu estranho hoje. Só abriu os olhos, mas parece que continua dormindo.

A velha riu, e sua risada lembrava o chocalhar do guizo de uma cascavel, rouca e soando como se trouxesse consigo várias moedas dentro do peito. À luz das velas, Iara conseguiu visualizar seus poucos dentes, que pareciam ainda mais escuros devido às sombras. E por que aquela maldita cabana tinha de permanecer fechada? Por que não abrir sua porta e janelas para deixar a luminosidade diurna entrar? O lugar precisava urgentemente de ar fresco.

A explicação foi simples:

— A raiz acabou, minha filha. É por isso que ele amanheceu assim.

Era o que havia imaginado.

— Preciso de mais.

A velha riu novamente. Novamente aquele som de guizo que fez com que sua ouvinte estremecesse, sentindo suas entranhas gelarem.

Adquiriu novamente a expressão séria e nada acolhedora antes de sentenciar:

— Como queira. Mas saiba que nada é de graça.

— Nunca fui rica, muito menos naquela época — prosseguiu dona Iara aos seus jovens ouvintes —, mas estava disposta a pagar a quantia que ela pedisse por aquela raiz, desde que estivesse dentro de minhas possibilidades, é claro. Poderia pagar o que ela exigisse com serviços, poderia limpar sua cabana, fazer sua comida, coisas do tipo; nada mais justo, afinal era ela quem plantava e colhia aquela raiz. Aquilo era propriedade *dela*. Quando perguntei o quanto ela cobraria, seu rosto assumiu uma expressão de ódio, como se eu a houvesse ofendido.

Ao ser questionada acerca do valor da raiz, a velha disse:

— Vocês pensam que o dinheiro pode comprar qualquer coisa. Dinheiro não passa de papel, e um papel tão inútil que não presta nem para ser queimado. A questão não é "quanto" cobrarei de você, mas sim "o que".

A jovem Iara se sentiu mal ao ouvir aquelas palavras, sabia que estava em uma situação vulnerável diante da velha, afinal lhe devia um favor. E tantos anos após aquele dia, ainda estremecia ao recordar.

De algum modo, não foi necessário perguntar o que ela queria como pagamento. De alguma forma que não é possível explicar, já sabia o que ela queria, e sua vontade era não ouvir o que sabia que seria dito.

— Eu quero a criança — disse a velha, confirmando suas suspeitas. — Quero seu filho.

Houve silêncio. Ela prosseguiu, com o dedo apontado para seu rosto:

— Preste muita atenção: se qualquer pessoa, que não seja eu, colher a raiz de mandrágora, seu marido será atormentado pelos mesmos demônios que o atormentaram na primeira noite em que a comeu, e será atormentado até enlouquecer, até arrancar os próprios olhos em uma tentativa inútil de não os enxergar. Ele sentirá todas as dores de um condenado ao ter sua alma arrastada para os confins do inferno.

Sorriu novamente, e o sorriso era ainda pior que a expressão má. Aproximou-se e disse em voz baixa, como se contasse um segredo:

— E quer saber? A alma dele estará mesmo sendo arrastada para os confins do inferno enquanto ele continua vivo, dividido entre os dois mundos.

A princípio, Iara tentou ignorá-la. Tentaria encontrar outras maneiras de resolver aquele problema. Vicente havia sido intoxicado pela raiz e melhoraria com o passar dos dias; caso não melhorasse, existiam médicos, hospitais e remédios no mundo. Não havia razão de se depender dela. Uma velha louca é o que era. Nada mais que isso.

A proposta era inaceitável, algo que não sairia da mente de uma pessoa com o mínimo de discernimento. Levantou-se ofendida da cadeira em que estava sentada e, embora sempre houvesse respeitado as pessoas mais velhas, conforme a educação que havia recebido, disse:

— Você é doente. Vou-me embora.

A mulher à sua frente transfigurou-se ao ouvir a frase. Inicialmente, tornou-se uma jovem bonita e de olhos maldosos, cujos cabelos revoltos lembravam labaredas de fogo sobre sua cabeça. Depois se tornou algo que parecia fruto dos piores pesadelos.

Enfim, deu um forte tapa na mesa, e Iara se viu cercada por vultos, sombras negras e com cores opacas como imagens provindas de algum velho e gasto projetor de cinema.

No interior da cabana, um vento forte começou a soprar, a ponto de apagar a chama de algumas velas. Outras tremularam, mas permaneceram bravamente acesas.

Os vultos esvoaçavam ao redor de Iara em velocidade inacreditável, dando-lhe a impressão de estar no meio de um tornado, observando estática todo o caos ao redor. A temperatura caiu sensivelmente de um segundo para o outro. Passou a sentir frio, tanto frio que era possível visualizar vapor saindo de sua boca enquanto respirava.

Aos poucos, conseguiu identificar rostos naqueles vultos, e eram rostos indizíveis, rostos de demônios e rostos de almas atormentadas. Tentou gritar, mas, além de impossível, seria inútil. Gritar para quem? Quem poderia ouvi-la ou ajudá-la?

O som do vento, somado ao som dos ruídos que os vultos emitiam, era ensurdecedor: gritos, risadas e uivos preenchiam o silêncio da cabana.

De repente, da mesma forma que haviam surgido, todas as imagens desapareceram como que por encanto. A velha se encontrava impassível à sua frente, como se nada de diferente houvesse ocorrido. Como se nem um único segundo houvesse passado. Voltara a ser a mesma pessoa de momentos antes, com o mesmo olhar admoestador de quem havia sido ofendida por alguma criança carente de bons modos.

Sorriu, debruçou-se sobre a mesa, aproximando-se novamente de Iara, e disse de maneira explicativa, como uma professora doutrinando uma aluna que tivesse muito a aprender:

— Isso não foi nada, minha filha. Se pensa que sua dívida não trará consequências, é melhor pensar novamente. Posso trazer o inferno até você, acredite. E nem preciso levantar desta cadeira.

Apontou-lhe a porta, expulsando-a sem a necessidade de dizer qualquer palavra.

Antes de Iara sair, foi advertida:

— A escolha é sua. Caso não me traga a criança, os demônios a visitarão.

Acrescentou:

— E seu marido continuará sendo um corpo sem alma sentindo as penas do inferno, nada mais que isso.

Teve vontade de perguntar o que ela queria com seu filho, mas era desnecessário. A mulher era uma bruxa, portanto sabia que o destino da criança seria o pior imaginável.

Enquanto caminhava até a porta, ouviu:

— Não demore. Quanto mais demorar, mais os demônios a atormentarão. Mas espere!

Voltou-se, com alguma esperança de que aquilo tudo não passasse de uma brincadeira de gosto duvidoso. A velha concluiu:

— Vou provar que não sou assim tão má quanto você está pensando. Caso não queira trazer seu próprio filho, aceitarei qualquer outra criança. Tudo na vida tem um preço, menina, e este é o preço que você irá pagar.

Em seguida, complementou de forma irônica:

— A não ser, é claro, que você prefira a presença daqueles que enviarei para morar em sua casa.

De fato, Iara tentou adiar ao máximo a tarefa de entregar seu filho, e o que lhe foi prometido foi cumprido. Passou a ser atormentada pelas aparições que a bruxa havia dito que surgiriam em sua vida; inicialmente, as aparições se manifestavam durante o sono, mas logo começaram a se manifestar também durante o dia, quando estava desperta e executando seus afazeres.

A primeira aparição surgida enquanto estava acordada, ocorreu enquanto lavava a louça. Enxaguava um dos pratos, quando, de repente e sem que esperasse, o prato foi arrancado de suas mãos e atirado contra a parede, reduzindo-se a cacos e produzindo um som semelhante ao de uma pequena explosão.

Olhou para o lado e lá estava algo que se assemelhava a uma criança, mas ao mesmo tempo algo horrendo, tão terrível que se o fitasse durante algum tempo tinha a certeza de que seus olhos jamais enxergariam novamente.

Sabia que de nada adiantava fugir ou correr. Fechou os olhos e ouviu a risada infantil, quase idêntica à risada da velha bruxa. Quando abriu os olhos novamente e nada mais havia ao seu lado, teve a impressão de ouvir passos de criança afastando-se depressa.

Foi quando a pequenina mão puxou seu vestido. Ela gritou, enquanto a risada infantil ecoava pela cozinha.

Enquanto isso, Vicente definhava sobre a cama. Não havia qualquer reação, e tentar alimentá-lo era como tentar alimentar um cadáver. Comida e água escorriam pelos cantos de sua boca sem que ele os engolisse.

Seria justo deixar o marido morrer à míngua? E por sua culpa? Havia buscado ajuda, e ali estava o resultado.

Ela mesma havia aberto a entrada para o Mal.

Mas por isso deveria entregar o próprio filho? Afinal, era apenas uma criança que nada tinha a ver com a situação.

Três dias foi o máximo que suportou, atormentada quase que durante todo o tempo pelos demônios e maus espíritos. A visita desses seres tornou-se constante. Passado o curto período, que a ela se assemelhou à verdadeira eternidade, finalmente se rendeu.

Pensou inicialmente em entregar outra criança no lugar de seu filho, mas ainda lhe restava alguma consciência: não seria justo transferir seu sofrimento a outra mãe, e, ainda pior, por algo de que tinha inteira responsabilidade. Quem dera início àquela situação havia sido ela e mais ninguém. Devia responder por seus atos, por piores que fossem as consequências.

Se pudesse voltar o tempo, jamais tentaria modificar o comportamento do marido. Ele que ficasse com sua bebida e suas prostitutas, que acabasse morrendo devido a tanto álcool ingerido ou em alguma briga nos prostíbulos que frequentava. Que apanhasse uma doença venérea que o cegasse. O que importava de verdade — e só agora ela tinha consciência — eram ela e seu filho.

Mas era tarde demais.

Terminou, finalmente, por tomar o rumo da ilha junto de sua criança.

Sua intenção inicialmente era colocar fim à própria vida após entregar o filho. Sabia que não suportaria continuar vivendo após tal ato, por isso a morte lhe parecia o melhor a ser feito.

A ILHA DA BRUXA

— Jamais esquecerei aquele dia — disse dona Iara aos jovens, com os olhos cheios de lágrimas. Não conseguia encará-los, como se sentisse vergonha ao recordar.

Era uma manhã muito fria quando partiram antes mesmo de o sol nascer. Não queria ser vista por nenhum morador de São Bento. Os pescadores já haviam partido em seus pequenos barcos para a pescaria, e por isso conseguiu furtar-se dos olhares de qualquer pessoa.

A criança imaginava que fariam um passeio, por isso tentou não a olhar durante o trajeto; remou em silêncio, e, a cada movimento dos remos contra a água, aproximavam-se mais da ilha. Gostaria de não chegar ao destino, ou ao menos atrasar aquela chegada ao máximo.

Pensou em se matar ali mesmo, atirar-se às águas do rio agarrada ao filho, mas parecia que uma força maior a empurrava adiante. Talvez a esperança de que a velha bruxa mudasse de ideia.

Finalmente chegaram; por mais que tentasse adiar aquele momento, a canoa chegou às margens da ilha.

Ao chegar, a velha já lhe esperava próxima às margens do rio como se houvesse sido avisada de sua visita.

Entregou-lhe a criança sem dizer qualquer palavra. A velha apanhou o garoto pela mão e advertiu:

— Não pense em tirar a própria vida. Caso o faça, conviverá por toda a eternidade com os visitantes que frequentaram sua casa. Posso garantir que o inferno que enfrentará em vida não será tão mau quanto o que enfrentará após a morte. Enfim, quem decide é você.

Enquanto ela se afastava levando o garoto pela mão, Iara perguntou:

— E a raiz?

— Você não precisa mais dela. Os demônios não mais a atormentarão. Não enquanto viver.

— E meu marido?

Não houve resposta. A velha continuou se afastando até desaparecer na névoa daquela manhã, e a última visão que Iara teve de seu filho foi ele se afastando cada vez mais, olhando para trás como se perguntasse silenciosamente o que estava acontecendo.

— E depois? — perguntou Paula, aconchegando as mãos frias e trêmulas de dona Iara entre as suas.

Escutava atentamente a história e comovia-se ao ouvi-la.

— Nunca mais vi meu filho — foi a resposta, curta e simples. — A velha bruxa disse que o inferno que enfrentarei após a morte será ainda pior que minha vida, mas duvido. A consciência é pior que qualquer castigo do inferno.

Ao retornar para casa, Iara percebeu que o marido parecia haver recobrado os sentidos. Havia se levantado da cama onde jazia há dias, como morto.

Encontrou-o sentado na beirada da cama, como se houvesse despertado naquele momento e sem saber muito bem onde estava. Sua magreza era impressionante, parecia ter perdido o máximo de peso possível, a fim de continuar se mantendo vivo. Sua aparência inspirava piedade.

O que importava era que havia despertado, mas ainda assim não era mais o mesmo. E jamais voltaria a sê-lo.

Lembrava alguém que houvesse sofrido uma intervenção cerebral malsucedida. Cumpria apenas as funções básicas de um ser humano: dormia, acordava, comia, bebia e ia ao banheiro. Nada mais. Não havia mais qualquer empatia naquele homem, e a impressão que se tinha era a de que houvesse sido substituído por outro ser exatamente igual, mas um ser desprovido de sensações e sentimentos.

Iara tinha de dar alguma satisfação acerca do que havia ocorrido ao filho, por isso criou a história de que a criança havia desaparecido. Vicente pareceu não compreender muito bem o significado daquilo, parecia não compreender o que significava o fato de o próprio filho haver desaparecido da mesma forma que outras crianças anteriormente.

O "desaparecimento" mobilizou todo o vilarejo, porém, de alguma forma, a comoção entre os moradores pareceu um tanto forçada, pareciam maus atores a desempenhar papéis previamente distribuídos; pareciam saber o que havia ocorrido de fato, mas ainda assim ela se comoveu ao acompanhar o empenho de todas aquelas pessoas unidas em busca de um mesmo objetivo.

A ILHA DA BRUXA

·) ·) ·)·●·(· (· (·

As buscas duraram dias. Durante a noite, os homens se revezavam e carregavam lampiões, tochas e lanternas para iluminarem um pouco a completa escuridão nos arredores do rio.

Dentre os homens que procuraram incansavelmente a criança desaparecida, encontrava-se o padre do vilarejo, Juan Escudero, e foi ele quem primeiramente apresentou uma possibilidade não de todo absurda: "e se o desaparecimento das crianças estivesse ligado à moradora da ilha"?

Para ele, aquela presença era incômoda, desconfortável, algo como uma coceira que não se pudesse coçar. Apesar de os abortos ocorrerem em total segredo, o padre ouvia rumores acerca de acontecimentos que se relacionavam com aquela pessoa, como, por exemplo, a realização de desejos que envolviam dinheiro e riquezas materiais. Tais atos eram totalmente contra os princípios cristãos, e para ele não passavam de uma afronta, uma ofensa dirigida à sua pessoa, legítimo representante da Igreja Católica.

Em alguns sermões durante as missas, salientava acerca do pecado representado pelo aborto e como a Bíblia condenava as bruxas e quem as procurasse, dando a entender que tinha conhecimento do que ocorria na localidade e que envolvia, inclusive, pessoas que frequentavam assiduamente a igreja.

— E não pensem — dizia ele, com o dedo em riste, em seus sermões — que estou me referindo à bruxa dos contos de fadas, aquela que possui um caldeirão e voa em vassouras. Não! A bruxa a quem me refiro é aquela que se traveste de pessoa comum, gente como nós, mas que é pagã, que cultua falsos deuses, pratica atos abomináveis aos olhos sempre atentos do Senhor. É a essa bruxa que me refiro! E digo mais: aqueles que a procuram são ainda piores que ela!

O padre suava debaixo da batina que comprimia seu tórax largo de ex-boxeador. Sua voz ressoava como trovões no interior da igreja, o rosto e a calva vermelhos e suados como se estivesse a ponto de sofrer uma síncope.

Não obstante sua desconfiança, preferiu não arriscar levantando falsos testemunhos. Decidiu por conta própria prestar mais atenção aos atos da suspeita antes de emitir qualquer juízo. Uma pessoa que realizava abortos em gestantes desinformadas estaria também apta a realizar outros atos que agredissem a Santíssima Trindade. Era assim que as verdadeiras bruxas agiam.

As buscas à criança desaparecida duraram mais algum tempo, até finalmente cessarem. A população, aos poucos, se conformou com mais aquele desaparecimento inexplicável, como se fosse algo que fizesse parte de sua rotina.

·)·) 145 (·(·

Por outro lado, preferiram não ir mais a fundo, afinal temiam o que poderia ser descoberto.

Em determinada tarde, mais ou menos dois meses após o término das buscas, Escudero procurou Iara em sua casa, sendo bem recebido com uma xícara de café — não era sempre que o padre em pessoa visitava uma fiel que não estivesse necessitando de batismo ou extrema-unção. Enquanto sorvia o café quente em pequenos goles, percebeu que a mulher tentava dissimular algo, sua presença parecendo não ser de todo agradável, embora tentasse demonstrar o contrário. O movimento de suas mãos, amassando incessantemente um pano de prato, e os olhos que não conseguiam fixar-se nos olhos do padre, denunciavam todo o nervosismo.

— Como vai o Vicente? — perguntou Escudero.

Vicente. Ela tentava não pensar muito na situação em que o marido se encontrava, e da qual se julgava responsável. Às vezes, o olhar do coitado parava no horizonte, como se recordasse algo, às vezes, tinha a impressão de que o olhar readquiria o brilho anterior e que ele voltava a ser o mesmo homem de antes, mas logo em seguida tudo recaía no vazio, como algo que houvesse sido ligado e desligado em seguida.

Ele andava, trabalhava, fazia suas refeições, mas, definitivamente, não era mais a mesma pessoa.

— Ele vai indo, padre. Às vezes, penso que está melhorando aos poucos, bem devagar mesmo. A única explicação é que ele sofreu muito com o sumiço do nosso filho, e isso deve ter abalado um pouco seus nervos, mas é Deus quem decide o ritmo das coisas.

— Todos nós sofremos, dona Iara. Às vezes, os desígnios do Senhor são incompreensíveis em um primeiro momento.

Ela percebeu que a xícara do padre estava vazia e se adiantou em servi-lo novamente.

Enquanto enchia a xícara, Escudero complementou sua frase:

— Não quer me dizer o que aconteceu de verdade, minha filha?

As mãos da mulher tremeram de tal forma que deixou cair no chão o bule de metal que segurava, espalhando pelo piso o que ainda restava do café.

A ILHA DA BRUXA

·) ·) ·)·●·((·(·(

O clangor do metal contra o assoalho pareceu soar mais alto que o normal no ambiente tenso.

— Que desastrada eu sou — disse, tentando sorrir e, ao mesmo tempo, ignorar a pergunta que lhe havia sido feita.

Enquanto limpava o chão, começou a chorar. Escudero se ajoelhou ao seu lado e passou o braço por seus ombros, conduzindo-a até a poltrona. Sentaram-se novamente, e ela foi encorajada a verbalizar tudo o que lhe afligia.

— Conte-me tudo. Se você fez algo errado e se arrepende, é o que importa. Deus é um Deus de amor e de perdão.

Toda a história foi narrada ao padre, que ouviu atentamente cada palavra. Manteve durante todo o tempo a cabeça baixa e os dedos apoiados na testa, como se padecesse de forte dor de cabeça.

Foi uma confissão que durou quase uma hora. Iara desabafou todo o arrependimento que sentia por haver procurado a mulher pela primeira vez. O padre a tudo escutou, paciente, atento e aparentando compreensão. Cada palavra dita, entretanto, provocava em si como que uma ofensa pessoal, uma agressão à fé que professava. A ofensa que sentia não era provocada por Iara, uma pobre e crédula mulher, mas, sim, à outra, àquela que vivia perto do povoado e aos poucos corrompia seus fiéis, arrastando-os para um destino de onde não havia volta.

Mas por que haviam procurado a tal feiticeira? Seria Deus tão insignificante a ponto de ser ignorado até mesmo nos momentos de necessidade e angústia?

Pois bem, ali se apresentava o resultado, e o que importava era que seus temores, infelizmente, não haviam se demonstrado infundados. Eram reais.

Ao terminar a confissão, Iara perguntou, com o rosto molhado de lágrimas:

— O que será que ela fez com meu filho, padre?

Escudero não conseguiu encará-la, sentia vergonha em não trazer dentro de si naquele momento a piedade que deveria ter. Era um padre, e não cabia a ele o julgamento e a condenação. Respondeu, ainda com a cabeça baixa:

— Só Deus sabe.

Desconfiava do que poderia ter ocorrido. Ao longo de sua vida, havia tomado conhecimento de diversas espécies de barbáries perpetradas contra

·) ·)   147   (·(·(

inocentes — incluindo sacrifícios que remontavam aos tempos medievais —, e tudo para agradar entidades maléficas, concedendo como prêmio aos homens a mera realização de desejos mundanos.

Embora não fosse tratado com a seriedade devida e banalizado pelo mundo do entretenimento, o Mal existia, ainda que muitas pessoas tentassem ignorá-lo ou tratá-lo como diversão. Ele sabia que, no mundo, ainda havia um grande número de pessoas que cultuavam os demônios, e uma maneira de agradá-los era praticando atos que agredissem os ensinamentos bíblicos, que agredissem, ao mesmo tempo, Pai, Filho e Espírito Santo.

E qual ato não seria mais perfeito para esse fim, que o ato que envolvesse o sacrifício de crianças? O que seria mais ultrajante diante dos olhos do Senhor que o sangue derramado de um inocente?

Não possuía mais dúvidas de que tal mulher se tratava não só de uma simples bruxa, mas de uma bruxa poderosa. O desaparecimento das crianças da localidade sempre o havia intrigado, afinal como se pode simplesmente desaparecer? E ainda mais em um local tão pacato quanto o vilarejo de São Bento? E qual seria a razão de todos os moradores não possuírem qualquer interesse em envolver polícia ou pessoas de fora?

A única explicação era a utilização das crianças em rituais. Era notório, inclusive mencionado no livro *Malleus Maleficaum*, a existência das parteiras que "cometem o mais hórrido dos crimes, o de matar e oferecer crianças aos demônios da forma mais execrável".

Em determinadas noites, os moradores conseguiam visualizar estranhos clarões provenientes da ilha, como se lá ocorresse algum pequeno incêndio. Ele próprio já havia visualizado o brilho ao longe. Poderia ser a bruxa praticando seus rituais sobrenaturais, a fim de agradar categorias de demônios superiores. Era quase certo que sabás ocorriam periodicamente na ilha.

Gostaria de estar enganado, mas tinha a certeza de que, caso levasse adiante as investigações, suas suspeitas se confirmariam.

Teria de vigiá-la. Teria de ter certeza antes de fazer o que deveria ser feito.

VII

Dona Iara fez uma pausa. Olhou em direção a um cômodo da casa, levantou-se e disse aos jovens:

— Me deem licença, por favor. Vou ver se o Vicente precisa de alguma coisa.

Paula se levantou, prestativa, e disse:

— Vou com a senhora, caso precise de ajuda.

Ela sorriu com os olhos marejados de tantas más lembranças, tocou carinhosamente o braço da jovem em um gesto de assentimento, e as duas caminharam em direção ao quarto.

Paula pensou que encontraria um ancião moribundo, preso a uma cama; preparou-se para se compadecer ao encontrar um homem de idade muito avançada e de saúde visivelmente castigada, um homem que levaria as pessoas a questionar os desígnios do destino ao manter vivo alguém em tais condições.

Preparou-se para o choque visual e para o cheiro de doença e velhice.

Porém, ao entrarem no quarto, se deparou, sim, com um homem bastante idoso, mas ainda com ótima aparência para a idade. Estava sentado em uma poltrona ao lado de uma janela, e seu olhar se encontrava perdido no horizonte, como se observasse algo não muito interessante do lado de fora, com a mesma serenidade de quem aguarda algo há tanto tempo, que até mesmo já se esqueceu do que se trata.

Estava enfiado em calças folgadas de algodão e em uma surrada camisa de flanela marrom. Calçava chinelos de couro, e era possível notar que as unhas de seu pé, grossas e amareladas, encontravam-se bem aparadas.

Era um homem muito alto e magro, e suas mãos repousavam sobre os joelhos ossudos como o avô de quem se espera dizer: "— Bem, meus netos, hoje vou lhes contar uma história...".

Sua aparência lembrava o ator Christopher Lee, o mesmo que imortalizou o Conde Drácula nos velhos filmes da Hammer. Um Christopher Lee já no final da jornada.

Os cabelos brancos estavam bem penteados, repartidos para o lado. O rosto sulcado de rugas estava liso, caprichosamente escanhoado e sem qualquer machucado que normalmente provém do barbear em rostos fragilizados pelo passar dos anos. Dona Iara lhe chamou a atenção:

— Vicente, temos visitas.

Lentamente, o velho moveu a cabeça como que para poder observar de onde vinha aquele som. Visualizou a esposa junto da mocinha desconhecida, mas seus olhos não demonstraram reação ou surpresa. Eram olhos desprovidos de vida e sem interesse pelo que ocorria ao redor.

Ele apenas respirou profundamente, e sua boca não esboçou qualquer sorriso. A esposa se aproximou e passou a mão por seus cabelos.

— Está tudo bem — afirmou.

Ele olhou para Paula, que sorriu, mas não obteve qualquer reação visível em troca. Achou muito terno a esposa, depois de tanto tempo e de tantas situações más que haviam passado juntos, tratar o marido daquela forma. Esperava um dia viver um amor daquela magnitude.

— Ele não fala muito — disse dona Iara. — Às vezes, ele chora, mas é um choro silencioso, apenas as lágrimas escorrem pelo rosto. Talvez ele se lembre de nosso filho nesses momentos, mas quem é que pode saber? Antigamente, conversávamos tanto, passávamos horas e horas conversando sobre qualquer assunto. E ríamos. Como ríamos...

Tocou os ombros outrora fortes do marido e completou:

— Sinto muita falta daqueles dias, mas agradeço diariamente o fato de ainda tê-lo ao meu lado. Afinal, não é o que eu sempre quis? Hoje posso cuidar do meu Vicente.

A jovem observou o rosto pálido do velho. Sua palidez provinha, em maior parte, da falta de sol, e não da saúde debilitada. Devia passar boa parte de seus dias encerrado naquele quarto. Aproximou-se timidamente e constatou de perto o quanto a esposa cuidava bem dele, sempre o mantendo asseado e apresentável.

— Eu faço tudo para ele. Ajudo no banho, faço a barba, corto o cabelo. Às vezes, o levo até a cozinha e o sento diante do prato de comida. Às vezes, ele come sozinho, mas quando ele não se anima, aí coloco a comida em sua boca. O importante é que não falte nada ao meu Vicente.

— Ele não fala nada? — perguntou Paula.

— Muito pouco. Mas eu ainda converso com ele. Ainda compartilho lembranças, e a única diferença é que hoje praticamente só eu falo. Ele fala muito pouco. Desde aquela situação que contei a vocês, passou a falar quase nada, e geralmente quando fala é durante o sono. Ele ainda sonha muito. Eu praticamente não sonho mais, mas ele sim. Costumo brincar, dizendo que ele sonha por nós dois, enquanto eu falo por nós dois.

O rosto de Iara demonstrava intensa dor ao dizer aquilo. Ainda naquele momento, mesmo passados tantos anos, sua consciência lhe torturava. Imaginava os pesadelos que ainda atormentavam o marido durante o sono.

O velho relógio de corda na parede anunciava que já era quase meio-dia.

— Vou fazer o almoço do Vicente — disse, avisando indiretamente e de forma delicada que já havia falado o suficiente, retirando-se do quarto e dirigindo-se à cozinha, seguida por Paula.

Eduardo e Alex se levantaram e perceberam que aquela entrevista havia terminado, entretanto ainda faltava o mais importante:

— A tal senhora que morava na ilha tinha mesmo algum envolvimento com o desaparecimento das crianças? — perguntou Eduardo.

Dona Iara colocou uma panela com água no fogão a lenha que já se encontrava aceso, proporcionando uma temperatura agradável ao ambiente. Respondeu:

— Sim. O padre Escudero estava certo.

Esfregou as mãos em um pano de prato e complementou, sem olhar para seus ouvintes:

— Mas, no final das contas, ela não passava de uma mulher louca. O padre a procurou e fez com que voltasse à razão. Tudo terminou bem no final, igual às histórias que a gente escutava no rádio.

Não conseguiria mentir se estivesse olhando para o rosto dos jovens à sua frente.

Conforme a versão que Iara contou aos jovens, o padre Escudero passou a vigiar de forma discreta a mulher da ilha, confirmando seu envolvimento com os desaparecimentos. Pior ainda, confirmou que as crianças desaparecidas eram realmente utilizadas em rituais de sacrifício.

— Ele foi até a ilha, sozinho. Lá confrontou a mulher que todos chamavam de "bruxa". Ninguém viu, mas parece que ele conseguiu fazer com que ela deixasse de lado toda aquela loucura por meio de orações que ele mesmo fez. Não foi fácil, mas ele conseguiu. Duraram vários dias, mas se manteve firme em sua fé e terminou vencendo.

Ainda de acordo com a versão, Escudero voltou para o vilarejo e, inicialmente, nada comentou com os moradores. Talvez temesse o que poderia vir a acontecer se soubessem o que havia ocorrido na realidade. Provavelmente, buscariam fazer justiça com as próprias mãos, fazendo mal a uma pessoa idosa e debilitada, tanto física quanto mentalmente.

Era impossível não visualizar a cena do padre solitário resolvendo tudo com orações, curando sozinho a loucura e a maldade de uma pessoa. Era inútil tentar não comparar a situação, da forma em que foi narrada, com uma cena de velhos filmes de terror de baixo orçamento: a ausência de cores, o cenário visivelmente barato e nada verossímil.

Era algo muito teatral para ser verdadeiro, não condizendo com a realidade.

— E os boatos de todas aquelas bonecas penduradas nas árvores? — perguntou Alex. — É verdade?

Iara novamente esfregou as mãos no pano de prato, nervosamente, e se resignou a continuar falando. Segundo sua versão, tudo voltou à relativa normalidade durante algumas semanas após a visita do padre à ilha, mas os moradores estranharam seu silêncio e passaram a questioná-lo acerca do que havia ocorrido durante sua visita. Pressionado, não teve alternativa senão contar toda a verdade.

— As autoridades foram avisadas — prosseguiu — e seguiram até lá. Ao chegarem, depararam com aquelas bonecas esquisitas penduradas nas árvores. A explicação foi que a velha havia enlouquecido por completo, e para cada criança que havia sacrificado, pendurou uma boneca em um galho.

Engoliu em seco e acrescentou:

— Na verdade, eram muitas bonecas.

A ILHA DA BRUXA

·) ·) ·) ·●·(·(((·

Embora fosse uma versão um pouco forçada do que havia ocorrido, ainda assim se tratava de algo plausível. Em realidade, a pessoa que todos chamavam de "bruxa" podia ser nada mais que uma perturbada mental. Afinal, não havia os inquisidores, séculos atrás, classificado alguns doentes mentais e esquizofrênicos como hereges ou possuídos pelo Maligno, condenando-os à fogueira?

De qualquer modo, os fatos narrados não se encaixavam. Davam a impressão de que dona Iara havia se arrependido por ter falado demais e estivesse tentando convencê-los de que os fatos não haviam sido tão perturbadores quanto pareciam, mesmo envolvendo as aparições que ela mesma disse haver presenciado em sua própria casa.

— O que aconteceu com ela? — perguntou Eduardo.

Dona Iara deu de ombros e respondeu sem fitá-los nos olhos:

— Quando as autoridades chegaram, já era tarde demais. Ela se matou e acabou não respondendo por seus crimes; foi encontrada enforcada, pendurada em um dos mesmos galhos onde estavam as bonecas. No final das contas, não passava de uma pessoa comum, era envolvida com magia, mas não passava de uma pessoa igual às outras. Sentiu medo de ter de responder por tudo que havia cometido e acabou dando fim à própria vida, ou quem sabe tenha se arrependido.

Enquanto tentavam absorver aquela versão cheia de falhas, uma voz ainda desconhecida pelos visitantes fez-se ouvir:

— Iara, chega de mentiras.

A voz grave vinha da porta da cozinha. Olharam para lá e visualizaram o homem que até poucos instantes estava sentado em uma velha poltrona, contemplando o mundo que prosseguia fora de sua casa. Em pé, ele parecia ainda mais alto e ainda conservava uma considerável postura, apesar dos ombros um tanto caídos, como se carregasse sobre eles uma carga muito pesada. Os olhos não pareciam olhos ausentes e alheios ao que ocorria ao redor, mas os olhos atentos de quem sabia o que estava falando.

Sua voz denunciava o sotaque arrastado do interior, prolongando os erres e falando de forma mansa e pausada.

Dona Iara se impressionou. Raramente o marido saía do quarto e, mais raramente ainda, falava.

— Vicente?

Ele caminhou alguns passos em sua direção e a tocou ternamente. Caminhou mais alguns passos com seu passo arrastado de velho, puxou uma cadeira da cozinha e sentou-se. Parecia exausto após ter caminhado aquela curta distância.

Observou os rostos dos jovens ao seu redor e disse:

— Já que chegaram até aqui, vocês merecem ao menos saber o que aconteceu de verdade.

Discretamente, Alex direcionou o tripé com a câmera ao novo interlocutor, enquadrando sua imagem, a fim de registrar o novo relato.

Vicente narrou sua própria versão da história, e o que contou era bem diferente das outras versões.

O velho falou de forma incansável. Permaneceu sentado na cadeira com as mãos repousadas sobre os joelhos e contou tudo o que sabia, como se sua vida dependesse daquelas palavras. Falou como se quisesse compensar todos os anos de silêncio pelos quais havia passado e como se aquela fosse sua última oportunidade de contar ao mundo sua versão dos fatos.

Seu testemunho se assemelhava ao testemunho de alguém que palestra acerca dos horrores sentidos na pele diante de alguma situação que jamais deveria ser repetida.

Inicialmente, a voz soou de forma enferrujada, como o ranger de uma máquina sem uso há muito tempo.

— O problema é que ninguém assume a própria culpa — disse o velho. — E a culpa verdadeira por tudo o que aconteceu em São Bento foi dos moradores. Foram eles que procuraram a bruxa; sim, eu a chamo de bruxa porque é isso que a maldita mulher é: uma bruxa. O medo de assumir os erros, a vontade de se resolver problemas de forma fácil e, principalmente, a ganância foram os responsáveis por tudo o que aconteceu.

Ele se calou durante alguns instantes, como se estivesse tentando retomar o ritmo da fala aos poucos.

— A verdade tem que ser dita, e ela é uma só: foram os moradores que a procuraram. E todos ganharam alguma coisa com isso.

Segundo sua versão, o desaparecimento de crianças prosseguiu, e o que impressionou diante da situação foi a falta de interesse das pessoas, inclusive os próprios pais das crianças desaparecidas. Pareciam saber o que havia ocorrido de fato, não desconhecendo que todos os favores que haviam recebido, como a localização de riquezas ou a realização de desejos, possuíam um alto preço a ser pago, um preço que ultrapassava qualquer quantia possível de ser paga em dinheiro.

— Muitos eram contra buscar o auxílio das autoridades da cidade mais próxima. Diziam que, em São Bento, "todos faziam parte da mesma família, e uma família resolve sozinha os seus problemas". Isso tudo não passava de desculpa. Na verdade, a maioria estava envolvida com a bruxa e seus favores. Aos poucos, a população foi vendendo sua alma, e, quando se apercebeu, já era tarde demais. Já estávamos atolados no inferno.

Olhou para a esposa e acrescentou:

— Todos nós.

Ainda segundo a versão contada por Vicente, o padre foi até a ilha verificar o que estaria ocorrendo. Foi sozinho em uma determinada noite, sem a companhia de ninguém. Afinal, queria apenas observar sem ser observado.

A versão de que havia comparecido ao local para exorcizar os demônios que haviam tomado posse da velha moradora era falsa, embora desconhecesse o que havia ocorrido durante sua visita.

Quando o padre Escudero chegou à ilha, deixou sua canoa amarrada à margem e encaminhou-se à cabana. Era uma noite de lua cheia, o que tornava a caminhada um pouco menos perigosa, a lua iluminando de forma satisfatória seus passos.

Preferiu ir até o local à noite, primeiramente para não ser visto por seus fiéis, que levantariam uma série de indagações e especulações, mas, principalmente, porque eram em determinadas noites que os rituais ocorriam. E naquela noite de lua cheia, em particular, era possível visualizar do vilarejo os clarões emanando da pequena ilha.

Foi munido apenas de uma lanterna, mas, já nas proximidades da cabana, visualizou uma luminosidade tão intensa que fazia com que parecesse ser dia. Ao longe, conseguiu enxergar várias pequenas fogueiras e fogo proveniente de tochas utilizadas para iluminar o local. No centro das fogueiras, havia uma espécie de altar feito com pedras e, sobre o altar, era possível visualizar o pequeno cadáver de algo cujo torso havia sido aberto em um corte que ia do púbis até a garganta.

Inicialmente, pensou tratar-se de um filhote de cordeiro, e realmente *se esforçou em acreditar* que não fosse nada mais que um holocausto realizado à moda do Antigo Testamento.

Havia alguém ao lado do altar, alguém que arrancava as entranhas do pequeno cadáver, devorando-as com volúpia e lambuzando-se com o sangue inocente. Era uma mulher jovem, nua e com o corpo escultural remontando às antigas estátuas gregas; sua cor, inclusive, lembrava o mármore das estátuas. Passava lentamente as mãos ensanguentadas no próprio rosto e nos seios, em êxtase.

Era décadas mais jovem que a velha moradora da ilha. As curvas bem esculpidas de seu corpo sugeriam estar na casa dos 20 anos de idade. Os cabelos eram vermelhos, longos e revoltos, parecendo dançar junto com os movimentos do corpo; confundiam-se com as chamas bruxuleantes das fogueiras e tochas e com o sangue que pintava sua pele branca.

De alguma maneira, *sabia* que aquela mulher tentadora não era neta ou mesmo alguma parente distante da velha que ali vivia, mas sim ela própria. De alguma maneira, ali estava ela, décadas e décadas mais jovem.

Por um breve instante, Escudero foi tomado pelo desejo carnal ao visualizar as curvas e a voluptuosidade quase feroz daquele corpo feminino, nu e perfeito, e, ao mesmo tempo, repudiou a si próprio pela fraqueza.

Conseguiu, finalmente, olhar ao redor, desviando a visão da jovem que se deleitava com entranhas e sangue, visualizando a clareira no meio da mata, um pequeno local onde não havia qualquer vegetação, mesmo que rasteira, o que se demonstrava compreensível: a maldição recebida por um terreno onde se realiza um sabá é de tal monta que, não raro, se tornava terreno totalmente estéril.

Além da mulher nua que se deleitava com o sangue e com as vísceras, Escudero contou mais 12 pessoas entre homens e mulheres, todos nus, alguns se besuntando com gordura antes de se unirem à ronda sabática em volta de um imenso caldeirão que fervia sobre uma fogueira.

O coven dançava em círculos, de costas um para o outro; cânticos eram entoados, algo como *"Emen-hetan! Emen'hetan!"*, de maneira repetida, produzindo um som hipnótico.

Uma das fogueiras formava desenhos demoníacos no ar, com suas labaredas avermelhadas. Provavelmente, eram aquelas as luzes que os moradores de São Bento visualizavam de longe em determinadas noites, como se ocorresse um incêndio. Tocou o crucifixo que sempre trazia junto ao peito. Durante todos seus anos de sacerdócio, havia estudado sobre sacrifícios ao Demônio, mas, entre a teoria e a prática, o caminho era longo. Jamais havia imaginado que algum dia estaria diante de uma cena como aquela.

Jamais tivera a certeza de que aquelas situações existiam de fato, principalmente nos dias atuais.

O pior, entretanto, se encontrava sentado em uma espécie de trono quase no meio do círculo onde se desenrolava o encontro.

A criatura exibia a aparência de um grande bode negro, ostentando uma coroa negra entre os três chifres, emanando do chifre do meio forte luminosidade. Observava os movimentos com os olhos horrendos e muito abertos, enquanto cofiava a longa barba com uma mão semelhante à mão humana, embora os dedos possuíssem todos o mesmo comprimento e fossem curvos como as garras de uma águia, terminando em ponta.

O que causou ainda mais horror foi a saudação prestada à criatura pelos bruxos e bruxas recém-chegados. A criatura se inclinava para a frente no trono, enquanto o recém-chegado levantava seu rabo e beijava seu traseiro.

Escudero exclamou, horrorizado, ao visualizar o beijo obsceno oferecido àquele cuja figura representava uma usurpação à imagem do cordeiro divino.

— *Osculum infame!*

Ao perceber que havia falado de maneira involuntária e mais alto do que deveria, tapou a própria boca, entretanto era tarde demais.

De repente, ao longe, os olhos da bruxa visualizaram os olhos do padre. Seu rosto vermelho de sangue, semelhante a uma máscara de guerra, pareceu despertar do transe. Apontou o dedo ensanguentado para ele, e todos os participantes se voltaram em sua direção como que para observá-lo. Em uma fração de segundos, era ele, não mais a criatura em forma de bode, a atração principal.

A mulher cessou seu deleite com o sangue e as vísceras daquilo que talvez fosse uma criança. Observou-o sem surpresa, como se soubesse desde o início que ele ali estava a observá-los, talvez ansioso pelo momento em que iniciassem o banquete e, principalmente, as orgias.

Escudero desviou o olhar daquela nudez que era, ao mesmo tempo, excitante e terrível aos seus olhos. Recordou as palavras de Santo Afonso de Ligório: "não o sentimento, mas o consentimento fere a alma".

A mulher nua olhou ao redor, a mão ensanguentada e estendida como se demonstrasse o quadro tétrico que se desenrolava.

— Não era isso que você queria ver, padre? Pois seu desejo foi realizado.

De repente, tudo parecia vazio. Não mais os bruxos e bruxas dançando e se besuntando com gordura. Não mais a criatura com três chifres sendo saudada com um beijo no traseiro. Nem mesmo o fogo que a tudo iluminava, ou o cadáver aberto e ensanguentado sobre o altar.

Apenas a bruxa, ainda nua e com sangue no rosto e nas mãos.

Foi tomado pelo pânico e correu até chegar à margem onde estava sua canoa. Havia muito tempo que não se exercitava, encontrando-se fora de forma, mas, naquele momento, isso de nada importou. Correu como há tempos não corria, guiado apenas pela luz da lua. O ar já começava a lhe faltar quando ouviu ao longe o grito da bruxa:

— Volte, padre! Sobrou bastante para você!

Em seguida, um coro de risadas ecoou no silêncio.

— O padre não avisou as autoridades a respeito do que quer que tenha encontrado na ilha, como contam — prosseguiu Vicente. — O que ele fez foi juntar um grupo de homens, a fim de fazer justiça com as próprias mãos. Em nenhum momento ele pensou como um padre e acabou agindo com sentimento de vingança, do mesmo modo como faria um criminoso comum. Não agiu como um homem de Deus, e penso que foi essa uma das principais causas de sua ruína e da ruína de São Bento.

A boca de Vicente estava seca, fazia tempo que não falava tanto de uma só vez. Iara lhe trouxe uma caneca de lata com água; ele bebeu em pequenos goles, secou a boca com as costas da mão e prosseguiu:

— O padre era um homem bom, e é importante dizer que suas intenções foram as melhores. Se cometeu algum pecado, foi o da soberba; imaginou conseguir sozinho derrotar o Mal. A fé dele era grande, isso não se pode negar, mas não tão grande a ponto de enfrentar um poder muito maior que ele.

Bebeu mais um gole da caneca e acrescentou com um gesto:

— E talvez sua fé nem fosse tão grande assim.

VIII

Escudero, antes de ser padre, havia sido boxeador.

Durante a juventude, seguiu carreira até ser ferozmente nocauteado em uma luta, o que o deixou por quase uma semana em estado de coma profundo. Posteriormente, descobriu-se que seu adversário havia usado esferas de chumbo ocultas na parte interna das luvas.

A luta foi sumariamente anulada. Não houve revanche, pois o adversário de Escudero foi expulso do boxe e proibido de lutar profissionalmente em qualquer categoria. Dizia-se que ele continuou lutando, mas em lutas clandestinas, e que sua carreira não foi muito longa. Devido a uma discussão envolvendo pagamentos de lutas realizadas — e previamente arranjadas —, acabou irritando um agenciador e levando um tiro que lhe custou a vida.

Mas antes de arruinar sua própria vida, levou consigo a carreira de Juan Escudero, que possuía um invejável cartel de 11 lutas, sendo nove vitórias por nocaute e duas vitórias por contagem de pontos. Durante a luta em que seu adversário trapaceou, a jovem promessa nos pesos médios teve a mandíbula fraturada em dois lugares, fratura no nariz e fratura na fronte, o que o levou ao estado de coma.

Questionados pela imprensa e por fotógrafos — com as câmeras fotográficas imensas da época e seus enormes flashes ofuscantes —, os médicos que acompanhavam o caso do jovem lutador desenganaram os fãs. Havia poucas esperanças de que um dia ele saísse do coma e nenhuma possibilidade de voltar a lutar. Caso sobrevivesse e subisse novamente em um ringue, estaria indiretamente cometendo suicídio, qualquer golpe poderia matá-lo ou deixá-lo em estado vegetativo até o dia de sua morte.

Entretanto, os médicos se enganaram em parte. Seis dias depois, o lutador voltou a si. A última imagem que trazia consigo era a do adversário investindo contra ele. Visualizava perfeitamente os cabelos loiros, os olhos azuis muito límpidos, as mandíbulas altas e o punho se aproximando cada vez mais de seu rosto.

A primeira notícia que recebeu foi a de que jamais lutaria novamente.

— Compreenda — disse o médico que o acompanhava —, seu cérebro ficou debilitado em virtude da lesão. Um único soco seria o suficiente para colocar sua vida em risco.

Escudero recebeu com resignação o diagnóstico. Já havia aprendido que a vida era realmente repleta de surpresas, nem todas boas.

Além da resignação, sentiu também uma espécie de alívio. Jamais estivera tão próximo da morte, e por isso não sabia se teria coragem suficiente para colocar novamente seus pés em um ringue, mesmo em uma luta justa, com um adversário ético, ou um adversário que, ao menos, não utilizasse esferas de chumbo nas luvas.

Ao deixar o hospital alguns dias depois, a notícia de que havia encerrado sua carreira foi recebida com pesar pelos fãs e amantes do boxe. O ano era 1935, e o jovem Escudero contava com 22 anos de idade. Sua situação se assemelhava à tragédia ocorrida em 1924 com o lutador Benedito dos Santos, o "Ditão", nocauteado pelo italiano Hermínio Spalla no nono assalto e sofrendo um derrame cerebral, o que fez com que sua promissora carreira fosse encerrada prematuramente.

O fim da carreira de Escudero foi lamentada, mas logo esquecida. A ideia que se fazia do boxe era a de que suas estrelas eram fugazes e, mais do que isso, descartáveis. No fundo, não davam valor a quem trocava socos com um adversário diante de todos — um boxeador, para a maioria, não passava de alguém cuja única função era a de divertir plateias, algo não muito acima de um galo de briga, e com uma única diferença: enquanto os galos de briga eram instigados a lutar, os homens — ditos racionais — o faziam por vontade própria.

Tudo o que restou ao jovem espanhol naturalizado brasileiro foi sua força física. Não sabia ler, nem escrever, e mal sabia falar o português, substituindo várias palavras por palavras da língua espanhola. Foi convidado por empresários de baixo escalão a voltar triunfalmente aos ringues, mas recusou. Temia que as palavras do médico viessem a se concretizar; mais do que morrer, temia passar o resto de seus dias inválido.

Ademais, sabia que não queria mais lutar, independentemente das consequências. O boxe passara a ser uma página virada em sua vida.

Sem estudo e sem profissão, o trabalho braçal era tudo o que lhe restava. Passou a trabalhar como estivador em um porto, adquirindo os mesmos vícios de muitos dos estivadores que o rodeavam: bebida, prostitutas e drogas. O dinheiro que recebia era tão pouco, que tudo o que podia fazer era gastá-lo nos vícios, a fim de tornar a vida um pouco menos triste.

A maioria dos estivadores admirava-o, entretanto alguns o invejavam e não perdiam chances de humilhá-lo, fazendo-o lembrar de seus breves dias de glória e como havia caído em total decadência da noite para o dia. Agora era igual a qualquer outro que carregava pesos sobre as costas para sobreviver.

Ao completar um ano de sua última luta, Escudero caiu em depressão. Passou a noite em claro no apertado quarto onde vivia, ao lado do porto, fumando, bebendo e pensando — com pena de si — como tudo havia mudado tão depressa e de modo tão radical. Era novamente um total desconhecido, não mais o boxeador que prometia ser campeão mundial, orgulhando o país que tão bem o acolheu.

Escondendo as rachaduras que atravessavam as paredes do quarto, havia um pôster seu, retratado nos dias de glória e sucesso. Posava para a foto de lado, levemente inclinado e com as luvas em posição de combate, como se estivesse pronto para nocautear o próximo adversário. Aquele retrato parecia fazer parte de outra vida, destacando-se na miséria do quarto pequeno e abafado.

Quando o sol começou a nascer, ouviu do lado de fora os ruídos dos trabalhadores que iniciavam suas atividades. Risadas e palavrões começavam a quebrar o silêncio, seguidos pelo som do ranger de rodas, tosses e escarros.

Apanhou o pouco dinheiro que tinha guardado debaixo do colchão. Contou as cédulas amassadas.

Talvez fosse o suficiente para comprar o que precisava.

Estava decidido a se matar. Um tiro na cabeça, desde que aplicado com a mão firme e no local certo, seria a maneira mais rápida e indolor. Queria encerrar sua vida de forma rápida, não queria que seus dias de miséria fizessem-no esquecer seus dias de glória.

Mas, para isso, precisava de um revólver.

Sabia quem poderia vendê-lo. No porto, era possível comprar qualquer coisa, desde que se tivesse dinheiro.

Vestiu uma camiseta suja e com cheiro de peixe, uma calça rasgada nos joelhos, um par de sandálias e ganhou a rua.

Ainda mantinha a musculatura dos tempos de lutador. O trabalho que desempenhava encarregava-se de mantê-la, porém sua aparência mudara. Havia envelhecido bastante em um ano, não se preocupava mais em raspar a barba ou cortar os cabelos, ainda fartos e pretos como carvão, que agora lhe chegavam aos ombros.

Caminhou pelas ruas estreitas em direção ao seu destino e, no caminho, deparou-se com a pequena igreja, vazia àquela hora, mas com suas portas abertas como se convidasse os passantes a entrar.

Fazia quase que diariamente o mesmo trajeto e jamais havia percebido a igreja.

Hesitou durante algum tempo diante das portas abertas e finalmente entrou, tímido. Imaginava não se encontrar adequadamente vestido para visitar aquele lugar sagrado. Fazia tempo que nem ao menos se barbeava.

Ao seu redor, algumas imagens de santos coloridos, moldados em gesso, observavam-no silenciosamente e de forma acolhedora. A luz das velas que queimavam tornava o ambiente cheio de sombras. O cheiro que ali havia era semelhante a incenso, um cheiro de lar, de um local acolhedor para onde voltava depois de muito tempo.

Sentou-se em um dos bancos e baixou a cabeça. Nem se lembrava como se rezava. Desde que chegara ao Brasil, e isso já fazia mais de 18 anos, jamais havia entrado em uma igreja, embora houvesse sido batizado católico na Espanha.

Afinal, o que fazia ali? Não se sentia digno de entrar em um local sagrado como aquele, pouco importando a roupa que vestisse ou se estivesse ou não barbeado. Era um bebedor, jogava cartas apostando dinheiro e frequentava casas de prostitutas. Até mesmo drogas já havia usado. Não havia conseguido administrar sua própria vida de maneira decente.

Sentia-se indigno de estar ali, como se caminhasse nu diante de uma procissão religiosa.

Enquanto se encontrava imerso em seus pensamentos, alguém tocou seu ombro.

Assustou-se.

Ao seu lado, um homem magrinho, pequeno e grisalho, enfiado em uma batina sacerdotal. Cobria a boca com as mãos esqueléticas para abafar o riso.

— Desculpe — disse o homenzinho. — Não quis assustá-lo.

Era um padre. Escudero sorriu. O padre havia achado graça em seu susto, e isso de certa forma era engraçado. Um homem com seu tamanho e porte não deveria assustar-se com apenas um leve toque no ombro.

Ainda não havia perdido o senso de humor.

— *No hay problema* — respondeu Escudero, levantando-se em sinal de reverência ao padre.

— Não, não, meu filho. Sente-se, sente-se — disse o padre, empurrando-o de volta para o banco. — Não quero atrapalhar suas orações. Vi você parado diante da porta. e o que me trouxe aqui foi a indiscrição e a curiosidade, o que, devo dizer, não são as características de um bom Cristão. *Mea culpa.*

Aproximou-se de seu ouvido e perguntou:

— Por acaso você não é o boxeador Juan Escudero?

Escudero sorriu. Desabou novamente sobre o banco de madeira, satisfeito por ainda ser reconhecido, mesmo com os cabelos longos e a barba desgrenhada.

— *Yo* fui, padre. Não *soy más.*

O padre sentou ao seu lado e novamente tocou seu ombro, mas agora era um toque amigo, forte e caloroso.

— Não diga isso, meu filho. Você sempre será Juan Escudero, nem que seja apenas na lembrança daqueles que o admiraram e que sofreram com você. E eu também o admirei e sofri com você, mesmo que não aprovasse o esporte que praticava; sei que não é correto dois homens se socarem diante de uma plateia, não, não é nada cristão, mas rezei muito por sua recuperação durante o tempo em que esteve hospitalizado após aquela luta brutal.

O pequeno padre estendeu a mão e disse:

— Me chamam Giusepe.

Naquele momento, o lutador fez algo que não havia feito nunca: desabou em lágrimas e soluços por tudo o que havia perdido e arrependido por tudo o que ainda pensava em perder ao sair de seu quarto naquela manhã, em busca de uma arma para acabar com a própria vida.

Chorava com as mãos no rosto. O padre passou o braço por seus ombros, abraçando-o calorosamente.

— Chore, meu filho. Lave sua alma e recomece tudo. Tenha a certeza de que nunca é tarde.

A cena era tanto quanto comovente: um padre com 1,50 metro de altura e 40 quilos, sentado ao lado de um homem com 1,90 metro de altura e 110 quilos, abraçando-o fraternalmente, esticando seus braços magros o máximo que estes suportavam, a fim de tentar envolvê-lo sem sucesso.

Escudero chorou durante um bom quarto de hora, e aquilo lhe fez bem. Nem mesmo a bebida, a droga, ou as prostitutas lhe haviam feito tanto bem quanto aquela torrente de lágrimas. Retirou um lenço amarrotado do bolso da calça, secou as lágrimas e limpou o muco que escorria do nariz. Levantou-se do banco, afinal tinha de voltar ao trabalho. A ideia de suicídio havia sido descartada, ao menos naquele momento.

— Obrigado, padre.

O padre se levantou.

— Para onde vai, filho?

— Tenho que trabalhar. *Muchas gracias* por tudo.

O pequeno padre se colocou à sua frente em uma débil tentativa de barrar a passagem com seu corpo frágil.

— Qualquer trabalho é digno, meu filho, mas você deve manter-se longe de ambientes que não lhe façam bem. Precisamos de pessoas para realizar serviços aqui na igreja e na casa paroquial. Não podemos pagar muito, mas você terá comida e uma cama limpa todos os dias.

Escudero jamais voltou ao porto. Aceitou o trabalho que lhe era oferecido e, primeiramente, tomou um banho como há muito não tomava, usando sabonete de verdade, e não a pedra de sabão amarelo de lavar roupas que costumava usar. Depois, foi presenteado com uma refeição.

Antes de começar a trabalhar, foi-lhe entregue uma tesoura, um pincel de barbear dentro de um copo com sabão e uma navalha afiada. Cortou a barba e depois raspou o rosto. Fazia tempo que não se via diante de um espelho, e gostou do que viu. O rosto, apesar de mais envelhecido, parecia também mais experiente, como o rosto de quem houvesse aprendido muito com seus próprios erros e acertos.

Um seminarista cortou seus cabelos, deixando-os bem curtos.

Escudero começou seu trabalho naquele mesmo dia, embora o padre preferisse que descansasse. Na pequena igreja, aprendeu a ler e escrever, descobrindo sua verdadeira vocação e iniciando seus estudos para padre.

A ILHA DA BRUXA

·) ·) ·)·●·((((·

Os anos passaram, o jovem Escudero perdeu peso e musculatura, seus cabelos caíram rapidamente até darem lugar a uma calva lisa e irremediável — herança de seu pai e de seu avô — e se encontrava em São Bento desde 1951, após abandonar a cidade por vontade própria. Queria um lugar pequeno e tranquilo onde pudesse professar a fé; bastava de toda a agitação e das tentações que as grandes cidades traziam consigo.

Após quase 20 anos em São Bento, deparou-se com a situação envolvendo suposta bruxaria e culto ao Demônio. Sabia que a atitude a ser tomada era a de exterminar a portadora de toda aquela maldade. Em sua concepção, aquela ação não seria uma ação típica de justiceiros. Afinal, tratava-se de uma feiticeira, e as feiticeiras deviam ser mortas. Não era a própria Bíblia Sagrada, no livro de Êxodo, que dizia "Não deixarás viver uma feiticeira"?

Ele mesmo a viu devorando algo que, tinha certeza, era uma criança, como se fosse um animal sedento de sangue. Poderia muito bem ser uma das crianças desaparecidas na localidade, não um animal qualquer levado a sacrifício, mas uma vida humana, a vida de uma criança. E ainda zombara dele convidando-o a fazer parte daquele herético banquete, agindo de forma irônica como se ele não fosse merecedor de qualquer respeito, como se não fosse um homem de fé. Havia visto, também, os bruxos e as bruxas que dançavam a dança lasciva e, pior que qualquer outra coisa, a criatura que a tudo assistia, sentada em um trono e sendo beijada no traseiro a título de saudação.

Provavelmente, ninguém acreditaria no que havia presenciado, mas o fato é que *havia visto* e deveria tomar alguma atitude em relação àquela barbárie que ocorria tão próximo dele e de seus fiéis.

Juan Escudero sempre demonstrou muito interesse no estudo da Inquisição e dos fatores que levaram à sua instauração; para muitos católicos, o assunto representava algo incômodo, uma parte da História a ser esquecida não apenas por fazer parte de um passado distante, mas, principalmente, por trazer consigo fatos cruéis e vergonhosos. A caça às bruxas era encarada atualmente como uma barbárie que ceifou a vida de inúmeros inocentes, atendendo a interesses que nem sempre tinham a ver com os ideais de "extirpar o Mal do mundo".

Em seus longos serões com o padre Giusepe, compartilhava suas opiniões acerca da Inquisição, um pesadelo que durou dois séculos e vitimou cerca de 60 mil pessoas. Lembrava-se de uma longa conferência em particular, em uma

·) ·)   165   (·(

tarde em que os dois se encontravam, coincidentemente, ao mesmo tempo, livres de seus afazeres. Naquela tarde, caminharam pelo jardim paroquial, trocando ideias e opiniões.

— Particularmente penso que houve algum exagero pelos religiosos da época, tanto católicos quanto protestantes — dizia o padre Giusepe. — Talvez as intenções fossem nobres, mas exageros ocorreram. Não concordo com certos revisionistas que querem atribuir toda a culpa aos protestantes; o fato é que os católicos acabaram, digamos assim, "errando a mão" e cometendo excessos. Creio que não há ato que justifique a morte de um ser humano, nosso irmão, em uma fogueira, assim como não há ato que justifique a prática da tortura.

Escudero fazia valer suas próprias opiniões, sentindo-se confuso com tantas versões contraditórias.

— Mas não aceitar a prática da Inquisição não seria negar as palavras de São Tomás de Aquino?

Giusepe observava, admirado, a erudição de seu pupilo, um jovem que nem sequer sabia ler, ao conhecê-lo poucos anos antes, e o instigava:

— Por favor, refresque minha memória.

— Não foi São Tomás de Aquino quem disse serem os hereges como os delinquentes que passam moeda falsa? Que procuravam ser tão astutos como estes delinquentes, muitas vezes ocultos no íntimo da pessoa?

— Correto.

— Desta forma, então, não se justificariam as torturas para a obtenção de confissões?

Giusepe admirava a retórica do jovem. Comparava-o a um diamante que, aos poucos, vinha sendo lapidado, tornando-se mais e mais brilhante.

Mas ainda havia muita pedra bruta a ser lapidada, muitos preconceitos e pontos de vista velhos e mofados que deveriam ser afastados de si.

— Os tempos eram outros. Como as pessoas, a sociedade também amadurece e aprende com seus erros, e não podemos esquecer que a Santa Igreja faz parte dessa mesma sociedade. Penso que as palavras de São Tomás de Aquino talvez tenham sido mal interpretadas. A confissão a que se refere talvez fosse o arrependimento, mas o arrependimento voluntário, espontâneo, de forma alguma obtido por meio do fogo ou da água. Veja como a sociedade e a Igreja evoluíram neste sentido: hoje o fiel nos procura de forma voluntária, a fim de confessar seus pecados, relatar seu arrependimento e buscar o perdão.

— Mas, padre Giusepe, o que tínhamos em outras épocas eram hereges, bruxos, não simples pecadores mortais. O que tínhamos eram emissários de Satanás.

— Os tempos eram outros, meu caro Escudero. Havia um medo coletivo, e hoje não mais importa saber quem o disseminou, ou quem propagou a ideia de que as bruxas eram o "sinal do Apocalipse", representando que Deus literalmente virara as costas para a humanidade. Acreditava-se que as bruxas tomariam conta do mundo por meio da influência do Maligno. Por esta razão, era tão importante dizimá-las, queimá-las, reduzir sua existência a cinzas, e é incontestável que durante esta busca ocorreram injustiças. A Santa Igreja é formada de homens, simples mortais, e bem sabemos que homens são imperfeitos.

— Creio que, não obstante os objetivos possam ter sido nobres, a maneira de combater o Mal não foi a correta. Creio que a própria Igreja se transmutou em instrumento do Mal nesta busca. Lutero disse que "o Diabo é como um cachorro preso na coleira de Deus". O problema é que os homens se aproximam dele. E quanto a isso não há qualquer tribunal que seja apto a resolver; a própria Igreja se apercebeu disso, embora tenha se passado séculos até que essa percepção surgisse.

Deu mais alguns passos e acrescentou:

— Mas como eu disse: as intenções eram nobres, e os homens erram.

Continuaram a caminhada. Giusepe prosseguiu:

— Havia também muita desinformação. Compreensível, afinal estamos falando de fatos ocorridos há séculos. Inocentes curandeiros foram condenados por bruxarias, mesmo não adorando Satanás. Alguns homens da Igreja entendiam que apenas Deus, e mais ninguém, podia ter o poder de curar o que quer que fosse. Não aceitavam a ideia de a fé ser substituída por chás e ervas. Sei que a própria Bíblia dispõe, no livro do Êxodo, que "não deixarás viver a bruxa", mas...

— Capítulo 22, versículo 18 — recitou Escudero, interrompendo a frase de Giusepe. Sabia aquele trecho de cor, utilizando-o como um verdadeiro lema em sua vida.

— Perfeito — prosseguiu o pequeno padre —, mas até mesmo essa passagem deve ser interpretada com cautela. Até mesmo sua validade é questionada por historiadores que afirmam que tal frase surgiu como que por encanto após a versão Bíblica do Rei Tiago, isso nos anos 1600, talvez justamente como uma maneira de fortalecer os tribunais inquisitórios da época. Houve uma lamentável mistura entre política e religião nos tribunais inquisitórios.

Bateu no ombro de Escudero e complementou:

— Nada é perfeito, meu caro. Até mesmo a Bíblia pode conter imperfeições provocadas propositalmente por ações e interesses humanos. Nós, homens, somos vergonhosamente falíveis.

As opiniões do padre Giusepe eram respeitadas, porém não aceitas pelo jovem padre. Sua linha de raciocínio era simples: Giusepe não havia vivido nas ruas, não havia conhecido mulheres de má índole e não sabia, na prática, o poder maligno que elas possuíam, caso desejassem exercê-lo.

A própria História dava razão a Escudero: guerras já haviam sido travadas devido às mulheres. A cabeça do pregador João Batista havia sido apresentada em uma bandeja de prata devido ao simples capricho de uma mulher que a pediu como presente.

Em sua vida como estivador, tivera a oportunidade de conhecer mulheres que, em outras épocas, seriam queimadas vivas em praça pública e sob o aplauso de toda a população. Mulheres que, de alguma forma, enfeitiçavam os homens, privando-lhes do discernimento.

Ele mesmo, antes de se tornar um homem de Deus, havia sido seduzido, roubado e adquirido doenças dessas mesmas mulheres que apresentavam por fora uma aparência frágil e inocente.

Sua opinião incontestável era que se devia ter muita cautela em relação ao sexo feminino. Não admitia ser qualificado como misógino devido ao fato de possuir tal entendimento. Afinal, tinha experiência em viver no mesmo ambiente de prostitutas que podiam privar homens da própria razão, fazendo com que abrissem mão de seus próprios valores e, não raro, de suas próprias famílias e dignidade.

Mesmo depois de passados anos e de sua mudança para São Bento, as opiniões de Escudero não se modificaram. Guardava-as para si como algo fechado em um cofre, evitando compartilhá-las, mas, para ele, a Inquisição se tratava de um evento necessário e que deveria ter permanecido por mais tempo. Se houvesse prosseguido, tinha a certeza de que o mundo, de alguma forma, haveria se tornado um lugar melhor. As execuções em praça pública não mais ocorreriam simplesmente pelo fato de o Mal haver sido derrotado.

Haveria mais receio e mais respeito no mundo. Essa era sua opinião.

IX

Após presenciar o sacrifício ritual e se certificar do que ocorria na ilha, Escudero convocou uma reunião com os moradores do vilarejo na casa paroquial, onde narrou o que havia presenciado. Os presentes o ouviram sem qualquer interrupção, alguns deles parecendo visivelmente constrangidos como se houvessem sido eles próprios apanhados em flagrante.

A maioria sabia que havia algo errado na ilha; muitos sabiam exatamente do que se tratava.

As reações durante a reunião foram diversas. Houve desde o silêncio comprometedor, até o burburinho de indignação diante da situação que se apresentava. Muitos daqueles que ali estavam já haviam utilizado a ajuda da bruxa em diversas situações. Tentavam talvez enganar a si próprios, fingindo acreditar que não tinham ideia do que ocorria, que desconheciam que os poderes da estranha mulher provinham de forças malignas. Adotavam a posição cômoda de se beneficiar de seus favores, fingindo imaginar que nada seria cobrado em troca.

Alguns daqueles que participaram da reunião haviam, inclusive, oferecido seus próprios filhos em sacrifício por favores recebidos, como se houvessem sido hipnotizados por algo desconhecido e que superava suas próprias forças.

Ou era nisso que se esforçavam em acreditar.

O momento era importante, não do ponto de vista moral ou religioso, mas representava a oportunidade real de sepultar segredos, fazendo com que jamais pudessem ser descobertos e fossem finalmente relegados ao esquecimento.

Sabiam, entretanto, que algo ocorreria e sabiam não ser algo benéfico a eles. Já haviam visto de perto os poderes que ela possuía e do que era capaz.

Mas apoiaram o padre mesmo assim. Eliminar a velha seria oportuno, conveniente. Seria uma maneira de que suas histórias continuassem desconhecidas.

Afinal, como poderiam explicar o fato de várias crianças trem sido entregues, voluntariamente e pelos próprios pais, para sacrifícios? Qual desculpa ou explicação justificaria tal ato?

Pessoas que desconheciam a verdade dos fatos — poucas, mas ainda assim existentes — levantavam a hipótese de se buscar as autoridades para investigar os, até então, inexplicáveis desaparecimentos. Porém desconheciam que a descoberta comprometeria grande parte dos moradores, e os envolvidos não teriam o menor crédito ao tentar justificar seus atos devido ao fato de estarem sendo "atormentados por demônios".

Como convencer a justiça? A condenação se apresentava como algo muito próximo. A cadeia era uma possibilidade real, e o mais sensato a fazer seria colocar fim à maior testemunha de toda aquela história, fazendo com que os fatos se confundissem com meras lendas.

Após várias horas de discussão e votações, chegaram a um acordo, e foi o próprio padre quem manifestou a necessidade de se livrarem da presença comprometedora. As pessoas presentes, considerando-o a autoridade maior do vilarejo, respiraram aliviadas ao perceber que ele próprio assumia a responsabilidade do que estava por vir

O pacto foi selado naquela noite: a mulher seria morta, e com ela morreriam todos os segredos inconfessáveis do vilarejo de São Bento.

Selado o pacto, Escudero se reuniu com um grupo de pescadores, a fim de combinar os preparativos finais. A reunião foi realizada às escondidas, e ninguém mais tocou no assunto tratado. Os moradores prosseguiram com seus afazeres como se nada houvesse sido combinado e como se nenhuma reunião houvesse sido realizada.

Os dias passaram sem que houvesse qualquer acontecimento digno de atenção. Em determinada noite, seguiram padre e pescadores até a ilha, partindo em cinco embarcações pequenas, com dois homens em cada.

Escudero seguiu à frente dos demais, enquanto um dos pescadores remava. Durante o trajeto, tentava convencer a si próprio de que o que estavam prestes a fazer era algo correto, murmurando palavras com um crucifixo entre as mãos como se estivesse em transe.

O Mal devia ser extirpado, arrancado como um câncer enquanto ainda havia tempo, não importando o quão cruel o ato pudesse parecer em uma primeira avaliação. Olhos que observassem de longe chegariam à conclusão de que uma velha solitária e sem a menor chance de defesa estava prestes a ser assassinada por um bando de homens.

O padre, porém, sabia o motivo pelo qual as crianças desapareciam; havia visto com os próprios olhos os restos do que seria uma delas durante o sabá diabólico que presenciara e, ainda pior, ouvira de várias fontes que pessoas passavam a criar *famaliás* em garrafas, dentro de suas próprias casas, o que, diante de todos os fatos insólitos que ocorriam, não era algo a se duvidar.

Colocar fim à vida da moradora da ilha não seria propriamente um assassinato, mas, sim, uma execução com propósitos nobres; não havia como aquela mulher prosseguir vivendo da maneira que vivia, agindo como uma agente de Satanás na terra.

Trazia consigo um rolo de corda e um galão com gasolina. O trajeto foi percorrido em silêncio por todos, nenhuma palavra ou comentário foi proferido, evitando até mesmo olhar uns para os outros como para resguardar não apenas a própria identidade, mas a dos demais que compunham o grupo. Tudo o que se ouvia eram as pás dos remos atingindo a água e o murmúrio do padre Escudero em suas orações incessáveis.

Finalmente chegaram. Desembarcaram e arrastaram as canoas para terra firme, a fim de que não fossem levadas pelo rio, mesmo estando a correnteza especialmente calma naquela noite.

Os pescadores pararam diante de Escudero, e não foi necessário perguntar qual seria o próximo passo, afinal tudo já havia sido planejado com antecedência. Ele apontou uma árvore com o tronco grosso e poucos galhos, distante alguns metros de onde se encontravam.

— Ela será amarrada ali.

Acrescentou, tentando manter a naturalidade na voz:

— E ali ela será queimada.

Inicialmente, houve um silêncio de aceitação, pesado e tenso, que durou pouco tempo. Um dos pescadores, sujeito alto e corpulento, um pouco mais velho que os demais, finalmente disse:

— Mas, padre, isso é muita crueldade! Isso não se faz com nenhum ser vivo, nem com um cão danado.

Puxou da cinta uma reluzente e afiada faca de lâmina comprida que utilizava para estripar peixes. Estendeu-a ao padre como se estivesse apresentando uma solução para o problema. Prosseguiu:

— Eu mato ela primeiro, e depois a gente põe fogo no corpo. Pode deixar comigo, sei usar essa faca muito bem. Corto a garganta de orelha a orelha, e ela não vai sofrer nadinha, eu prometo.

O padre se manteve irredutível. Levantou a mão espalmada, como se exigisse silêncio.

— O que buscamos não é a morte ou a vingança, mas, sim, a purificação da alma. Não adianta matar e deixar a alma sem purificação; sendo assim, ela sobreviveria em outro corpo. Se a queimarmos, estaremos sendo piedosos, estaremos livrando-a definitivamente da bruxaria. O fogo e a dor purificam a alma. Depois de purificar sua alma, queimaremos também a sua casa, não deixando para trás qualquer vestígio, por menor que seja, de sua existência sobre a Terra.

Havia relido sua velha e surrada cópia, repleta de grifos e anotações nas bordas das páginas, do *Malleus Malleficarum*. Para ele, o livro ainda representava verdadeiro manual de instruções acerca de como proceder com bruxas. Apesar de criticado e desacreditado, ainda representava importante fonte de consulta e era perfeito para suas intenções.

Caso a bruxa não confessasse imediatamente sua condição, utilizaria a tortura, e depois ocorreria a execução, independentemente de haver ou não confessado seus atos.

Na realidade, Escudero, como tantos outros moradores de São Bento, tentava enganar a si próprio, não logrando êxito por maiores que fossem suas tentativas. Sabia que sua intenção não era a de livrar a tal bruxa, tampouco as demais pessoas, do pecado que ela trazia consigo. Sabia, e isso de certo modo o atormentava, que agia movido pelo ódio e pela satisfação pessoal. Sempre abominara o poder que as mulheres possuíam, podendo perverter os homens como bem entendessem.

Os pescadores decidiram não questionar o objetivo da visita à ilha, bem como as intenções de Escudero, afinal estavam diante de um padre, homem que certamente tinha muito mais conhecimento que todos eles juntos.

A ILHA DA BRUXA

Além do mais, o que importava era o fato de que, de uma maneira ou outra, se livrariam da bruxa. Se fosse queimada, enforcada ou qualquer outra coisa, não tinha nenhuma importância, desde que ela morresse levando consigo todos os segredos de São Bento. Após sua morte, recomeçariam suas vidas. Novas crianças viriam ao mundo, e as desaparecidas seriam apenas um assunto não mais mencionado. As pessoas se arrependeriam dos erros que haviam cometido e seguiriam em frente.

Afinal, não é assim que as coisas funcionam?

Todos caminharam em silêncio em direção à cabana. Alguns traziam espingardas consigo, enquanto outros iluminavam o caminho escuro com lanternas a pilha. Tudo o que se ouvia eram os próprios passos esmagando as folhas caídas no caminho, e tudo o que buscavam era terminar aquela missão com a maior brevidade.

Aproximaram-se da cabana, em silêncio. Era o momento de agir.

Os homens se espalharam, assumindo pontos diferentes da parte externa da pequena construção. De repente, a porta da cabana abriu-se e dali saiu sua moradora. Escudero caminhava à frente dos pescadores e estacou, levantando a mão direita como se fosse um sinal para que os demais também parassem.

O silêncio da noite pareceu intensificar-se ainda mais. O ruído do vento contra as folhas das árvores e o canto das aves noturnas silenciaram-se. Era possível ouvir o barulho da água chocando-se mansamente contra as margens da ilha.

A imagem diante deles não era a da jovem voluptuosa e imunda de sangue que o padre havia visto algumas noites atrás, mas, sim, a da anciã solitária conhecida por todos e enfiada em um vestido velho e tão gasto que nem cor possuía mais.

O padre sentiu medo novamente. Sentiu que sua fé talvez não fosse suficiente para fazê-lo prosseguir naquela missão, e de repente o rolo de corda em suas mãos pareceu pesar mais. O pescador que carregava o galão com gasolina depositou-o no chão e colocou-se à sua frente como se desejasse escondê-lo, como se imaginasse até aquele momento que fariam algo às ocultas da moradora.

Ela os observava com os braços cruzados em uma atitude desafiadora. Era ainda menor que o menor dos homens presentes, mas ainda assim os intimidava de forma inexplicável.

Ninguém no grupo parecia ter coragem suficiente para dar um passo adiante. Sentiam-se como crianças apanhadas no meio de algo que haviam sido advertidos para não fazer, e o desejo que entre eles dominava era dar meia-volta e retornar; alguns até mesmo pensavam em pedir desculpas pelo incômodo, retornando em seguida às suas vidas e lidas diárias.

Encontrava-se a mulher parcialmente oculta pela escuridão, iluminada apenas pelo brilho da lua, que, por vezes, era coberto brevemente por nuvens.

Antes que tomassem qualquer atitude, ela perguntou:

— Vieram matar uma pobre velha?

Escudero se aproximou e levantou a cruz que trazia pendurada no pescoço. Tentou manter a voz firme ao ordenar de maneira dramática e teatral:

— Arrependa-se dos seus pecados, herege!

Sua reação não foi exatamente a que se esperava.

Ela não caiu de joelhos, não pediu perdão ou se arrependeu de seus pecados diante da cruz que lhe era exibida.

Ela riu.

Riu como se houvesse ouvido as palavras mais hilárias jamais proferidas no mundo.

O padre hesitou diante da atitude. Ela cuspiu na cruz — uma cruz utilizada com hesitação nada mais representava que um pedaço de metal forjado. Ergueu a mão direita com a palma virada para eles. Seus olhos pareciam desprender faíscas. O sorriso não mais existia, dando lugar a um esgar de puro ódio. Alertou-os:

— Sumam daqui enquanto eu permito.

Um disparo ecoou na noite, e a bruxa foi atingida na barriga. Ao receber a bala, levou as mãos ao ferimento e observou-os com expressão de surpresa, caindo para o lado logo em seguida.

O padre olhou na direção de onde havia partido o tiro e visualizou um dos homens recolocando o revólver de cano longo no coldre de couro que trazia preso à cintura. Após guardá-lo, disse:

— Não se preocupe, padre. Não atirei para matar.

Os homens agiram com rapidez, habituados que estavam com o manejo de cordas. Alguns instantes depois, a bruxa se encontrava fortemente amarrada à arvore, sobre uma pilha de lenha apanhada nos fundos da cabana e gravetos embebidos em gasolina.

Seu próprio corpo também havia sido ensopado com o líquido inflamável, fazendo com que o vestido se grudasse ao corpo, definindo algo que não parecia mais que um saco de ossos. Abriu os olhos e deparou-se com os olhos implacáveis do padre à sua frente.

O odor da gasolina era quase insuportável, seus vapores visíveis na noite fria.

Finalmente, ele se encontrava em vantagem, ou ao menos era isso que imaginava. Em momento algum, pensou que havia sido fácil demais e que deveria acautelar-se diante da aparente impotência da velha amarrada e ensopada com gasolina. Afinal, ela estava firmemente atada ao tronco, não podendo movimentar qualquer membro. A corda havia dado voltas e voltas, envolvendo-a completamente desde os tornozelos até o pescoço.

Já havia passado por situação idêntica antes e por outras tantas semelhantes àquela. Se assim o desejasse, poderia mover-se com facilidade, romper aquelas amarras demasiado fortes para qualquer ser humano, mas não para ela.

Seus planos, entretanto, eram outros.

Escudero pigarreou e disse, tentando manter a voz firme, sem gaguejar:

— Esta é sua última oportunidade, feiticeira. Confesse os seus pecados enquanto ainda há tempo. Arrependa-se!

Ela cuspiu no rosto do padre, mas ele havia previsto o ato e se desviou da cusparada no último instante.

— Quem você pensa que é para me dar ordens? Faça o que tem que fazer, velho porco. Ou está com medo?

Cuspiu novamente, e desta vez Escudero não conseguiu desviar, recebendo a bola de catarro esverdeado diretamente no olho direito. Ela riu, e ele sentiu seu rosto ruborizar. Alguns pescadores se horrorizaram diante daquele gesto de ultraje e desafio contra um homem santo; outros, porém, seguraram bravamente o riso diante da cena.

Ele esfregou o olho com a manga da batina, enojado, retirando o catarro que escorria lentamente por sua bochecha, enquanto ela dizia, com a voz rouca e transbordante de desprezo:

— Você é um porco, padreco. Age como agiam os verdadeiros inquisidores, movido pelo ódio e pela inveja. Conheci muitos iguais a você, inclusive com o mesmo sotaque. E imagina onde eles estão agora?

Apontou com o queixo a madeira que havia aos seus pés e ordenou:

— Vá em frente e acenda o fogo, porco. Ou está com medo?

Estremeceu ao ouvir as palavras desafiadoras. Ela sabia suas intenções, sabia que ele pecava em seu íntimo, e, ainda pior, ele havia sido ofendido na frente de seus fiéis, portanto não havia possibilidade de recuar. Afastou-se da pira e ordenou a um dos pescadores, tentando não denunciar a ira em sua voz:

— Dê-me os fósforos. Faço questão de acender pessoalmente o fogo.

O pescador obedeceu. O padre riscou um fósforo e o atirou de longe contra a madeira encharcada com gasolina. Houve um som de explosão seguido de imensa bola de fogo que desapareceu logo em seguida, dando lugar ao fogo forte e intenso.

Tudo ao redor se iluminou com as chamas.

Com o barulho e o calor, os homens se afastaram. Escudero permaneceu próximo da fogueira, com o crucifixo agarrado fortemente entre as mãos e os olhos fechados, como se estivesse em prece. Tentava crer estar realizando algo positivo não apenas para a humanidade, mas, principalmente, para aquela alma que muito em breve seria consumida pelas chamas. A dor, intensa e breve, traria consigo a purificação pelo fogo.

Os galhos estalavam, e o calor mantinha os homens a distância. A copa da árvore já estava em chamas, mas, além disso, não se ouviam gritos, tampouco se sentia o cheiro da carne queimada. O que se ouviam eram risadas; risadas alucinadas e abafadas pelo alto crepitar da madeira em combustão.

A fogueira passou a iluminar boa parte da ilha. Queimou com intensidade no início, enfraquecendo pouco tempo depois e deixando para trás o tronco enegrecido da árvore — agora sem folhas ou galhos — e o corpo da velha bruxa. Chamas menores consumiam avidamente a lenha que havia sido ali colocada, bem como o que havia restado do tronco no qual a velha se encontrava amarrada.

Entretanto, milagrosamente, o corpo continuava intacto. O fogo havia transformado em cinzas as fortes cordas que a prendiam e as roupas que usava, mas não havia tocado sua pele e seus cabelos. Em seu lugar, havia a mulher jovem que Escudero vira algumas noites antes, completamente nua.

A primeira reação do padre foi a de apertar a cruz entre as mãos. O milagre que representava o corpo intocado pelo fogo à sua frente remetia ao martírio de vários santos, entretanto não era isso que tinham diante de si. Uma bruxa, não uma santa, era o que ali havia; e o milagre de ainda se encontrar viva e inteira não era de modo algum o resultado de intervenção divina.

Haviam sido ingênuos ao imaginar que conseguiriam dominá-la de forma tão fácil. Tudo o que ela queria era comprometê-los, fazer com que atirassem a primeira pedra. Tudo o que queria era que condenassem as próprias almas.

Sua pele branca se destacava em meio à fumaça, imaculada, sem qualquer vestígio de fuligem. Proporcionava uma visão ainda mais blasfema que o normal.

E sorria.

Sorria diante da impotência e falta de fé daqueles que haviam tentado ser seus algozes. Seus dentes alvos reluziam à luz do fogo, e seus cabelos vermelhos se confundiam com as chamas.

Todos se entreolharam sem ideia do que fazer. Alguns portavam armas, mas não intencionavam usá-las, cientes da inutilidade do gesto. Ao mesmo tempo, observavam o corpo perfeito da jovem mulher como que hipnotizados, assombrados por haver substituído a velha que deveria ter ardido na fogueira, seus ossos transformados em cinzas como os gravetos mais frágeis.

Ajoelharam-se diante dela, implorando perdão e misericórdia. Os olhos dos homens desesperados fitavam o chão, afinal não tinham coragem de encará-la. Eram como pagãos defronte a uma entidade desejosa de vingança.

Escudero gritou a plenos pulmões:

— Demônio! Renda-se!

Estava com medo e sua voz denunciava o desespero que sentia. Era a voz irregular e esganiçada de quem estava apavorado, não possuindo nem sequer parte da coragem necessária diante do momento crítico. As mãos tremiam, e mal conseguia sentir as próprias pernas, esforçando-se em permanecer em pé. Lutava contra o desejo premente de fugir, de correr ainda mais do que havia corrido na última ocasião em que se encontraram.

Sentia que toda a sua fé havia se esvaído, como água que escorre entre os dedos.

Sentia que não era digno de segurar o crucifixo.

Sentia-se um homem sem fé.

E sabia que era tarde demais para arrependimentos.

Seus ombros caíram enquanto a jovem nua caminhou lentamente até ele, a brancura de sua pele parecendo brilhar na escuridão, iluminada pelo fogo.

Não havia pressa, ela saboreava o momento. E sorria. Seu rosto se transmutava quase imperceptivelmente, e nele se conseguia visualizar os rostos de todas as prostitutas que havia conhecido em seus tempos de pugilista e estivador.

O crucifixo caiu lentamente de suas mãos. Não mais um sinônimo de fé, mas um simples objeto de adorno.

— O fogo é apenas um dos quatro elementos, padre — disse a bruxa. — E eu domino todos os quatro.

Ela levantou os braços e os abriu como se quisesse abraçar o mundo. Escudero foi atingido por uma força invisível que o arremessou para trás de forma violenta, sendo arrastado no ar por vários metros, levando consigo pequenos galhos e folhas das árvores que havia no caminho. O mundo todo parecia haver sido reduzido a um borrão, tamanha a velocidade com que era arrastado, parando apenas quando se chocou de costas contra o largo tronco de uma árvore centenária que havia à frente. O som do impacto ecoou ao redor; os pescadores fecharam os olhos e desviaram o rosto daquela cena, avaliando o estrago ocasionado com aquele choque. Um deles fez o sinal da cruz e murmurou:

— Credo em Cruz, Ave Maria...

Ao atingir a árvore, Escudero teve a sensação de que seus pulmões haviam explodido. Caiu pesadamente de bruços e, durante alguns instantes, não conseguiu respirar o mínimo para se manter vivo, sendo, em seguida, acometido por violento acesso de tosse que ao menos permitiu que algum oxigênio fosse levado aos pulmões feridos. Sorveu o ar desesperadamente, tentou levantar-se, mas caiu novamente de bruços. Sentiu que sangue saía de sua boca em golfadas.

Os danos internos haviam sido consideráveis. Se respirasse fundo, era capaz de sentir suas costelas quebradas perfurando a parte interna do corpo, como se ansiosas em romper sua carne e ganhar o exterior.

Soube naquele momento que não sairia vivo dali.

Os pescadores que o acompanhavam tinham a mesma certeza, e tudo o que para eles importava era salvar a própria pele. Tentar salvar o padre estava fora de cogitação, portanto cada um deveria resguardar a própria vida.

Começaram a correr em direção ao rio, a fim de apanhar as canoas e remar em direção a São Bento o mais rápido que a força de seus braços permitisse. Gritavam de pavor enquanto corriam, mas foi apenas quando estavam próximos do local onde haviam desembarcado, podendo visualizar as canoas que os conduziriam de volta a São Bento, agora tão próximas, que de fato suas agonias tiveram início.

Dentre eles, o que mais corria era o homem que havia atingido a bruxa com o disparo. O revólver já havia sido descartado, sabia que era inútil tentar utilizá-lo novamente. Desse modo, apenas corria sem olhar para trás, com o intuito de alcançar a canoa e fugir. Fugiria, inclusive, do vilarejo naquela mesma noite. Juntaria os poucos pertences e a família, abandonando em seguida aquele lugar amaldiçoado. Tinha um irmão que vivia na cidade grande, que poderia arranjar-lhe algum trabalho. Tudo o que queria era jamais ver novamente um peixe diante de si.

Seus projetos, porém, foram repentinamente interrompidos por intenso ardor no estômago. Inicialmente, atribuiu a sensação ao esforço desempenhado em correr. Diminuiu o ritmo, mas o ardor aumentou de intensidade.

Foi obrigado a cessar a corrida, pois havia se tornado impossível realizar qualquer esforço diante da dor intensa.

Talvez se tratasse de uma úlcera ainda não descoberta e que vinha à tona em momento tão inoportuno. Apertou o tórax com as mãos, com o intuito de tentar minimizar a dor que sentia, porém a dor se intensificou, transformando-se em sensação de queimadura, como se houvesse fogo brotando de dentro de si.

Olhou para as palmas das mãos e notou, à luz da lua, que sua pele enegrecia de forma rápida. Primeiramente adquiriu um tom acinzentado, passando para o marrom, até se tornar negra. Fumaça saía de seus poros, como se substituísse o suor.

Constatou com horror que havia fogo dentro de si.

Abriu a boca para pedir socorro aos colegas, e uma intensa labareda saiu de sua garganta e suas narinas, como se houvesse sido convertido em dragão. Seus cabelos incendiaram simultaneamente.

Segundos depois, toda sua pele entrou em combustão, transformando-o em uma tocha viva e incandescente.

A única esperança de salvação eram as águas do rio, tão próximas. Correu para alcançá-las e, quanto mais corria, mais a intensidade das chamas aumentava, atiçadas pelo vento.

Sua visão diminuiu de forma rápida, tornando impossível enxergar o rio; seus globos oculares derretiam rapidamente como esferas de plástico diante do calor que emanava de seu próprio corpo.

Caiu muito próximo da margem; ainda rolou um pouco, como em uma última e inútil tentativa de apagar o fogo que o consumia. Ao constatar que nada mais havia a se fazer, entregou-se pacificamente à morte. À medida que as chamas o devoravam, seu corpo se movia lentamente em virtude da queima dos músculos, dando a perturbadora impressão de ainda estar vivo e agonizante.

Os outros pescadores tiveram o mesmo fim, presenciando com horror o fogo brotar do interior de seus corpos, reduzindo-os em pouco tempo a montes enegrecidos, enquanto se contorciam caídos sobre a areia na vã tentativa de barrar a morte que se aproximava.

O único que restou foi o padre, que de longe a tudo assistia sem nada poder fazer, ainda caído de bruços e seriamente ferido.

Tinha a certeza de que nem mesmo os melhores médicos poderiam recuperar os danos que seu corpo havia sofrido.

Lágrimas rolavam por seu rosto, lágrimas de dor e arrependimento por haver trazido consigo aqueles pobres homens, conduzindo-os a destino tão cruel. Subestimara o inimigo, e as consequências haviam sido ainda piores do que poderia ter imaginado.

Cometera o erro de se julgar mais forte que o Mal. Logo ele, um simples homem com todas as imperfeições e fraquezas. Percebeu, embora tarde demais, que buscava vingança pessoal, tendo como objetivo apenas poder dizer que havia conseguido derrotar uma força maior que todos os infiéis. Havia sido traído pela própria ira e pela própria vaidade.

Tossiu sangue novamente. Os pulmões e a garganta ardiam. Tentou levantar-se, apoiando-se com as mãos no chão, e percebeu estar impossibilitado de executar qualquer movimento. Por mais que estivesse disposto a não se entregar pacificamente, percebia que não havia mais nada a ser feito. Gotas de sangue pingavam de suas narinas e eram absorvidas pela areia.

Olhou para baixo, ainda apoiado no chão com as palmas das mãos e visualizou dois pés alvos à sua frente. Levantou a cabeça, de forma lenta, tanto pelo receio do que veria, tanto pela dor que lhe causava o simples movimento, constatando que a bruxa, ainda nua e transmutada em jovem, estava parada diante dele, aguardando com volúpia o momento de apanhá-lo e parecendo desejar prolongar ao máximo aquele momento de deleite.

Estava em posição desfavorável; além de muito ferido, encontrava-se de quatro no chão como um animal. Ainda assim, decidiu não desviar o olhar.

— Temos contas a acertar, padre.

Ao verificá-la em total estado de superioridade, percebeu que tudo o que lhe restava naquele momento era a fé — nada mais.

E o que o preocupava era o fato de estar com medo, um medo que superava a pouca fé que ainda trazia consigo.

— Agora somos só nós dois — salientou a mulher.

Algo virou Escudero para trás de modo que ficasse deitado de costas contra o solo. Algo segurava seus pulsos com força suficiente para parti-los. Não conseguia reunir coragem para olhar o que o segurava. Sabia que o que visualizaria seria apenas o vazio, e era isso o que o amedrontava ainda mais.

Que Deus perdoasse sua falta de fé e, sobretudo, sua soberba.

A bruxa colocou a mão direita entre as próprias pernas. Escudero presenciou, com repulsa, ela retirar a mão lambuzada com sangue escuro. Sangue menstrual. O líquido grosso pingava de sua mão, e ela a aproximou tanto do rosto do padre a ponto de ele sentir o odor metálico e enjoativo que exalava. O sangue morno, em contraste com o frio da noite, emitia vapores e parecia negro à luz das chamas que ardiam próximas.

Tentou virar o rosto, a fim de se distanciar daquilo, mas sua cabeça estava imobilizada; ao mesmo tempo, a mesma força inumana que o mantinha imóvel forçou sua mandíbula a se abrir. Teve a certeza de que, caso resistisse, teria a mandíbula reduzida a pedaços.

Finalmente sucumbiu. Após sua boca se encontrar escancarada, a bruxa disse, mostrando-lhe a mão banhada com o próprio sangue gotejante:

— Eis aqui a comunhão que você merece, padre. Eis aqui o sangue de Lúcifer.

Lambuzou o rosto de Escudero com o sangue, introduzindo a mão fechada em sua boca, de forma quase irreal, como se a qualquer momento fosse rasgar seus lábios. A bruxa retirou a mão depois de alguns instantes, deixando para trás o sangue morno, que escorria para o interior de sua garganta. O padre tentou vomitar, mas a mesma força de antes fechou sua boca, obrigando-o a engolir sangue e saliva.

O sangue da bruxa agora fazia parte de seu próprio sangue.

Lamentou o fato de não haver morrido no instante em que foi arremessado contra a árvore.

De repente, toda a força que o mantinha preso contra o chão, assim como a força que mantinha fechada sua boca, desapareceram. Tossiu, engasgado com o banquete satânico que lhe havia sido oferecido. Tentou novamente vomitar, expelindo de dentro de si o sangue que havia sido introduzido em seu corpo. Sentia-se sujo, indigno de professar o nome de Deus e as Sagradas Escrituras. Estava sendo castigado.

Sentia-se derrotado. A sensação era ainda pior que a sensação de perda sentida mais de 30 anos atrás, ao ser nocauteado de maneira fraudulenta na luta que encerrou sua carreira.

Baixou os olhos e aceitou, resignado, a derrota. A bruxa o observava com um sorriso zombeteiro.

— Agora sua alma pertence ao inferno, seu porco sem fé.

Algo novamente agarrou seus braços, e desta vez nem ao menos pensou em oferecer resistência. Quando deu por si, estava apoiado de bruços sobre o tronco cortado de uma grande árvore que aparentemente servia de cepo para o corte de lenha, mas parecia também bastante útil para sacrifícios, percebendo resignado que ele seria o próximo sacrifício — sua vida reduzida a uma oferenda para o Demônio.

Sua cabeça estava firmemente apoiada contra a parte lisa do tronco, e algo a pressionava com força. À sua frente, estava a bruxa, ainda nua e com as mãos vermelhas de sangue. Os cabelos ruivos e os pelos púbicos vermelhos contrastavam com a pele branca, que brilhava à luz da lua. Percebeu que ela trazia consigo um machado, cuja lâmina larga e afiada reluzia.

Fechou os olhos prevendo o que estava prestes a ocorrer.

— Que o Senhor receba minha alma — murmurou.

A bruxa riu.

— Não, padre, isso não acontecerá.

Ouviu um zunido metálico e sentiu algo frio no pescoço, muito próximo à nuca. Ao mesmo tempo, ouviu um som de pancada, como se o cepo abaixo de si houvesse sido atingido por algo contundente.

"Ela errou o golpe", foi o que imaginou durante um instante.

E de repente tudo ficou fora de foco, a sensação foi a de estar no centro de um carrossel de onde não pudesse sair. Tudo parecia rolar e cair em uma velocidade que lhe provocava enjoo.

Ainda teve tempo de vida suficiente para constatar que era sua própria cabeça que rolava, separada do restante do corpo, bem como para visualizar o próprio corpo, cujo sangue jorrava do pescoço sem cabeça em esguichos compassados, e cujos pés estremeciam em espasmos involuntários, movidos pelas últimas batidas de seu coração.

Os moradores de São Bento aguardavam às margens do Angûera, atraídos pelos gritos que provinham da ilha e ecoavam na noite silenciosa. Haviam assistido de longe o brilho da fogueira que ardeu durante algum tempo.

A ansiedade que sentiam aumentou ainda mais devido ao fato de não haver mais qualquer movimentação durante muito tempo.

Alguns cogitaram a hipótese de irem até a ilha para prestar socorro, mas ninguém tinha coragem suficiente para a tarefa. Em determinado momento, uma moradora apontou para a água.

— Vejam!

Uma canoa se aproximava lentamente, movida pela brisa. Quando estava a alguns metros da margem, alguns homens entraram nas águas geladas, a fim de trazê-la antes que a correnteza a levasse para longe.

Visualizaram a batina escura do padre e viram que ele estava deitado no chão da canoa.

— É o padre! — gritou um dos homens.

As demais pessoas lançaram expressões de alívio, entretanto o alívio durou somente até o momento em que constataram que apenas parte do padre estava na canoa.

Faltava-lhe a cabeça. O pescoço terminava em um corte reto e sangrento como se houvesse passado pela guilhotina.

As águas do Angûera estavam tão calmas, que pareciam imóveis. Na ilha, nada se podia observar, não havia quaisquer sons ou movimentação partindo dali.

Isso era o mais assustador.

X

Após a morte do padre e dos pescadores que o acompanharam, o vilarejo se tornou um local assombrado. Uma sucessão de maus acontecimentos teve início de forma quase imperceptível, como ocorrem as situações cotidianas.

Iniciando a série de fatos insólitos que se abateu sobre o vilarejo, o rio Angûera parou de fornecer peixe aos pescadores. Suas águas permaneceram paradas como se todo o rio houvesse morrido; sua correnteza, por vezes tão assustadora, cessou por completo, tornando-o semelhante a imenso campo sólido, imóvel e esverdeado.

Todos os dias, os pescadores partiam incansáveis para o trabalho, mas o resultado era sempre o mesmo: quando as redes eram puxadas, voltavam vazias. Passadas algumas semanas, só restaram os peixes que haviam sido pescados antes do ocorrido e se encontravam conservados em sal. Após mais algum tempo, cessaram também os peixes conservados, consumidos que foram pelos moradores.

Os habitantes passaram a se alimentar dos produtos das pequenas plantações que eles próprios mantinham, sendo o milho a produção predominante. Em determinado dia, sem que houvesse qualquer sinal de mau tempo, uma violenta tempestade de granizo atingiu o vilarejo. Embora tenha durado cerca de cinco minutos apenas, foi tempo suficiente para fazer com que toda a produção prevista para o ano se perdesse.

Os pequenos animais restantes, criados para abate — frangos e porcos — começaram a ser divididos e consumidos enquanto os moradores aguardavam que o rio novamente lhes fornecesse a pesca, como o fazia desde sempre. Ainda tinham a esperança de que tudo fosse apenas uma situação passageira.

E como se não bastasse toda a penúria que se abateu sobre o vilarejo, seus moradores passaram a temer a noite.

Inicialmente, imaginaram tratar-se de coincidências, afinal, com tantas coisas más e inexplicáveis ocorrendo, seria normal a impressão de que as noites pareciam diferentes, mais frias, silenciosas e longas. O fato é que não se encontrava mais ninguém fora de casa quando anoitecia. Mal sabiam que nem mesmo em seus lares estavam seguros.

Quando as sombras tomavam conta de São Bento, estranhos acontecimentos ocorriam, em especial, nas poucas casas onde ainda viviam crianças. Após o anoitecer, os moradores começavam a ouvir passos sobre os telhados de suas casas, como se algo por ali passeasse, desalinhando as telhas.

Sussurros e pancadas suaves nos vidros das janelas eram comuns. Pancadas breves e espaçadas, como se alguém que se encontrasse do lado de fora desejasse chamar a atenção de quem se encontrasse do lado de dentro.

Pior ainda eram os sussurros dirigidos às crianças, convidando-as a sair para brincar. Aquelas que saíam às escondidas de seus pais, seduzidas pelos chamados, jamais eram vistas novamente, vivas ou mortas.

— As sombras que começaram a surgir pelo local, que andavam pelos telhados e batiam nas janelas chamando as crianças, dizem que também apareceram graças aos moradores — narrou Vicente, ainda sentado imóvel e com as mãos repousando sobre os joelhos.

— Como assim, "graças aos moradores"? — perguntou Alex.

O velho explicou:

— Depois que começaram a procurar os trabalhos da velha bruxa, conta-se que várias casas passaram a possuir *famaliás* presos em garrafas. Vocês, garotos da cidade, por acaso já ouviram falar em *famaliás*?

Eduardo e Alex já haviam ouvido, sim. Para enriquecer os assuntos do canal, pesquisavam a fundo todo o folclore e as lendas que enriqueciam o gênero terror.

Não havia sido diferente com a lenda do *famaliá* — ou "demônio familiar" —, o famoso "diabinho da garrafa", um serzinho que atingia no máximo cinco centímetros de altura e possuía quase o mesmo formato e as mesmas feições de um homem, não fossem as orelhas pontudas, os chifres e um pequeno rabo, além da cor, um vermelho extremamente escuro. Sua tarefa era a de realizar desejos. Eram extremamente difíceis de ser obtidos, mas, uma vez criados e mantidos em suas garrafas, agiam como verdadeiros gênios da lâmpada, realizando quaisquer desejos de seus donos, especialmente no que diz respeito a dinheiro e bens materiais. Para tanto, bastava serem alimentados com o sangue do próprio dono, nada mais que algumas gotas a cada dia.

— Ninguém sabe como surgiram — prosseguiu o velho —, mas dizem que havia vários, presos em garrafas e convivendo harmoniosamente com as famílias, como se fizessem parte delas, como se para eles não passassem de simples animais de estimação. Eu pessoalmente nunca vi essas coisas, talvez seja mais alguma invenção no meio de tantas outras. Naqueles dias, era bastante difícil separar o que era verdade do que era mentira. Ainda hoje é difícil.

As pessoas, conforme o que se dizia, mantinham aqueles diabinhos dentro de suas próprias casas como algo corriqueiro. Mantinham as garrafas com o diabólico conteúdo cobertas como se criassem passarinhos, e não seres de origem inexplicável. Faziam pedidos, e os pedidos se realizavam, como se os serzinhos fossem intermediários dos poderes da habitante da ilha.

Ninguém parou para pensar que o preço que pagariam seria muito maior que os desejos simples que possuíam — tão simples que podiam ser realizados em um passe de mágica.

O padre Escudero havia tomado conhecimento dessas bruxarias e advertido as pessoas. Dizia, durante os sermões em suas missas, que quem agia daquela forma estava indiretamente renunciando a Deus e se enveredando cada vez mais nas sendas do Maligno; quando parassem de avançar e olhassem para trás, não lembrariam mais qual era o caminho de volta, embrenhados que estariam nas trevas da maldade. Afinal, segundo suas próprias palavras, "o Demônio é ardiloso".

Os fieis apenas baixavam a cabeça, constrangidos. Criava-se uma situação desconfortável, mas, ao mesmo tempo, ninguém cogitava modificar seus próprios hábitos. E, com isso, os diabinhos presos nas garrafas continuavam ocupados realizando desejos e tornando-se cada vez mais numerosos.

A pesca ainda era abundante naquela época, período anterior à morte do padre Escudero, mas, quando alguém precisava de algum dinheiro a mais, ele simplesmente surgia em agradáveis coincidências. Porém, as pessoas somente se aperceberam do preço a ser pago por tais favores quando as crianças começaram a desaparecer, uma a uma, antes mesmo da fatídica noite em que o padre organizou o grupo para pôr fim à vida da bruxa.

Após os acontecimentos que culminaram com a morte do padre e do grupo de pescadores, os diabinhos, antes tão dóceis e acostumados com suas prisões de vidro e com as famílias que os criavam, passaram a tentar fugir, espalmando o lado interno das garrafas com suas patinhas minúsculas e garras menores que as unhas de um filhote de gato. Alguns conseguiam impulsionar as garrafas, fazendo com que rolassem e se espatifassem contra o chão; a partir daí, desvencilhavam-se dos cacos de vidro e corriam pela casa como se fossem pequenos camundongos. Aquele que se aproximasse o suficiente de uma dessas pequeninas criaturas poderia ouvir suas gargalhadas baixas, distorcidas e assustadoras.

Após a fuga de vários deles, as sombras começaram a surgir nos telhados.

— Quando os famaliás conseguiram sair de onde estavam presos, transformaram-se nas sombras que começaram a atormentar as pessoas — prosseguiu Vicente. — E é por isso que eu digo: foram os próprios moradores que trouxeram o inferno até São Bento. E se esforçaram bastante para isso.

Diz a lenda que se um famaliá sair da garrafa, fará muito mal ao dono, por isso aquele que o houvesse feito surgir — fosse de qual forma fosse, e havia várias, desde chocar um ovo de galo (se é que realmente existe um ovo botado por um galo) até um ritual envolvendo gatos pretos, ovos de galinha preta e estrume de cavalo — deveria mantê-lo preso para sempre, alimentando-o com o sangue.

Não havia maneira conhecida de se livrar de um famaliá, apenas de fazê-lo aparecer, e isso era o mais intrigante.

Tanto o famaliá quanto seu dono deveriam viver em uma prisão eterna. Um preso dentro de um pote de vidro ou uma garrafa, e o outro preso ao fardo da eterna vigilância, sempre atento para evitar sua fuga, que poderia trazer graves consequências.

— Aqui em São Bento, tudo era muito simples, ganhávamos com a pescaria o suficiente para viver. Algumas crianças iam de carroça até o colégio mais próximo para aprender letras e números, outras aprendiam aqui mesmo com alguém que já soubesse, e assim íamos vivendo nossas vidas, um sempre ajudando o outro em tudo que fosse necessário. A gente vivia isolado, praticamente desconhecidos de quem fosse de fora. Nem político em tempo de eleição vinha até aqui fazer promessa e dar tapinhas nas costas, imaginem só.

— Porém, depois que as mulheres começaram a procurar a bruxa e alguns moradores começaram a criar essas coisas dentro de garrafas e potes de vidro, tudo mudou. Para algumas pessoas, o dinheiro surgia do nada, e ninguém tinha medo de ostentar. Homens iam para a cidade mais próxima e patrocinavam farras regadas a bebida, e bebida importada! Nada de cachaça barata, mas, sim, o uísque mais caro, com nome inglês no rótulo; e prostitutas, muitas prostitutas. Arrependidos, voltavam com joias para as esposas, como se comprar algo tão caro fosse comum. Um deles chegou a comprar um carro enorme, caríssimo. Se juntasse todo o dinheiro que havia em São Bento, ainda assim não pagaria nem uma parte daquilo.

— O dinheiro era tanto que, somente após comprar o veículo e pagar com dinheiro vivo, lembrou que não sabia dirigir. Mesmo assim, comprou e veio guiando. Talvez pensasse que aprenderia a dirigir no trajeto. Arranhava a caixa de câmbio, acelerava, freava; o motor do carro morria a cada instante. Ninguém teve coragem de acompanhá-lo.

— Quando já estava próximo de São Bento, parece que conseguiu se familiarizar com o carro, ou pensou que havia conseguido, porque começou a acelerar cada vez mais. Já na primeira curva fechada, ele se perdeu. O carro capotou umas quatro vezes e foi parar no rio. A correnteza estava um pouco mais forte que o normal, por isso até hoje não se encontrou nem o carro nem o motorista.

— Essa era a mentalidade das pessoas naquela época. O dinheiro enlouqueceu todo mundo, e tudo parecia normal. Algumas pessoas ainda frequentavam a igreja, acompanhavam os sermões do padre Escudero, mas continuavam agindo do jeito errado. A cada domingo, o número de fiéis diminuía, e o padre dizia que alguns "cultuavam mais o dinheiro que ao próprio Deus", o que era a mais pura verdade.

— Ninguém era inocente. Cada um havia de um modo ou de outro procurado a bruxa, fosse para fazer abortos, fosse para realizar desejos. Cada um abriu a porta de sua casa para o Diabo, e todos sabemos — e sabíamos também naquele tempo — que as dívidas feitas com o Diabo são sempre muito bem cobradas.

— Quando as crianças começaram a desaparecer, as pessoas passaram a exigir justiça, fazendo de conta que tinham esquecido que elas mesmas haviam iniciado toda a desgraça — concluiu Vicente.

Depois da má sucedida ação que vitimou o padre Escudero e os pescadores que o acompanhavam, tudo piorou. Foi em uma noite quente e de lua cheia que os passos se fizeram ouvir no telhado da casa do pescador Samuel. Sussurros na janela do quarto de suas filhas, meninas de 5 e 6 anos de idade, convidando-as a saírem para brincar.

Já passava de meia-noite quando Samuel foi despertado por sons vindos do telhado. Algo parecia caminhar sobre as telhas, algo mais pesado que um gato ou gambá. Sua esposa agarrou seu braço, apavorada.

— As meninas, Samuel!

Em um único movimento, ele se levantou e correu até o quarto ao lado, totalmente desperto. Encontrou as filhas paradas diante da janela, estáticas como se estivessem hipnotizadas. Graças à luz da lua, conseguiu visualizar através do vidro alguma coisa do lado de fora, algo que parecia um vulto alongado e mais negro que a própria noite.

Aproximou-se rapidamente da janela e abriu-a de supetão, pronto para agarrar e espancar quem ou o que quer que fosse que estivesse ameaçando suas filhas. Entretanto, tudo o que os seus olhos visualizaram do lado de fora foi o vazio naquela noite quente. Olhou para as filhas, que ainda estavam diante da janela, apavoradas e aparentemente seduzidas, a mais nova com o polegar na boca.

— Quem estava lá fora? — perguntou o pai.

— Uma sombra — respondeu a mais velha.

— Uma sombra que fala — complementou a outra, voltando a colocar o polegar na boca.

Samuel não era homem de acreditar em assombrações, ao contrário de muitos outros pescadores com quem convivia diariamente e que regiam suas próprias vidas baseando-se em superstições.

Em toda a sua vida, havia sido pescador e, antes de se mudar para São Bento, pescava no mar e não se apavorava com tempestades e águas agitadas. Para ele, a pesca era algo necessário, independentemente de qualquer situação, afinal era seu trabalho e vivia dela. Escolheu a vida ao ar livre em detrimento de um emprego onde vivesse uma rotina idêntica todos os dias, mas isso não o impedia de levar a sério o que fazia. Seu pai sempre dizia: "faça o que fizer, mas faça o melhor possível".

E ele seguia diariamente aquele conselho.

Durante tormentas que faziam com que até os pescadores mais experientes não se aventurassem a ir para alto mar, o pequeno barco de Samuel podia ser visto ao longe, brevemente iluminado pelos raios, seguidos por trovões ensurdecedores. A cada onda que ameaçava destruir a solitária embarcação, inclinando-a de forma que fazia parecer com que ela houvesse sido tragada pelo mar, tinha-se a impressão de que o valente pescador — tolo na opinião de muitos — jamais retornaria.

Desafiando todas as probabilidades, ele sempre retornava e sempre trazia consigo farta pescaria. Jamais zombava ou menosprezava os companheiros que não possuíam coragem semelhante à sua, afinal respeitava os medos alheios. Tinha a plena consciência de que sua coragem envolvia também certa dose de loucura e desapego à própria vida, o que não tinha o direito de exigir dos outros.

Quando a esposa teve a primeira filha, decidiu ser mais cauteloso consigo; por isso, mudaram-se para aquela pequena vila de pescadores chamada São Bento. Ali prosseguiu com o único trabalho que sabia desempenhar, longe do perigo que o mar representava todos os dias. Por mais perigoso que o rio Angûera fosse, ainda assim não seria tão perigoso quanto o alto mar.

Sabia que havia uma pessoa sob sua responsabilidade. Admirava como sua filha, uma criatura tão frágil e pequena, pôde fazer com que repensasse a própria vida. No início, o bebê praticamente cabia na palma de sua mão direita e fazia com que frequentes sorrisos surgissem debaixo de sua barba negra e cerrada. Ao vê-la diante de si pela primeira vez, finalmente compreendeu como alguns homens podiam chorar. A emoção em apenas vê-la era algo indescritível.

Ao se mudarem para São Bento, sua esposa logo engravidou novamente, e ele teve pela nova filha o mesmo amor que tinha pela primogênita. Eram seus tesouros.

E tudo correu bem até coisas estranhas começarem a acontecer: crianças desaparecendo, a morte do padre, peixes que evitavam as redes, noites que apavoravam a todos, tempestades de granizo, pessoas que passavam a desconfiar dos próprios amigos e parentes.

Samuel se mantinha distante de tudo o que era comentado, mesmo assim, ouvia que todos os acontecimentos eram provenientes de bruxaria e envolviam a moradora da ilha. Mas ele não se deixava apavorar. Ninguém andaria em seu telhado ou assustaria suas filhas sem que sofresse as consequências pelo atrevimento.

Jamais havia afrontado quem quer que fosse e exigia o mesmo tratamento a ele e à sua família.

Apanhou a espingarda, que mantinha sempre limpa, lubrificada e pronta para o uso, em um suporte na parede com altura suficiente para que não fosse alcançada pelas meninas.

A esposa era contra o fato de possuírem aquela arma em casa, mas ele sabia — de alguma maneira sabia — que em alguma ocasião seria obrigado a utilizá-la.

Apanhou-a, carregou-a com os cartuchos que mantinha guardados dentro de uma lata e saiu para a noite. Puxou o cão da espingarda, deixando-a pronta para o disparo. Olhou para o telhado e conseguiu visualizar algo. Recordou o que sua filha havia dito, afinal o que havia sobre o telhado pareciam realmente sombras, três longas sombras em formato humano e que caminhavam despreocupadamente, como se passeassem durante a madrugada.

Engoliu em seco, sentindo algo muito semelhante ao que poderia ser definido como medo: um aperto no estômago, um arrepio na nuca, como se alguma coisa fria e afiada descesse por sua espinha.

Começou a suar, especialmente nas mãos. Agarrou fortemente o guarda mão da espingarda com a mão esquerda, enquanto o indicador da direita se posicionava no gatilho, pronto para efetuar o disparo. Apontou e atirou para cima, na direção das insolentes criaturas negras que invadiam sua propriedade e caminhavam sobre seu telhado.

O tiro ecoou no silêncio da noite como um trovão, e, apesar do estrondo ensurdecedor, nada ocorreu. Foi como se houvesse atirado em fumaça. As sombras foram advertidas pelo disparo, cessaram a caminhada e permaneceram imóveis sobre seu telhado, como se o desafiassem.

— Filhas da puta — murmurou.

Fez pontaria e apertou novamente o gatilho, momento em que a espingarda explodiu em suas mãos, lançando-o alguns metros para trás, com a metade esquerda do rosto destroçada por uma infinidade de pedaços de metal incandescente.

A ILHA DA BRUXA

Sua espessa barba negra semelhante à de Rasputin pegou fogo e foi consumida em questão de segundos, restando apenas seu rosto em carne viva, assado como uma peça de churrasco.

Várias pessoas foram atraídas pelo tiro e pelo som da explosão. Tiveram medo de sair de suas casas para prestar socorro, mas ainda assim dois pescadores correram até ele e abafaram as chamas que ainda consumiam suas roupas e seus cabelos. Retiraram-no do chão onde se encontrava desacordado, carregando-o até sua casa.

Seu estado se demonstrou bastante crítico. O fato de estar desacordado fez com que as pessoas que o cercavam ficassem aliviadas, afinal sofreria dores intensas caso estivesse consciente. O lado esquerdo do rosto havia sido destruído, deixando exposto o osso malar, surpreendentemente branco e liso como se houvesse sido lixado, e no lugar do olho esquerdo havia apenas uma órbita vazia e fumegante.

A orelha esquerda era um pedaço retorcido e calcinado de cartilagem. O cabelo havia desaparecido do lado esquerdo da cabeça, consumido pelo fogo. Toda a carne do rosto estava tostada e chiava como carne na frigideira. Vários pedaços de metal haviam penetrado fundo em seu crânio.

— Precisamos levar o Samuel para o hospital, e depressa — disse um dos pescadores, ciente da inutilidade de mantê-lo na vila sem quaisquer recursos.

Antônio, o pescador que possuía o único veículo motorizado do vilarejo, uma caminhonete GMC 1960 que utilizavam para transportar os peixes e trazer mercadorias da cidade, se adiantou:

— Deixem comigo. Vamos até o hospital de Sol Poente.

Samuel foi acomodado na carroceria, junto de dois outros pescadores que seguiam ao seu lado, a fim de evitar que seu corpo desacordado se chocasse contra a lataria durante a viagem pela estrada de terra. Antônio ligou o motor, acendeu os faróis e arrancou em direção a Sol Poente. O ronco forte do motor aos poucos desapareceu à medida que o veículo se afastava levantando poeira.

O motorista seguiu em direção à saída do vilarejo. Naquela velocidade, 10 minutos seriam mais que o suficiente para que saíssem da estrada de terra e chegassem ao asfalto recém-inaugurado.

Entretanto, não foi o que ocorreu. Os faróis iluminavam a escuridão, e Antônio pisava no acelerador em direção ao caminho que fazia ao menos três vezes durante a semana, mas a distância parecia estranhamente maior naquela madrugada.

Pisou mais fundo. Imaginou que a ansiedade que sentia fazia com que o caminho parecesse mais longo, afinal estava no caminho certo, e não havia como ser diferente: aquela era a única estrada de acesso, não havendo a possibilidade de pegar outro rumo por engano. Os faróis seguiam iluminando a escuridão e a estrada de terra à frente.

Após meia hora de trajeto, teve a certeza de que havia algo errado.

O caminho, de alguma forma, parecia repetir-se.

Um dos pescadores que estavam na carroceria bateu no teto da cabine. Antônio estacionou. Desceu e encontrou os dois colegas apreensivos. Um deles perguntou:

— Tonho, o que é que está acontecendo pelo amor de Deus?

— Será que você pegou o caminho errado? — perguntou o outro.

A pergunta era fora de propósito, afinal o caminho que seguiam era o único existente. Mas qual seria, então, outra explicação razoável?

Não havia o que responder, não havia o que dizer sem que soasse louco ou tolo. Dizer que a estrada não tinha fim? Que dirigia há quase meia hora e não chegava a lugar algum? Antes que dissesse qualquer bobagem, verificou o odômetro da caminhonete, constatando que havia percorrido quase 30 quilômetros.

Trinta quilômetros era distância suficiente para se chegar à cidade vizinha.

Decidiu não dizer nada. Apenas voltou à cabine, fez a volta e retornou. Menos de 10 minutos foi tempo suficiente para chegar ao ponto de partida.

Os moradores os receberam com estranheza.

— O que aconteceu? — perguntou a esposa de Samuel, aflita.

— Não conseguimos sair de São Bento — respondeu Antônio.

A reação de todos foi o silêncio. Ninguém duvidou da afirmação do motorista. Ultimamente, ocorriam fatos estranhos demais para que se duvidasse de mais aquele. Ninguém se interessou em saber o porquê de eles não terem conseguido deixar São Bento. Tinham medo de saber a resposta.

A única solução encontrada foi levarem Samuel de volta para casa. Deitaram-no sobre a cama do casal e limparam cuidadosamente seus ferimentos com panos molhados em água fria, a fim de aliviar as dores. As queimaduras, excetuando-se a perda do olho e da orelha esquerdos, não eram tão preocupantes, eis que superficiais em sua maior parte. O que fazia com que a presença de um médico fosse necessária era a quantidade de pedaços de metal incandescente que o havia atingido e ainda se encontravam cravados em sua cabeça e alguns pontos do pescoço, sem que alguém se atravesse a retirá-los.

O sangue não cessava de correr. Samuel continuava imóvel e desacordado, tudo o que denunciava que ele ainda estava vivo era sua débil e sibilante respiração.

Antônio, o dono da caminhonete com a qual tentaram levá-lo ao hospital, não suportou assistir à agonia do amigo. Não queria que os outros o vissem chorar, por isso se retirou para fora da casa. Era difícil ver o sofrimento do outro sem nada poder fazer, e sabia que a morte seria mera questão de tempo. Ninguém sobrevivia com aqueles ferimentos; se a perda de sangue não o matasse, uma futura infecção daria conta do recado, o que seria mais demorado e angustiante.

— Não temos nem como chamar alguém para dar a extrema-unção — concluiu um dos presentes. — Não sei se o pobre vai resistir ainda por muito tempo.

Com a morte de Escudero, São Bento havia ficado sem padre.

A esposa de Samuel começou a chorar diante da impotência de todos naquele momento. Estavam diante da morte e nada podiam fazer.

Eis que surgiu uma sugestão:

— E se a gente fosse até a ilha?

Houve silêncio. Tudo o que se ouvia era a respiração ofegante do moribundo.

Não havia como fugir daquela realidade: a única opção era a velha bruxa, caso contrário, o pescador morreria em breve e diante de todos; portanto, nada tinham a perder.

Mas quem teria coragem de ir até a ilha?

Ao se deparar com aquela possibilidade de salvação do amigo, Antônio se habilitou.

— Eu vou. Mas preciso que alguém vá comigo. Se ela não quiser ajudar, quero que, pelo menos, alguém sirva de testemunha de que eu fui até lá.

Na realidade, ele estava com medo de fazer o pequeno trajeto sozinho, não desejava de modo algum ficar diante daquela mulher sem a companhia de outra pessoa. Um dos pescadores se habilitou prontamente; era um jovem com cerca de 20 anos, chamado Almiro, que ainda não havia desenvolvido muitos medos ao longo da vida. Levantou o braço e disse:

— Eu vou.

Os preparativos foram rápidos. O estado de Samuel era preocupante demais para que perdessem tempo.

Os moradores se despediram dos dois, desejando-lhes sorte, com a certeza, lá no fundo, de que não os veriam novamente. A dupla entrou em uma canoa e remaram em silêncio. Antônio percebeu, durante o trajeto, que Almiro tremia. De alguma forma, admirava aquele jovem, que, mesmo com medo, havia se oferecido para acompanhá-lo.

À medida que se aproximavam da ilha, sentiam-se ainda mais apreensivos e com menos vontade de chegar. No início, temeram remar eternamente sem chegar a lugar algum, inclusive quando desistissem e tentassem retornar. Temiam transformar-se em mais uma das histórias que se contava. Seriam os fantasmas que assombravam o rio Angûera, remando eternamente na inútil tentativa de retornar aos seus lares.

Mas, finalmente, chegaram à ilha, e o trajeto terminou sendo mais rápido do que esperavam. Antônio tocou o ombro do jovem e disse:

— Fique calmo, nós só vamos falar com a velha. Se ela não quiser ajudar, a gente volta. Tenho certeza de que ela não nos fará qualquer mal, afinal estamos vindo em paz.

Assim esperava, embora a crueldade da bruxa fosse preocupante o suficiente para assombrá-lo com a ideia de poder ser morto pelo simples atrevimento de se dirigir à sua presença. Não podia esquecer que aqueles que foram até a ilha com o padre jamais retornaram — o próprio padre, ou o que havia restado dele, não havia regressado com vida.

Temia que o medo do jovem prejudicasse-os na tentativa de obter ajuda. Tinha a impressão de que a velha bruxa podia sentir o cheiro do medo alheio, como um bicho do mato.

Desceram da canoa e arrastaram-na até a terra firme. Não queriam que ela fosse levada pelas águas, deixando-os presos naquele lugar.

"Eu vou embora daqui, mesmo sem canoa" — pensou Antônio. "Volto nadando se for preciso".

Caminharam sem fazer ideia de onde se localizava a cabana. Antônio seguia na frente com uma lanterna iluminando o caminho. Felizmente, havia tido o bom senso de trazê-la, pois a luminosidade da lua não revelava de forma satisfatória o que havia pela frente, tornando possível embrenhar-se na mata fechada sem conseguir encontrar o caminho de volta.

A ILHA DA BRUXA

·) ·) ·) ·● ·(·(·(

Esperar o amanhecer era algo fora de cogitação. Cada minuto era precioso para tentarem salvar a vida do amigo.

Caminharam em silêncio até localizar um trecho de terra batida que era o que mais se assemelhava a uma trilha. Antônio o apontou com o facho da lanterna, em silêncio, e seguiram por ali.

Talvez aquele fosse o caminho.

Após alguns minutos de caminhada, sem que proferissem qualquer palavra, visualizaram a cabana. Uma fraca luz avermelhada surgia de seu interior, e da chaminé saía um fio de fumaça. Havia fogo no fogão a lenha.

Visualizaram com horror o objeto de adorno macabro a alguns metros ao lado da morada: uma cabeça humana, aparentemente mumificada pela ação do sol e do calor, espetada em uma estaca de dois metros como se fizesse o papel de algum espantalho do inferno. A boca aberta e a pele enegrecida pelo passar dos dias não possibilitavam uma identificação precisa, mas, sem dúvida, era a cabeça do padre Escudero ali exposta como um troféu.

Não havia tempo para qualquer espécie de reação diante daquele quadro. Almiro tentou fazer o sinal da cruz, mas interrompeu o gesto antes mesmo de iniciá-lo. Sentia-se como se estivesse em algum compartimento do inferno, e certamente o sinal da cruz não seria oportuno naquele local.

— É ali — disse Antônio, tentando manter a firmeza na voz e evitando olhar para a cabeça espetada na estaca. Era o mais velho entre os dois, por isso devia manter a calma e a liderança.

Aproximaram-se com passos relutantes, mas não conseguiram prosseguir além da estaca. Pararam como se houvesse diante deles algo que os impedisse de seguir adiante. Pensaram em retornar, e, quando tentavam fazê-lo, alguém disse atrás deles:

— O que fazem aqui?

Almiro gritou, um som breve e agudo como o grito de uma mulher; algo que seria cômico em qualquer outra ocasião, mas não naquela. Antônio deixou cair a lanterna, que rolou pelo chão alguns metros sem se quebrar e continuou emitindo o seu jato de luz em direção ao nada.

Atrás deles estava a velha, iluminada pela fraca luz da lua. A velha bruxa de quem os moradores tanto falavam.

Ela existia de verdade e estava diante deles.

Era uma senhora de muita idade, pequena como uma criança e tão magra a ponto de fazer com que parecesse haver apenas ossos debaixo do velho vestido que usava e que lhe chegava até os tornozelos dos pés descalços e encardidos. Os cabelos eram um emaranhado branco e sujo, e os olhos eram tão claros a ponto de parecerem os olhos de uma pessoa cega.

Mesmo diante da aparente fragilidade, os homens não conseguiram responder. Nem sequer conseguiam olhar diretamente em seus olhos. Tentaram não se deixar tomar pelo pânico; deviam manter-se firmes, caso contrário, suas próprias cabeças fariam companhia àquela que estava espetada na estaca.

Ela apontou na direção do rio e ordenou:

— Vocês não são meus convidados, portanto sumam daqui pelo mesmo caminho por onde vieram. Sumam agora, antes que seja tarde!

Almiro não conseguia controlar seus próprios tremores, como se estivesse acometido de febre e só não implorava por misericórdia devido ao fato de sua voz estar presa na garganta. Antônio tentou manter a calma, apesar de suar um suor gelado de puro pavor e sentir que o coração batia descompassadamente, como se fosse parar em breve. Respirou fundo e levantou as mãos espalmadas, em sinal de paz.

— Por favor, senhora. Nós viemos em paz.

A voz saiu fraca, quase inaudível. Mas surtiu algum efeito.

Ela inclinou a cabeça em sinal interrogativo, sem nada dizer. Seu silêncio parecia ordenar que ele prosseguisse.

Antônio respirou fundo, se muniu do que ainda lhe restava de coragem e prosseguiu:

— Estamos com um homem ferido em São Bento, um homem muito ferido. Precisamos da ajuda de alguém e sabemos que a senhora já ajudou muita gente. Viemos apelar para sua bondade.

Bondade? Estariam acaso zombando dela, ao dizerem que apelavam para sua *bondade*?

A palavra não soou bem, e Antônio imediatamente se arrependeu em dizê-la.

A boca da mulher se retorceu formando algo que poderia ser definido como um sorriso.

— Um homem ferido? — perguntou com desdém. — Um homem ferido é o menor de seus problemas, e vocês sabem disso.

A ILHA DA BRUXA

·) ·) ·)·●·(((·

Almiro rezava mentalmente. Suava de pavor e evitava olhar para a mulher. Tinha certeza de que, caso percebesse seu medo, faria algo contra ele. Era impossível ignorar a cabeça sem corpo, espetada em uma estaca e tão próxima deles. As órbitas vazias daquela cabeça pareciam observá-lo, pareciam clamar para que fugisse enquanto havia tempo.

Antônio sabia que talvez aquele fosse o momento de finalmente colocar toda a situação em ordem. Era evidente que todo o mal que assolava São Bento vinha dali. Era evidente que apenas aquela mulher, cujo nome ninguém sabia, havia iniciado aquela cadeia de eventos, portanto somente ela poderia dar um fim àquilo tudo.

— A senhora tem razão — disse. — Com todo o respeito, eu gostaria de saber o que podemos fazer para que a senhora nos perdoe.

A boca da mulher novamente se retorceu levemente em um esgar.

Os dois pescadores eram valentes, era obrigada a admitir, caso contrário, não teriam coragem suficiente para confrontá-la, mesmo que estivessem vindo em paz.

Ela disse:

— Voltem e digam aos outros que o pescador sobreviverá e os demônios deixarão de atormentá-los, com uma condição: quero que me tragam todas as crianças de São Bento. Dessa forma, suas colheitas serão abundantes, e sua pesca será farta. Vocês terão mais que o suficiente para suas sobrevivências.

Os dois permaneceram estáticos, como se não acreditassem no que ouviam. A velha prosseguiu:

— No vigésimo primeiro dia do sexto mês de cada ano, uma criança deverá ser trazida até aqui antes da meia-noite. Cada sacrifício será representado por uma boneca pendurada nos galhos das árvores desta ilha, unidas às bonecas que representam outras crianças de tantas outras épocas e locais. Quero ver muitas bonecas para que jamais se esqueçam do pacto que estamos firmando agora.

Ao ouvir aquelas palavras absurdas, Antônio pensou que já era hora de deixar São Bento para trás. Colocaria a família e seus poucos pertences na caminhonete e partiriam logo que o sol nascesse. O mundo era grande o suficiente e possuía uma infinidade de lugares — de preferência bem longe dali — que necessitavam dos serviços de um pescador ou de um motorista. Sabia fazer bem as duas coisas. Não era porque não haviam conseguido sair de São Bento naquela noite, que a situação se repetiria indefinidamente.

·) ·)   199   ((·

Estava, portanto, decidido: levaria o recado e não permaneceria para esperar os resultados. Partiria para sempre, ou ao menos tentaria. Desconhecia o fato de que outro pescador tivera a mesma ideia de partir de São Bento, antes que suas entranhas fossem consumidas pelo fogo momentos depois.

Algo o intrigava, por isso a pergunta foi feita:

— E quando acabarem as crianças?

Ela já esperava pela pergunta, e tinha a resposta pronta.

— Há poucas crianças, eu sei, e muito em breve não mais existirão. Mas os sacrifícios não cessarão até que haja uma única alma. Quero um habitante da vila a cada ano, em sacrifício, sempre na mesma data. As crianças, vocês as trarão para mim. Os adultos serão sacrificados por vocês mesmos, por meio da lapidação, como foram sacrificados vários homens santos. Vocês tentaram passar-se por santos, tentaram ignorar todo o mal que causaram, por isso morrerão como os santos até não sobrar ninguém. O último a restar terá o privilégio de escolher a maneira com que dará fim à própria vida, ou poderá escolher viver sozinho o tempo que lhe foi destinado.

Finalizou dizendo:

— Este será o nosso pacto.

Apontou Antônio, acusadoramente, enquanto dizia:

— E você, pescador, não alimente qualquer esperança de fugir. Vocês jamais conseguirão sair do lugar onde vivem. A estrada sempre se alongará à sua frente, como já perceberam, mas os demônios não mais visitarão suas casas, eles retornarão para os confins do inferno de onde saíram. Aproveitem bem o que possuem, pois jamais abandonarão São Bento, nem por terra, nem por água, nem por ar. Não sairão nem vivos, nem mortos. Suas almas atormentadas ali permanecerão para sempre.

Não era possível visualizar vantagens naquela proposta. A única razão de aceitarem era devido à esperança que permaneceria, pouca, mas existente. A esperança de que um milagre acontecesse, e tudo voltasse ao normal algum dia.

— Jamais esqueçam que vocês firmaram um pacto — prosseguiu a bruxa. — Caso o descumpram, estejam certos de que os demônios retornarão, e suas noites jamais terão fim. Serão noites que farão com que vocês sintam saudades de tudo o que passaram até agora, que sintam inveja do padre, que desejem que suas cabeças sejam espetadas em estacas ao lado da cabeça daquele porco sem fé, a fim de cessar o tormento que mandarei a vocês. E mais uma coisa: após ser trazida a última criança para esta ilha, ninguém mais a ela retornará — caso não obedeça, permanecerá aqui para sempre.

A ordem final foi a seguinte:

— A primeira coisa que farão será incendiar a igreja e todos os símbolos religiosos e Bíblias que existam em qualquer casa. Não tentem me enganar, pois, se sobrar qualquer objeto, um pequeno crucifixo que seja, os demônios os buscarão em suas portas, e vocês implorarão pela morte. Não haverá uma nova chance, estejam certos disso, afinal o inferno já os aguarda. Apenas concedo a vocês o poder da execução em nome do príncipe.

Antes de retornarem, a bruxa encerrou com a seguinte frase:

— Não se iludam. Vocês morrerão como santos, mas não há um único justo em São Bento.

Após retornarem, os pescadores se reuniram com a população na casa paroquial e informaram as condições que haviam sido impostas.

Os presentes ouviram a tudo calados. Alguns discordaram, mas logo a tudo aceitaram com resignação. Afinal, que alternativa possuíam? Não podiam nem ao menos fugir.

Sabiam que, caso a contrariassem, as consequências seriam ainda piores.

Os dias que seguiram foram dias de tristeza, mas, com o passar do tempo, os habitantes do vilarejo habituaram-se com a ideia, como animais em direção ao abatedouro. Não havia, afinal, opção que pudesse substituir as ordens da bruxa. Todos estavam confinados em São Bento e não havia possibilidade de fuga.

A situação em que se encontravam era idêntica à de se pescar peixes em um barril, e nesse barril eram eles os peixes.

Caso não cumprissem o que havia sido ordenado, a vida se tornaria ainda pior com a falta de alimentos e com a visita das sombras que anteriormente atormentaram suas noites.

Uma pergunta foi feita entre os presentes:

— Ela exige crianças, uma criança a cada ano. Mas as crianças não durarão para sempre. E aí? O que acontecerá? Nossas vidas voltarão ao normal?

Leves murmúrios surgiram em diversos pontos, a questão era de interesse comum, afinal trazia consigo alguma esperança — ainda que fosse às custas das crianças de São Bento. Antônio aumentou o tom de voz para se fazer ouvir. Quando o burburinho diminuiu, informou a proposta da velha bruxa: todos seriam oferecidos em sacrifício até não sobrar ninguém.

— Mas isso não tem lógica — disse outro dos presentes. — Por que devemos viver sabendo que algum dia serão nossos filhos e nós próprios os sacrificados? Por que a gente continuaria vivendo assim?

Antônio deu de ombros. Não havia como responder àquela pergunta, teriam de suportar as consequências dos próprios atos. Muitas pessoas haviam se beneficiado dos poderes da bruxa, e os que não se beneficiaram preferiram agir como se nada acontecesse, fingindo ignorar o desaparecimento das crianças e todas as outras situações.

Todos haviam participado, mesmo que por meio da covardia e conivência com o que ocorria debaixo dos próprios olhos.

E agora deviam pagar a conta.

— Não tem outra saída a não ser seguirmos vivendo. Se a gente obedecer às ordens, talvez possamos morrer de forma natural. Afinal, uma pessoa será oferecida a cada ano, e muita coisa pode acontecer no espaço de um ano.

A esperança, mesmo que fraca e improvável, se apresentava como a única alternativa, mesmo que fosse a esperança de morrer antes de ser sorteado tendo como prêmio a execução por apedrejamento.

A população se apercebeu da falta de perspectivas que os aguardava. Viveriam apenas com a certeza de que, um dia, seriam os próximos, caso não tivessem a sorte de morrer antes, mas deveriam acovardar-se e aceitar passivamente? Os pescadores que seguiram até a ilha com o padre jamais retornaram, e a cabeça de Escudero ainda estava lá como um aviso àqueles que pensassem em fazer algo diferente do que havia sido ordenado.

Aceito o destino que lhes cabia, quais seriam, então, os critérios para os sacrifícios? Como escolheriam dentre os moradores quais seriam sacrificados a seguir? Pela idade? Por ordem alfabética?

— Um sorteio — foi a sugestão.

Assim seria feito.

Segundo as ordens recebidas, a cada ano, uma criança deveria ser conduzida à ilha para que a bruxa a sacrificasse pessoalmente, talvez se banhando no sangue como fazia quando o padre a havia avistado. Quando não restassem mais crianças, os adultos deveriam ser executados no próprio vilarejo, pelas mesmas pessoas com as quais haviam convivido até então.

A ideia de um suicídio coletivo foi apresentada e prontamente rechaçada. O suicídio representava a condenação certa; caso continuassem vivendo, sempre haveria a esperança — por mais remota que fosse — de que tudo se modificasse algum dia. Ainda acreditavam em milagres.

— O inferno já os aguarda — havia dito a bruxa. — Apenas concedo a vocês o poder da execução em nome do príncipe.

A primeira das ordens foi cumprida sem maiores hesitações. Enquanto o sol nascia, todos os moradores já haviam trazido seus artefatos religiosos, incluindo Bíblias, terços, rosários e imagens sagradas, para a igreja local — que se encontrava vazia desde a morte do padre Escudero.

Tudo foi colocado no altar da igreja, formando uma imensa pilha. Em seguida, derramaram gasolina sobre a pilha e acenderam o fogo. Quando o fogo se alastrou, todos já se encontravam bem afastados da igreja. O espetáculo era triste, mas, ao mesmo tempo, belo. O fogo implacável tomou conta de todo o ambiente em questão de instantes, o vitral colorido explodiu em milhões de cacos que retalhariam quem estivesse próximo, bolas de fogo foram lançadas para fora do ambiente.

Era como se o inferno desse as boas-vindas a todos, demonstrando que, a partir daquele momento, suas vidas não mais lhes pertenciam.

A estrutura de madeira não resistiu durante muito tempo ao fogo que a consumia, não podendo mais sustentar o teto e fazendo com que a construção desmoronasse com um ruído surdo, como se estivesse expirando o ar que ainda lhe restava, morrendo em seguida. Tudo o que sobrou após poucas horas foi a torre feita com pedras e o crucifixo de metal em seu topo, ainda inteiro, embora enegrecido pela fumaça.

Agora restava aguardar a data informada pela bruxa, a fim de que a primeira criança fosse levada até a ilha.

Os anos passaram depressa, até não restar mais nenhuma criança em São Bento. Duas delas tiveram a sorte de morrer antes de serem levadas à ilha:

uma vitimada pela pneumonia após se banhar nas águas geladas do Angûera durante o inverno, e a outra por uma febre de origem desconhecida. Os pais das pequenas vítimas, entretanto, não lamentaram seu passamento, agradecendo aos céus o fato de haverem morrido de tal forma.

O fato de conduzir crianças para um fim que todos sabiam ser cruel e desumano terminou por criar verdadeira apatia entre os moradores. Lembravam sobreviventes de alguma tragédia, pessoas que aparentavam ter suas almas sugadas após conviver diariamente com violência e barbárie. Suas expressões pareciam dizer que pouco importava o martírio ou a salvação.

Com o passar dos anos os animais também desapareceram, mas estes por conta própria. Não se viam mais pássaros, borboletas ou abelhas. Até mesmo os ratos, comuns em todos os lugares, desapareceram por completo do vilarejo.

O instinto de sobrevivência dos animais não permitia que se aproximassem do local.

A única exceção foram os peixes. Afinal, a bruxa permitiu que os peixes permanecessem para que os moradores não morressem de fome. Morrer de fome talvez fosse uma morte mais piedosa que a vida sem qualquer expectativa positiva, vida esta que tinham de enfrentar dia após dia.

As pessoas se conformavam com apenas viver: respirar, comer, beber, realizar suas funções básicas, mas jamais voltaram a interagir de qualquer forma. Tornaram-se seres humanos desprovidos de sentimentos, até mesmo os sentimentos de desejo e cobiça, que haviam feito com que toda aquela situação tivesse início, desapareceram.

Com a extinção das crianças após poucos anos, chegou finalmente o momento de os adultos assumirem os sacrifícios na qualidade de executores e de sacrificados. Um a um seriam mortos, conforme lhes havia sido determinado. A maldição persistiria até não restar mais ninguém, e ainda mais assustador que a expectativa de ser o próximo sorteado era a de ser o último sobrevivente, vivendo seus dias finais em completa solidão, em um lugar de onde jamais se poderia sair.

Algumas pessoas, com o desejo de colocar fim àquela agonia, ofereceram-se para serem as próximas sacrificadas. Porém, o entendimento dominante foi a instituição do sorteio. Dessa forma, todos teriam a mesma probabilidade de serem ou não os próximos oferecidos em sacrifício e sem que houvesse quaisquer exceções.

— Não devemos abrir exceções — foi a sentença. — A maneira decidida foi por meio da realização do sorteio, e assim será feito.

O primeiro sorteio foi realizado na manhã do dia 21 de junho do ano 1978. Durante a manhã fria, antes mesmo que o sol começasse a brilhar com intensidade, todos já se encontravam reunidos no centro do vilarejo como se fossem participar de alguma quermesse, mas não havia sorrisos ou abraços entre eles, gestos comuns entre aqueles que se encontram em situações distantes dos afazeres diários.

O que havia era tensão e seriedade, e a ausência de crianças tornava o encontro ainda mais triste e sombrio.

Diante de todos, sobre um palanque de madeira construído especialmente para a ocasião, havia uma mulher ainda muito jovem em um vestido florido e bastante fino para o frio que fazia. Ao seu lado, uma grande cesta de palha trançada, utilizada anteriormente para o transporte de peixes. Dentro da cesta de palha, havia vários papeizinhos dobrados, cada um com o nome de um dos moradores. A jovem tentava sorrir, mas era evidente não ser uma tarefa fácil diante das circunstâncias; seu nome, afinal, também aguardava dentro da cesta. Seu sorriso mais parecia uma careta de dor.

Percebia-se um leve tremor em suas mãos, além da profunda palidez em seu rosto.

O palanque lembrava o cadafalso de uma forca, e seu real propósito não era muito diferente disso.

As pessoas conversavam em voz baixa, como se estivessem em alguma cerimônia religiosa. Tentavam criar um clima menos lúgubre, fingindo que tudo corria bem. Conversavam sobre amenidades, sobre o clima e a pesca, tentando ignorar por alguns instantes o que estava prestes a ocorrer e que os envolvia como imensa sombra.

Alguns homens haviam levado a bebida preparada no vilarejo, a fim de fazer com que os ânimos melhorassem. Canecas e garrafas passavam discretamente de mão em mão. Os homens engoliam a bebida como quem engole um remédio amargo, mas necessário.

Era mais fácil encarar aquela situação através da névoa que o álcool proporciona, talvez assim a realidade não se apresentasse tão assustadora.

Um homem com longos bigodes e volumosa barriga subiu os três degraus que levavam ao palanque e posicionou-se ao lado da jovem, quase a escondendo diante de seu tamanho. Usava um chapéu que protegia seus olhos do sol que começava a brilhar forte. Esbaforido, retomou o fôlego — a pequena subida parecia haver exaurido suas forças —, tocou um sino pendurado em um suporte e bradou em voz alta:

— Atenção, todos. Atenção!

O burburinho de vozes ansiosas cessou. Prosseguiu:

— Como é de conhecimento de todos, hoje será realizado o primeiro sorteio. Peço, portanto, atenção, pois vou retirar e ler agora o nome sorteado de dentro do cesto.

Sua voz era forte e conseguia fazer-se ouvir até mesmo por quem se encontrava mais distante do palanque. Embora firme, a voz trazia consigo certo medo. Os mais atentos identificariam leve tremor, algo parecido com ansiedade. Em seu rosto, era possível notar palidez semelhante à da garota ao seu lado, que tentava, sem sucesso, manter o sorriso.

Como o dela, seu nome também estava anotado em um dos pequeninos papéis.

A jovem enfiou a delicada mão no cesto. O sorriso desapareceu, dando lugar à expressão de que estivesse colocando a mão em um cesto cheio de cobras. Retirou um dos papéis e entregou-o ao homem, sem coragem nem sequer de olhá-lo. O importante era livrar-se daquela pequena sentença de morte o mais depressa possível.

O silêncio era tamanho, que foi possível ouvir o ruído do minúsculo papel sendo desdobrado. Os espectadores evitavam respirar, para melhor ouvir quem seria o primeiro sorteado.

Um nome foi lido em voz alta pelo homem.

— Vitor.

Foi visível o alívio da mocinha ao constatar que não havia sido ela a primeira sorteada, assim como o alívio do homem que conduzia o sorteio, o qual relaxou os ombros como se a palavra lida fosse o perdão que o livrava da morte.

O alívio também foi compartilhado por quem não se chamava Vitor. Houve breves rumores e depois o silêncio, um silêncio total, como se o mundo houvesse parado.

Cabeças se viraram lentamente, algumas para a esquerda, outras para a direita.

Alguns se viraram para trás, outros continuaram com o olhar fixo à frente. Pareciam questionar a si próprios o que deveria ser feito a seguir, mas todos, sem exceção, fixavam seus olhares no pobre Vitor, curiosos em saber qual seria sua reação.

Um espaço se abriu ao redor daquele que havia sido o sorteado. Ele, de forma inconsciente, levantou os punhos em posição de defesa. Não estava disposto a se render tão facilmente. Por que deveria? Algumas pessoas não haviam se voluntariado para o sacrifício? Então, qual seria a lógica daquele sorteio?

Era jovem. Tinha esperanças de um dia conseguir partir para longe. Além do mais, jamais havia sido favorecido pelos atos da mulher que vivia na ilha, jamais nem sequer a havia visto!

Não terminaria daquela forma. Resistiria, caso necessário.

As pessoas o observavam como se perguntassem se ele criaria problemas, e a resposta era sim. Criaria problemas. Estava disposto a criar tantos problemas quantos fossem necessários. Não se renderia sem luta.

— Deve haver algum engano — disse em voz alta às pessoas que o observavam, estáticas, como se estivessem diante de um animal acuado e prestes a atacar.

O homem sobre o palanque limpou a garganta, cuspiu para o lado e disse:

— Não há nenhum engano, jovem. Seu nome foi sorteado, e o sorteio foi justo, todos tiveram a mesma probabilidade de ser sorteado. Se quiser conferir o papel que tenho em minha mão, ou mesmo todos os papéis que estão no cesto, pode ficar à vontade, afinal este é um direito que lhe assiste. O sorteio foi honesto.

O jovem aumentou o tom de voz.

— Não vou conferir nada! Isso é errado! Há pessoas que se ofereceram para o sacrifício.

O homem do palanque suspirou como se já esperasse reações daquele tipo, ou como se estivesse diante de um adolescente cheio de caprichos. Passou a mão pelos bigodes como se estivesse disposto a arrancá-los. Disse, ainda tentando manter um tom sereno:

— Isso foi decidido por maioria, e você sabe disso. Você mesmo participou da decisão, e o sorteio foi o meio mais justo encontrado por todos.

Ou seja, ele teria de se submeter simplesmente. Jamais havia sido sorteado em qualquer rifa da qual houvesse participado, e, por total ironia do destino, a primeira vez em que havia tido seu nome escolhido dentre tantos outros também seria a última.

— Sorteiem outro nome — ordenou, a voz passando a demonstrar alguma resignação.

Uma mulher com idade avançada contestou a atitude de Vitor:

— Você não está agindo corretamente, menino! Todos nós combinamos que assim seria feito, caso contrário, morreríamos de fome e atormentados por demônios. Todos nós sabemos disso.

Ele respondeu:

— Então vá em meu lugar. Você é velha. Já não possui mais qualquer utilidade. Eu sou jovem, posso trabalhar, possuo força e disposição, posso ajudar São Bento no que for necessário.

O olhar de Vitor confirmava que o que dizia não era algo destinado a ofender, mas, sim, fazia de fato uma proposta, a proposta de que a mulher fosse em seu lugar, sujeitando-se ao sacrifício. Afinal, ele ainda tinha muito a oferecer durante a vida. Pensava ser aquela a alternativa correta.

Os ânimos entre os moradores, somados à bebida forte ingerida em quantidades consideráveis, começaram a se tornar tensos. Murmúrios começaram a se fazer ouvir entre vários pontos isolados, entre habitantes indignados com a falta de respeito demonstrada pelo rapaz. Não era daquele modo que os mais jovens haviam sido criados, e não era porque estavam condenados à morte que poderiam faltar com o respeito uns com os outros, em especial, com os mais velhos. Um mínimo de civilidade deveria prevalecer, afinal ainda não haviam se transformado em bestas.

O bigodudo sobre o palanque disse com voz firme:

— Não há necessidade de desrespeitar uma dama, meu jovem. Tenho certeza de que não foi esta a educação que você recebeu de seus pais.

Não deu importância ao que foi dito e começou a se afastar dali como se nada estivesse acontecendo, como se não tivesse o compromisso moral de se entregar.

Estava condenado à morte, e vinham falar em *respeito*? Vinham falar da *educação que havia recebido de seus pais*? Aquilo tudo era simplesmente inacreditável. Bando de loucos!

Enquanto se afastava, um círculo de pessoas começou a se fechar ao seu redor.

Sentiu-se ameaçado, mas não amedrontado.

Sacou uma faca afiada e de lâmina estreita que trazia sempre consigo para estripar peixes. A lâmina reluziu ao sol. Apontou-a para as pessoas que se aproximavam e ordenou:

— Saiam da minha frente ou alguém vai se machucar.

Sua ordem foi tão efusiva que fez com que algumas pessoas, de fato, dessem alguns passos para trás, abrindo-lhe caminho diante da visão da faca afiada e reluzente. Tinham certeza de que, caso necessário, ele a utilizaria sem pensar duas vezes; não por maldade, mas movido pelo instinto de sobrevivência.

Todos o conheciam, era um jovem até então educado e prestativo, porém não havia dúvida de que ele esfaquearia qualquer um que entrasse em seu caminho.

Próximo do círculo humano que havia se fechado e novamente começava a se abrir, outro jovem pescador — neto da mulher que havia sido desrespeitada diante de todos — decidiu que, como a decisão da maioria não estava sendo acatada voluntariamente, deveria então ser imposta pela força. Para tanto, apanhou um seixo negro e liso que havia próximo aos seus pés. Após avaliar seu peso e fazer breve pontaria, atirou-o contra Vitor.

A pedra zuniu no ar, em sua direção. Quando começava a ganhar distância, ainda empunhando a faca e a cada instante mais seguro de si, foi duramente atingido no lado direito da cabeça, pouco acima da orelha. Uma pancada forte, seca e inesperada, que o fez cambalear e somente com algum custo manter o equilíbrio. Sua visão ficou turva e sentiu algo quente escorrer pelo pescoço.

Colocou a mão sobre o local atingido e percebeu duas coisas: primeiro, que a pedrada havia aberto um profundo talho em sua cabeça, que sangrava profusamente, e segundo, que havia deixado cair a faca que até então segurava como se fosse sua garantia de vida — a única segurança que possuía para que não investissem contra si.

Não ficou tonto o suficiente a ponto de ignorar que estava em perigo. Tentou correr e tropeçou. Conseguiu manter o equilíbrio até o terceiro passo, quando nova pedrada o atingiu, desta vez, na parte de trás da cabeça. Sentiu-a afundando contra seu crânio e ouviu um som semelhante ao de cascas de ovos sendo pisadas.

O segundo golpe foi ainda mais eficiente que o primeiro. Caiu e ainda conseguiu ver a turba enfurecida que avançava em sua direção. Tudo o que podia fazer era proteger o rosto dos golpes que viriam.

Foi muito pouco, diante da fúria que os moradores demonstravam. Alguns se aproximavam com pedras nas mãos, outros se aproximavam apenas para observar, curiosos, qual seria o desfecho daquela tragédia.

Tentou levantar-se quando as agressões tiveram início; mesmo ferido, ainda não tinha intenção de se entregar passivamente. Quando estava de joelhos, já conseguindo ficar novamente em pé, alguém golpeou seu peito com um chute, fazendo com que caísse novamente de costas.

Seus agressores eram pessoas que conhecia desde pequeno e com quem convivia diariamente. Pedras de todos os tamanhos chocaram-se contra seu corpo.

A agressão durou pouco tempo, e, em questão de instantes, o primeiro sacrifício de uma pessoa adulta havia sido realizado. Tudo o que restara era o corpo destroçado daquele que, até então, havia sido vizinho e amigo de seus agressores.

Os moradores não sentiram qualquer traço de arrependimento. Sentiram apenas a sensação do dever cumprido.

Após o primeiro sorteio em São Bento, os dias prosseguiram férteis, com pesca e colheita abundantes. Todos tinham o que precisavam para se manter e o mais importante: os demônios semelhantes a sombras não retornaram e não atormentaram mais ninguém. Ainda assim, achavam melhor não sair de suas casas depois que escurecia, prefeririam não se arriscar diante dos eventos ocorridos.

O que não se modificou foi o fato de os habitantes não poderem sair de São Bento. Se porventura tentassem, veriam a estrada ou o rio Angûera se estender de forma infinita à sua frente, o que comprovava que estavam condenados à eterna prisão.

O fato de não poderem ultrapassar os limites do vilarejo trazia uma série de empecilhos. Embora tivessem alimento e água suficientes para se manter, não havia como comprar roupas ou quaisquer objetos em outros locais. Assim, o modo de vida de todos teve de ser modificado.

A ILHA DA BRUXA

·) ·) ·)·●·(·(·(·

As roupas tinham de ser usadas com cuidado para durar o maior tempo possível, e à medida que a pessoas eram sacrificadas, seus bens materiais — incluindo suas próprias roupas — eram divididos entre aqueles que ali viviam, cujo número diminuía a cada ano, encontrando-se, atualmente, reduzido a menos de 50 pessoas, nenhuma delas com menos de 60 anos de idade.

Ninguém mais teve filhos no vilarejo, afinal sabiam qual seria o destino da criança.

O fogo, que de tão comum passava despercebido no dia a dia, voltou a ser algo de extremo valor como o havia sido em tempos imemoriais. Aconselhava-se às pessoas manterem acesas sempre alguma lenha em seus fogões, tendo-se em vista o fato de não mais existir quaisquer artefatos produtores de fogo na localidade, e até mesmo a lenha devia ser utilizada com cautela, para que não cessasse por completo com o passar dos anos.

Quando o fogo se apagava, apelavam a métodos rudimentares, utilizando-se de pedras e palha seca, obtendo o almejado fogo com faíscas resultantes da fricção.

A bebida destilada, feita à base do milho ali plantado, tornou-se o único divertimento de alguns moradores, uma maneira de se esquecer durante algum tempo o destino que lhes aguardava. Não eram poucos os que bebiam diariamente, e bebiam de forma ávida, como se tivessem sede e a forte bebida fosse água fresca.

No início, a ideia de suicídio foi constante. Famílias cogitavam suicídios coletivos, e jovens casais também pensavam em dar fim às próprias vidas. Entretanto, um pequeno fio de esperança ainda prevalecia, e talvez por isso os moradores de São Bento não levavam adiante tais planos e seguiam vivendo um dia de cada vez, com a débil crença de que tudo fosse um pesadelo do qual acordariam quando menos esperassem.

Aos poucos, o "dia do sorteio", como passou a ser chamado, veio a representar algo semelhante a um grande evento, um dia aguardado pela população a cada ano mais escassa, um dia que fugia à triste rotina de dias exatamente iguais uns aos outros, dias sem esperança. A população se reunia, e a tensão já não era mais tão intensa quanto nas primeiras ocasiões. Alguns pareciam ansiar o fato de serem sorteados, aguardando aquela que seria a única maneira de fuga.

Visualizava-se, até mesmo, a decepção em alguns rostos quando constatavam que seu nome não havia sido o sorteado naquele ano, assim como o ar de vitória daqueles cujo nome era retirado do velho cesto, que sorriam e se ajoelhavam esperando a execução. Era como se dissessem: *Andem logo com isso. Eu estarei livre, e vocês continuarão por aqui.*

Entretanto, havia ainda aqueles que ofereciam resistência ao serem sorteados, mas a resistência parecia algo ensaiado, algo não muito convincente.

Resistiam durante alguns instantes e logo se rendiam. Afinal, resistir para quê? Mais valia a entrega e o fim do tormento.

Ninguém fazia questão de viver até o sorteio seguinte, mas, ainda assim, prevalecia um sentimento que poderia ser definido como expectativa, certa curiosidade em saber qual seria o próximo nome retirado do cesto.

A maioria dos sorteados apenas se despedia da família e dos amigos — não havia mais lágrimas e tristeza, como ocorria no início; era como se fossem apenas fazer uma breve viagem — e se ajoelhavam passivamente, aguardando a implacável saraivada de pedras que seguiria. Depois de mortos, era como se jamais houvessem existido, seus nomes não mais eram pronunciados, aguardava-se o próximo ano, e a vida seguia o mais próximo possível do que poderia ser definido como normalidade.

Para que a lembrança dos sorteados desaparecesse completamente, os corpos eram queimados até se tornarem cinzas. Alguns homens ficavam ao redor do fogo, bebendo e observando. O cheiro de carne queimada não mais os incomodava.

XI

— O casal Silas e Rosa ainda vive na ilha? — perguntou Paula.

Vicente pensou durante alguns instantes. Sua mente já não possuía a agilidade e presteza de antes. Ao recordar quem era o casal mencionado, finalmente respondeu:

— Rosa ainda vive, mas Silas morreu há uns tantos anos. Adoeceu e nunca mais conseguiu se curar. Se eu tivesse que dar algum palpite, diria que ele não conseguiu conviver com o que haviam feito, mas honestamente diria que a doença que o prendeu a uma cadeira de rodas até o fim de seus dias foi um castigo da bruxa. Afinal, eles não cumpriram o que havia sido determinado.

Os jovens se entreolharam até que Vicente prosseguisse:

— Alguns anos depois de procurarem a velha para fazer o aborto, e quando já deviam ser atendidas as novas regras de vida em São Bento, dizem que o casal se descuidou e Rosa novamente ficou grávida.

O velho se inclinou em sua cadeira, aproximando-se mais dos jovens, e disse em voz baixa:

— Aqui entre nós, aquele casal devia ter muito fogo dentro de si, afinal ninguém mais vivia normalmente em São Bento; os casais tinham medo de dormir até na mesma cama!

Recompôs-se na cadeira e continuou:

— Os filhos de Silas e Rosa já haviam sido levados para a ilha e nunca mais foram vistos novamente. Todos sabiam que, se uma mulher engravidasse, deveria levar a gravidez até o final e entregar o bebê para a velha. Eram as regras. E regras devem ser obedecidas.

— Porém não foi o que fizeram. Decidiram não cometer o mesmo erro duas vezes. Sabiam que a criança já estava condenada, e por isso decidiram eles mesmos interromper a gravidez. Tudo, menos entregar novamente um filho em sacrifício ao Demônio. Recorreram a antigas simpatias populares, e já no quarto mês de gravidez Rosa bebeu um chá feito com alguma espécie de erva. Dizem que, menos de dois dias depois, aconteceu o aborto.

— Não sei se eu já disse — nós, velhos, costumamos repetir as coisas —, mas eles tinham cinco filhos, sendo que foram obrigados a levar todos para a ilha. Após o aborto, passaram a ser visitados todas as noites pelas crianças. Pelas mesmas crianças que já haviam morrido! Elas diziam que "queriam brincar com o irmãozinho".

— Quem viu, disse que as crianças pareciam fantasmas, vultos, sabem? Como se fossem feitas de fumaça; outros já dizem que pareciam cadáveres enterrados há algum tempo e depois desenterrados. Dizem que estavam podres, os olhos comidos, vermes se arrastando pelo corpo. Riam como crianças que queriam brincar, mas o som já era diferente da risada agradável das crianças; era um som que parecia vir do fundo da terra.

— Mas, quem pode saber? O que aconteceu é que, logo depois, Silas sofreu um ataque, talvez um derrame cerebral, e viveu mais alguns anos dependente de Rosa. Não era capaz de fazer mais nada sozinho. Foi como se a bruxa estivesse dizendo: "já que não respeitaram minhas regras, jamais poderão fazer um filho novamente". E, se querem saber, ela foi bastante piedosa, afinal todos sabíamos do que era capaz. Dizem, ainda, que Rosa escreveu uma espécie de carta, colocou dentro de uma garrafa que fechou com uma rolha e jogou no rio, onde foi levada pela correnteza. Parece que, na tal carta, ela contava sobre o que estava acontecendo e mencionava a existência da ilha. Provavelmente, ninguém encontrou a garrafa até hoje, mas quem pode saber, não é mesmo?

— Bem, não se pode imaginar o que passou pela cabeça do pobre Silas durante os poucos anos em que sobreviveu, ou o que pode estar passando agora, depois de sua morte. Creio que todos nós temos um espaço no inferno, afinal fizemos por merecer.

Vicente interrompeu sua história para beber mais água. Prosseguiu, após molhar a garganta:

— O Mal existe e aparece com muitas caras. Se vocês um dia passarem por nossa cidade mais próxima, Sol Poente, sugiro que visitem a praça principal, talvez o "louco da figueira" ainda viva, e aí vocês terão a oportunidade de vê-lo com seus próprios olhos. É um sujeito interessante.

— Eu o conheci quando éramos jovens, antes mesmo de ele ser chamado de "louco da figueira". Quando o conheci ele era só mais um trabalhador braçal, quase um andarilho, como tantos outros que ainda devem passar pela região nas épocas de colheita. Trabalhava nas lavouras de sol a sol para sustentar a esposa e vários filhos — se não me falha a memória, eram seis — e quase não ganhava nada. Dependia, ainda, da bondade de seus patrões para ter um lugar onde descansar no fim do dia. Geralmente, os patrões cediam estábulos vazios para que se acomodasse com a família, e isso enquanto estavam sob suas ordens. Quando a colheita terminava e eles não eram mais úteis, eram mandados embora, escorraçados mesmo. Ela com uma criança de colo, as outras cinco seguindo atrás, e ele com um saco de aniagem nas costas, com as poucas coisas que tinham, algumas mudas de roupas velhas, uma panela e, às vezes, alguma comida.

— Mas, de repente, o homem começou a ganhar dinheiro. Muito dinheiro. Era estranho, afinal ele era analfabeto e não trabalhava em nada, a não ser na lavoura e no trato de animais. Nunca foi um empreendedor, e podem acreditar: o dinheiro parecia brotar do chão. Era tanto dinheiro, que, em questão de um ano, ele conseguiu comprar uma fazenda de tamanho considerável e encher de gado bovino. Gado de raça, não uns pés-duros qualquer. Mais um ano, e ele já tinha comprado outras fazendas. Tinha até pistas de pouso nas fazendas, para que pudesse aterrissar o avião que havia comprado.

— Todo aquele dinheiro chamou a atenção dos moradores, e o povo começou a comentar. Alguns diziam que ele havia se envolvido com o crime, mas aquele não era o perfil dele. Apesar de miserável, ele era um homem honesto, que nunca havia furtado um pedaço de pão para matar a fome dos filhos.

— Outros diziam que ele havia feito um pacto com o "coisa ruim". Algumas pessoas mencionavam visitas ao cemitério local, palavras em línguas desconhecidas e desenhos feitos no chão, com velas ao redor.

— Ele se isolou de todos, permanecendo com a família em uma mansão nos confins de uma de suas fazendas. Dizem que ele não tinha medo da criminalidade — que na época nem existia em Sol Poente —, mas, sim, de que o Demônio viesse pessoalmente cobrar a dívida. É até engraçado, mas ele pensava que era possível se esconder do tinhoso. Andava com um monte de crucifixos de ouro pendurados no pescoço. Doava fortunas para todas as Igrejas.

— Mesmo com todo o dinheiro e toda a segurança que ele tentava comprar, uma porção de tragédias aconteceu na família. Os filhos mais crescidos começaram a morrer. O mais velho morreu em um acidente com um carro importado que tinha ganhado de presente do pai. Entrou debaixo de um caminhão a quase 200 quilômetros por hora, e quem viu disse que o estrago foi tão grande, que o que sobrou do garoto teve que ser raspado do asfalto com uma pá. Assim foi ocorrendo, um por um.

— Os mais chegados contam que, pouco antes de toda a desgraça começar, ele foi procurado pelo próprio Diabo, que apareceu na forma de um homem comum. Quem viu disse que era um homenzinho baixo, magro e careca. Dizem que ele veio cobrar a dívida, afinal o homem já havia desfrutado dos prazeres que o dinheiro proporciona, e havia chegado a hora de pagar. Mas pagar como? O homem tinha muito mais dinheiro do que precisava, então dinheiro não era problema. Dizem que ele foi arrogante, talvez pelo medo que sentia, e por isso tentou parecer forte e corajoso. Perguntou quanto devia pagar para se livrar daquela dívida, estava disposto a pagar a quantia que fosse, afinal o dinheiro continuaria entrando e se multiplicando a cada dia.

— Mas é claro que o dinheiro não representa nada para o Diabo. É apenas uma maneira de seduzir o ser humano, como uma minhoca espetada em um anzol tem o poder de seduzir um peixe, e os resultados são os mesmos. Nunca uma dívida com o Demônio é paga de maneira fácil, ele sempre exige o que a pessoa possui de mais caro, coisas impossíveis de se comprar.

— No caso daquele infeliz, o que ele possuía de mais caro era a família, os filhos e a esposa que sempre o haviam acompanhado pelas estradas em busca de trabalho, comida e dormida, como um bando de mendigos. Sua dívida, então, seria paga com os filhos, que teriam uma morte trágica, um por um. E um aviso seria dado antes de cada morte: a figueira na praça principal de Sol Poente se encarregaria de avisá-lo. Era uma figueira velha que não dava fruto, mas, antes de um de seus filhos morrer, ele poderia procurar entre os galhos e ali encontraria um figo roxo e suculento. Depois de dizer isso, o visitante sumiu como se nunca tivesse estado ali.

— Depois da morte do primeiro filho, ele tentou não relacionar o acidente com a visita de poucos dias antes. Afinal, acidentes acontecem todos os dias, e os jovens geralmente não possuem o medo necessário para se manter vivos. Tentou enganar a si próprio, fingindo que aquela visita nem havia ocorrido. Era mais fácil acreditar que não havia passado de um pesadelo.

A ILHA DA BRUXA

·) ·) ·) ·● ·(· (· (·

— Quando o segundo filho morreu na queda de um pequeno avião do pai, ele começou a relacionar as mortes com o aviso que recebeu. Assim, foi até a praça da cidade e de longe avistou a figueira, grande e cheia de folhas. As pessoas se impressionaram em ver aquele homem tão rico, que vivia isolado com a família, se aproximando da praça como se fosse um morador comum. Foi cumprimentado por conhecidos e desconhecidos e recebeu os pêsames de várias pessoas pelo passamento de seus filhos, até conseguir finalmente se aproximar da árvore. Olhou para o alto e deve ter se arrepiado quando avistou dois figos em um galho, próximos um do outro.

— E tinha também um terceiro figo em outro galho, ainda verde e menor que os outros dois.

— Ele sabia o porquê de os figos estarem surgindo. Logo mais um de seus filhos seria morto. Mas qual deles?

— E assim foi acontecendo até morrerem todos os seis. O figo brotava na figueira, e um filho morria. Sua esposa não suportou a dor de perdê-los todos de maneira trágica e em tão curto espaço de tempo — em menos de um ano todos estavam mortos — e terminou colocando fim à própria vida, engolindo veneno de rato.

— Dizem que ela errou na quantidade do veneno, por isso sofreu durante horas antes de morrer — nem um rato merecia sofrer daquele jeito. Os médicos não puderam fazer nada, não havia dinheiro no mundo que pudesse salvar sua vida ou aliviar seu sofrimento. A pobre coitada não tinha culpa nenhuma naquela história, mas o marido deve ter sofrido ainda mais do que ela, vendo a esposa que sempre o acompanhou morrendo daquela forma. E por culpa dele!

— Dizem que ele enlouqueceu. Não suportou a culpa. Acredito que ainda hoje ele se encontra na praça, olhando para cima e procurando figos entre os galhos da figueira. Com o passar dos anos, seus cabelos e sua barba cresceram, suas roupas se transformaram em trapos, e a poeira modificou a cor de sua pele. Por causa da ambição, acabou se transformando no "louco da figueira".

— A moral da história é a seguinte: acredito que o mesmo Mal que destruiu a vida daquele homem destruiu também as vidas dos moradores de São Bento. O Mal assume várias formas, nem sempre é o bicho chifrudo com pés de bode, mas uma coisa sempre é certa: somos sempre nós quem o procuramos. Nunca é o contrário.

Os jovens o ouviam, atentos e silenciosos. Sua imagem e palavras registradas pela câmera.

·) ·)   217   (· (·

O velho bateu com as mãos nos próprios joelhos, como se anunciasse que a conversa havia chegado ao final.

— Façam o que vieram fazer — prosseguiu — e tentem ir embora deste lugar o quanto antes. Não queiram fazer parte disso. Não queiram chegar ao ponto de contar os dias que faltam para o sorteio, de desejarem serem os próximos sorteados pra que o martírio acabe de uma vez por todas. Todos nós nos transformamos em prisioneiros neste lugar, sem poder sair. Antigamente, dependíamos de tudo da cidade vizinha, vocês devem ter passado por lá. Lá vendíamos os peixes que pescávamos e, ao mesmo tempo, comprávamos as mercadorias necessárias. Os homens procuravam prostitutas na cidade, e, Deus me perdoe, fui um desses homens um dia. Médicos e professores para as crianças também eram de lá.

— Quando assumimos a dívida com a bruxa, tudo isso acabou; a partir daí, tivemos que nos virar com o que temos por aqui. Vivemos como se estivéssemos em uma jaula, presos. Os mais novos tiveram que controlar seus instintos, afinal não podiam mais visitar as "meninas" da cidade, e não existem prostitutas em São Bento. Nunca mais se sentiu o gosto de uma cerveja, ou qualquer outra bebida que pudesse animar um pouco os pescadores no final do dia, apenas aquela porcaria fedorenta que o Gildo fabrica por aqui e que, na minha opinião, não passa de um veneno que mata devagar. Algumas pessoas já morreram por falta de médico e de remédio. Um simples problema no apêndice significa morte certa por aqui. Teve um que morreu por causa de um dente infeccionado, imaginem só.

— Esse lugar foi condenado a um fim muito triste. Se tivesse sido destruído pelo fogo como foram Sodoma e Gomorra, aquelas cidades da Bíblia, seria uma atitude mais piedosa que a de nos deixar morrendo lentamente. Aqui, cada dia que passa dá a impressão de um ano. O falecido padre Escudero dizia que existem muitas definições do inferno. Alguns o descrevem como um mar de fogo e lava; eu mesmo penso que o inferno é justamente o que temos aqui no nosso lugarejo: a falta de perspectivas, a eterna repetição.

— A maioria dos moradores perdeu a fé, deixou de acreditar que existe alguma força superior e que zela por todos nós. Dizem que pararam de acreditar em Deus a partir do momento em que a igreja foi queimada. Mas eu tenho a seguinte opinião e vou repetir para que vocês não esqueçam: os moradores ignoraram Deus e buscaram o Diabo. Foram os moradores que procuraram a velha bruxa, que estava quieta em seu canto, sem incomodar ninguém. Desse modo, a culpa é toda nossa.

Tudo ficou em silêncio. Vicente finalmente havia dito o que estava guardado dentro de si há anos.

— Por que as bonecas? — perguntou Paula.

O velho deu de ombros.

— E quem pode saber? Talvez para representar a infância, os abortos, os sacrifícios realizados com crianças. Um jeito de fazer com que ninguém esqueça como tudo começou. Já ouvi dizer que é pra zombar dos santos. Assim como os corpos dos santos não apodrecem, as bonecas também não. Afinal, dizem que são feitas de plástico. Alguma coisa parecida com isso, mas são muitas as histórias, tantas que nem dá pra separar o que é mentira do que é verdade.

— E essas bonecas realmente existem da maneira que se fala? Penduradas nos galhos das árvores, como dizem? — insistiu a garota.

Dona Iara se intrometeu na conversa. Havia ficado calada desde que o marido começara a falar. Disse:

— É mentira. Nunca ninguém viu qualquer boneca. É apenas mais uma das tantas lendas que fazem parte deste lugar.

Vicente ignorou a frase da mulher e respondeu:

— Nunca vi. Nunca fui até a ilha e nunca irei. Mas algumas pessoas dizem que elas existem. Algumas pessoas dizem que foram colocadas, a fim de se manter os curiosos distantes, assim como os espantalhos protegiam os milharais antigamente.

Respirou fundo, como se o longo discurso houvesse esgotado seu suprimento de ar, e complementou:

— Pois bem, garotos, isso é o que eu tinha para contar. Um dia não restará em São Bento nenhuma alma, e talvez neste dia ela procure outro lugar. Há no mundo uma infinidade de locais habitados por pessoas fracas e fáceis de seduzir.

Os jovens sabiam a quem ele se referia. Logo em seguida, Vicente concluiu:

— Se puderem, contem o que acontece por aqui. Já estamos todos condenados, por isso, não vai fazer diferença. Deixem que o mundo conheça a nossa história.

O relógio de corda na parede indicava que faltavam 15 minutos para as 2 horas da tarde. Alex se adiantou, como se recordasse algum compromisso inadiável, levantou-se e disse:

— Obrigado por tudo, senhor Vicente, dona Iara. O relato de vocês será muito útil, mas precisamos ir, queremos completar as pesquisas até o final da tarde, antes que escureça.

Dona Iara estava calada, sentada na poltrona e olhando para o próprio colo em silêncio. Parecia querer dizer alguma coisa. Parecia querer adverti-los a deixarem aquela ideia de lado e tomarem o rumo de suas casas.

Mas permaneceu calada.

Alex desmontou o tripé, guardou a câmera e atravessou a porta apressado, seguido por Eduardo e Paula, que não compreendiam a razão de sua pressa. Ao chegarem à rua e antes de entrarem no carro, ele parou, olhou para os lados, certificando-se de que não havia nenhum estranho por perto que pudesse ouvi-lo, e perguntou:

— Vocês perceberam o que acabamos de testemunhar? O que ele disse foi muito comprometedor; ele nos revelou a ocorrência de homicídios, crimes contra crianças e adultos. A gente deve ir logo embora daqui, pois estamos sabendo demais; muita gente pode se comprometer com o que acabamos de tomar conhecimento. Temos que procurar a polícia o mais depressa possível. Lembram das fotos que a gente viu na padaria onde paramos para tomar café? Aquelas fotos dos caras desaparecidos? Pois então, sabe-se lá se eles não desapareceram por aqui.

Eduardo tentou acalmar os ânimos do amigo, que parecia bastante perturbado com a situação, atropelando as próprias palavras. Tinham diante de si uma história que renderia uma matéria formidável, e tudo o que deveriam fazer era seguir adiante, colher mais algumas informações e tirar algumas fotos. Não havia necessidade de qualquer receio ou pressa, deveriam agir com calma. Depois de tudo feito, aí sim analisariam os aspectos legais da situação e, se realmente envolvessem a existência de crimes, conforme havia sido dito, tanto melhor; afinal, seria mais um grande atrativo para a matéria que tinham em desenvolvimento.

— Nós registramos tudo o que o velhote disse, cada palavra — informou Eduardo. — Agora, se isso foi delírio ou se é só mais uma lenda local, pouco importa. O que importa é que renderá a matéria que estamos buscando, viemos aqui para isso e vamos até o fim. Pessoalmente, acho que tudo não passa de lenda, de histórias que passam de pai para filho, mas só posso dizer uma coisa: vai ficar ótimo em nossa matéria! E quer saber mais? Se isso criar alguma polêmica acerca do fato de ocorrerem mortes em rituais durante cada ano, melhor ainda. Quanto mais polêmica, mais atenção para o nosso canal.

Deu um soco amigável no ombro de Alex e acrescentou:

— Já pensou? Você pode até ganhar um prêmio *Pulitzer* de jornalismo! Não podemos desistir logo agora.

Paula fotografava os arredores. Já se adiantava juntando material visual para a matéria que publicariam. Comentou distraidamente enquanto fotografava a fachada gasta da casa de Iara e Vicente:

— É claro que isso tudo não passa de lenda. Caso contrário, já teria vazado para as autoridades. Imaginem, mais de 40 anos de sacrifícios... E essa história de que as pessoas não conseguem sair daqui é no mínimo difícil de se acreditar.

Alex não se convenceu. Algo em toda aquela história não o agradava. As feições de Vicente pareciam demasiado confiáveis para quem estivesse apenas repetindo uma história local contada e recontada ao longo de gerações, ou mesmo tivesse apenas a intenção de assustar os jovens visitantes. O velho homem parecia bastante são, ao narrar os fatos com tamanha riqueza de detalhes.

Se fosse apenas ele quem ditasse as regras, encerrariam os trabalhos e voltariam para casa naquele mesmo instante. Embora lidasse com o terror, debatendo filmes, divulgando sinopses e casos supostamente reais no canal que dividia com o amigo, a atual situação lhe parecia tão desconfortável a ponto de desejar avisar imediatamente as autoridades de que algo estranho ocorria no local.

Toda a situação parecia muito *real* para ele, e isso o desagradava. Extrapolava os limites do meramente fantástico e envolvia acontecimentos tão palpáveis que permitiam até mesmo entrevistar as próprias pessoas que, supostamente, os haviam vivenciado.

Talvez fosse tarde para retornar, e talvez tudo o que devessem fazer era apressarem-se e colherem o restante do material que precisariam para divulgar a matéria e a história. Talvez fosse o melhor e mais útil a ser feito, já que haviam chegado bem longe.

De simples matéria de entretenimento, poderia transformar-se em matéria jornalística de grande importância, rendendo-lhe não o *Pulitzer*, mas, sim, algum reconhecimento. A matéria que tinham em mãos poderia servir como denúncia do que podia, de fato, estar ocorrendo há décadas.

Mesmo assim, não sentia vontade suficiente para seguir adiante.

— Não — terminou por decidir. — Vamos voltar e apresentar nossas fotos e gravações na primeira delegacia de polícia que encontrarmos no caminho.

Eduardo, entretanto, não possuía o mesmo ponto de vista. Talvez até acionassem futuramente alguma autoridade, a fim de relatar os fatos, mas antes deveriam terminar o que haviam iniciado.

Estavam ali não para conhecer o vilarejo repleto de gente estranha e supersticiosa, mas para conhecer a ilha, e não tinha a menor intenção de retornar sem realizar o que havia sido planejado desde o primeiro momento.

Para Alex, seria fácil deixar de lado a parte mais importante da matéria que planejavam fazer. Para ele, de qualquer modo, a vida prosseguiria sem maiores mudanças. Eduardo, entretanto, necessitava daquela matéria, a fim de aumentar o número de seguidores, de ter seu canal monetizado e, finalmente, deixar de ser apenas mais um *youtuber* conhecido por alguns e desconhecido pela esmagadora maioria.

Ele *precisava* ir até o final, custasse o que custasse. Precisava constatar pessoalmente se tudo o que diziam eram mentiras ou a realidade. Jamais se perdoaria se perdesse a oportunidade devido a receios ou medos infundados do amigo. Uma boa matéria valia qualquer risco, e o mínimo que levaria daquele lugar seria uma porção de histórias.

Além disso, aquela era a data em que deveriam visitar a ilha. Caso não o fizessem, deveriam aguardar no mínimo mais um ano, o que oportunizaria a outros canais realizarem a matéria antes deles.

Conferiu o horário no relógio de pulso e disse:

— Eu trouxe alguns sanduíches. Vamos comer?

Os amigos aceitaram a ideia, assim não precisariam deslocar-se até a cidade vizinha para o almoço.

Comeram sentados nos bancos do Maverick, com os vidros fechados, a fim de evitar a entrada da brisa gelada. As pessoas pareciam ter perdido a curiosidade em avaliar o carro. Os poucos que por ali passavam mal olhavam para o veículo; era como se não estivesse ali ou como se já não mais constituísse qualquer novidade.

Paula apanhou o celular e verificou que não havia sinal. Nem uma única barra aparecia na tela. Internet, então, era algo desnecessário de se conferir.

— Estamos mesmo no meio do nada — disse —, nem sinal de celular este lugar tem.

— Nem telefone fixo este lugar deve ter — acrescentou Alex, olhando para os lados, a fim de demonstrar a ausência de qualquer fiação telefônica ou elétrica. — Começo a pensar que tudo o que ouvimos é verdade.

Além de não saberem com certeza de onde estavam, com a constatação de que seus celulares eram inúteis, tinham a completa sensação de isolamento. E não era uma sensação agradável.

Era impossível não recordar o aviso dos jovens desaparecidos, colado no quadro de avisos da padaria por onde haviam passado.

— A história que o senhor Vicente contou faz algum sentido, sim — disse Paula. — Não sei se vocês perceberam, mas aqui parece não existir nenhuma pessoa jovem.

Era verdade, e não só isso. Ali parecia não existir nada que pudesse ser chamado de "novo" ou "recente". Tudo, desde as construções até as roupas dos moradores, parecia extremamente velho e gasto.

Até mesmo as louças eram escassas, sendo substituídas pelas antigas canecas de lata, e o único veículo motorizado que viram era a velha caminhonete sem rodas pela qual haviam passado ao chegarem à localidade. O lugar parecia haver parado no tempo.

Quanto à ausência de pessoas jovens no local, poderia não haver nada de sobrenatural em tal fato. As novas gerações iam embora quando conseguiam andar com suas próprias pernas, afinal o que fariam em um local como aquele? Certamente, não lhes agradava a ideia de serem pescadores como seus antepassados, vivendo em um lugar que parecia haver parado no tempo.

Ao terminarem de comer, Eduardo disse:

— Se não quiserem vir comigo, vou sozinho até a ilha. Pretendo estar de volta antes de escurecer.

Alex jamais havia presenciado tamanha decisão no amigo, sempre um rapaz bastante inseguro. Admirou-o naquele momento, embora não pretendesse acompanhá-lo na empreitada.

— Vamos deixar essa ideia de lado pelo menos por enquanto — sugeriu. — Ouvimos muita coisa comprometedora, e eu acho que o melhor a fazer é voltar e averiguar se há alguma verdade no que disseram. A gente volta outro dia, já sabemos o caminho.

Não houve, entretanto, como fazê-lo mudar de ideia.

A grande questão a ser respondida era a seguinte: como chegaria até a ilha?

Imaginou, antes de chegarem ao vilarejo, que haveria algum transporte disponível até a ilha, ao menos alguns pescadores fazendo a travessia por alguns trocados.

— Você me leva até o local onde os pescadores deixam as canoas? — perguntou a Alex. Sua expressão e seu tom de voz deixando bem claro que iria até lá de qualquer maneira, quer o amigo o levasse, quer não.

Seguiram com o carro até chegar às margens do rio. Tudo o que localizaram, entretanto, foram as canoas em terra, afastadas da margem e sem ninguém para conduzi-las. Pareciam abandonadas, esquecidas como todo o restante.

Desceram. Eduardo carregava sua câmera fotográfica digital pendurada no pescoço por uma correia, a expressão decidida de quem tinha importante missão a cumprir. Ao longe, visualizaram um pescador manuseando uma rede de pesca sobre a areia, um homem barbado, magro e solitário, concentrado no trabalho de desemaranhar nós. Eduardo se aproximou.

— Boa tarde — disse.

O homem levantou a cabeça de maneira entediada, mas, ao ver os três jovens diante de si, pareceu tomar um susto. Pelo jeito não imaginava encontrar rostos novos em São Bento. Permaneceu mudo, não respondeu ao cumprimento e continuou imóvel como se esperasse ser agredido. Uma das mãos continuava agarrada à rede, a outra próxima à coxa direita, o punho fechado como se estivesse pronto para se defender de um ataque iminente.

— Poderia me levar até a ilha? — perguntou, olhando para o pescador e, em seguida, para o casal de amigos, como se dissesse que, caso mudassem de ideia e decidissem acompanhá-lo, aquele era o momento.

O pescador observou a ilha como se ela não estivesse lá há 10 segundos. Olhou-a perplexo, e, finalmente, a pergunta surtiu um efeito semelhante ao de haver sido questionado se gostaria de beber urina ou fazer sexo com animais. Empalideceu. Abriu a boca, mas não proferiu qualquer palavra. Sacudiu a cabeça em sinal negativo, ainda com a boca aberta, como se negasse efusivamente a prática de um crime.

— Não — respondeu finalmente, e sua voz soou estrangulada, como se alguma força invisível apertasse sua garganta. — Ninguém vai até lá.

Eduardo não se conformou com aquela negativa infundada. Se não podiam ir, gostaria de saber o motivo. Teria aquela ilha algum dono? Seria proibida a sua visitação?

— Por quê?

O homem olhou novamente para a ilha, depois para Eduardo; depois novamente para a ilha. Seus olhos, de um azul apagado como se houvessem desbotado com o passar dos anos, passeavam como se assistissem a uma partida de pingue-pongue. Olhou para a rede. Olhou novamente para os jovens e repetiu apenas:

— Ninguém vai até lá.

Parecia querer fugir, e não ficariam surpresos se ele saísse correndo, deixando a rede emaranhada para trás.

— Leve os jovens.

Eduardo e o pescador olharam para trás e se depararam com Jofre parado sobre a areia, projetando imensa sombra sobre ambos. Lembrava um pistoleiro prestes a duelar ao pôr-do-sol. O olhar frio parecia dizer que não estava ali para brincadeiras e que sua ordem deveria ser obedecida.

Os olhos do pescador tornaram-se frenéticos, movendo-se novamente para vários lugares quase que ao mesmo tempo: ilha — Eduardo — Jofre, Jofre — ilha — Eduardo — rede.

— Mas, seu Jofre...

— É necessário — foi a resposta.

Em seguida, Jofre acrescentou, mudando a voz para um tom mais amigável, como se estivesse tentando impedir um futuro conflito:

— Além disso, eles vieram de longe apenas para conhecer a ilha, homem! Não é justo que voltem sem ir até lá.

— Mas, seu Jofre, eles...

O tom de voz de Jofre mudou novamente para algo ríspido e seco:

— Vá agora! — ordenou, com a mão na cintura, como se estivesse prestes a sacar alguma arma. O pescador empalideceu. Sua voz baixou a ponto de ficar quase inaudível.

— Mas eu não boto os meus pés naquele lugar.

Os ouvidos de Jofre ainda funcionavam bem. Respondeu:

— Ninguém está mandando você entrar na ilha, apenas leve os jovens. Não será a primeira vez que você conduz alguém.

Alex se aproximou e esclareceu a situação:

— Na realidade somente nosso amigo é quem vai. Eu e ela ficaremos aqui aguardando.

— Que seja.

Eduardo estranhou o interesse de Jofre em que o homem os levasse à ilha. Parecia ultrapassar a mera questão da hospitalidade. E de repente já não sentia mais tanta vontade de ir ao local.

O pescador olhou para ele, e seus olhos demonstravam medo e resignação.

— Vou buscar a canoa — disse.

Afastou-se, caminhando lentamente até chegar a uma canoa que descansava na areia. Apanhou-a e começou a empurrá-la em direção ao rio. Eduardo se adiantou para ajudá-lo, e, enquanto a empurravam, o pescador olhou para os lados, a fim de se certificar de que Jofre se encontrava longe, visualizou-o observando o rio plácido, aparentemente distraído.

Olhou para o chão enquanto arrastava a canoa e disse algo em voz baixa, como se estivesse contando um segredo:

— Vão embora daqui enquanto dá tempo.

Apesar de não compreender o sentido daquela frase, ela foi suficiente para gerar um desagradável calafrio no estômago. Tentou compreender que o medo em comunidades como aquela geralmente era uma constante, como uma maneira de se manter a ordem e a disciplina entre pessoas que não possuíam muita instrução. E as histórias que contavam por ali eram particularmente assustadoras até mesmo para os mais instruídos, afinal envolviam sacrifícios humanos, assombrações e rituais que pareciam existir apenas na literatura e cinema.

Tentou convencer a si mesmo de que o pescador medroso era apenas mais uma pessoa desinformada e que havia passado toda a sua vida alimentado pelas lendas que os mais antigos contavam — esperava que assim fosse.

— Vai ser rápido — respondeu, também em voz baixa, como que para tranquilizá-lo. — Só vou tirar umas fotos e conhecer o local.

Antes de Eduardo embarcar com o pescador, Alex tentou novamente fazer com que mudasse de ideia; não sendo possível, agarrou seu braço, no que foi repelido com violência. Levantou as mãos em sinal de rendição, jamais havia visto expressão semelhante no rosto do amigo, era algo mais que determinação, chegando a beirar a ferocidade.

Alguns instantes depois, Eduardo e o pescador já se encontravam acomodados na canoa, que navegava em direção à ilha e deixava para trás Alex, Paula e um Jofre que parecia cada vez menor a distância, observando atentamente se o pescador cumpriria o que lhe havia sido ordenado.

A curta viagem transcorreu em silêncio. Os remos tocavam a água com a habilidade que somente muitos anos de prática proporcionavam, e o som aquoso que emitiam parecia amplificado diante do silêncio daquela tarde.

Durante a silenciosa travessia, Eduardo observava as águas escuras e mansas do Angûera e recordava o negro rio da mitologia grega, por onde o personagem Caronte conduzia com sua embarcação os espíritos que haviam recebido os ritos fúnebres.

Sentiu-se como se fosse um dos espíritos conduzidos pelo barqueiro e estremeceu. Era um péssimo momento para se fazer quaisquer paralelos com a mitologia, afinal São Bento já possuía lendas suficientes.

Pensou em registrar em vídeo o curto trajeto. O celular não possuía qualquer serventia naquele local para receber ou efetuar ligações, entretanto poderia utilizar sua câmera para filmar o momento e aproveitá-lo de alguma forma na edição final. Ao mesmo tempo, não possuía coragem para fazê-lo, por razões que desconhecia. Temia a reação do pescador, que se mostrara tão relutante em conduzi-lo. Talvez não aceitasse bem o registro e retornasse, mesmo significando afrontar a ordem de Jofre.

O sol parecia distanciar-se. Em breve esfriaria ainda mais e escureceria. Não tinha curiosidade em saber como seria aquele lugar quando a escuridão chegasse.

Aproximaram-se da ilha que parecia agigantar-se diante deles, um pouco mais a cada toque dos remos na água, como se em breve fosse engoli-los. O que de longe parecia apenas um ponto perdido no meio do rio, de perto, parecia imensa.

À medida que se aproximavam, o pescador parecia diminuir o ritmo das remadas, como se suas forças aos poucos se exaurissem, ou — ainda mais viável — como se não tivesse vontade de chegar ao destino, dando tempo ao passageiro da canoa para que mudasse de ideia. De repente, sem que Eduardo esperasse, ele disse:

— Se quiser, podemos voltar.

A sugestão foi discreta, dita em voz baixa, sem que ele retirasse os olhos do rio e sem que parasse de remar. Foi como se houvesse pensado alto.

Eduardo perguntou:

— O que há de tão mau nessa ilha?

O homem voltou a remar com vigor, como se tivesse se arrependido de ter dado aquela sugestão.

— É um lugar mau — respondeu enquanto golpeava as águas com os remos, aumentando a velocidade da canoa. — Um lugar feio, só mato e água por todos os lados. Nunca viajei para longe, na verdade, nunca saí de São Bento, mas acredito que neste mundo ainda existam lugares bonitos, bem diferentes deste.

Prosseguiu remando, enquanto a ilha se aproximava. Uma fria névoa começava a envolvê-la como se houvesse a intenção de escondê-la dos olhos do mundo.

Quando estavam próximos da margem, o fundo da canoa se chocou contra algo. A névoa ali parecia mais densa.

— Já dá pé — disse o pescador. — Tente não pisar na água porque tem alguns trechos com buracos fundos e redemoinhos. Esse rio é traiçoeiro.

Afinal, a canoa havia se chocado contra o fundo do rio, bastante raso naquele local, demonstrando já ser possível desembarcar.

Eduardo esticou as pernas e conseguiu tocar o chão sem afundar os sapatos na areia molhada. Além da câmera fotográfica junto ao pescoço, trazia consigo a mochila com o equipamento de gravação e uma lanterna tática.

— Chegamos — disse, e não havia qualquer tom de vitória ou conquista naquela palavra. Era apenas uma constatação óbvia.

Finalmente, estava na "Ilha da Bruxa", e a sensação era a de estar invadindo um local sagrado. Sentia-se como se fosse um profanador, alguém que não havia sido convidado e, portanto, não deveria estar onde estava.

Às margens da ilha, havia areia, como areia da praia, embora mais densa. Alguns metros adiante, iniciava-se uma vegetação cerrada, que de longe parecia intransponível, impressão essa que se desmentia quando se chegava mais perto. Havia, sim, várias árvores, algumas muito juntas às outras, mas era possível adentrar na mata sem dificuldades.

A vegetação se encontrava parcialmente oculta por densa e branca névoa.

— Não vou demorar — disse Eduardo ao pescador, enquanto acomodava a mochila junto às costas. — Quando voltarmos, pago a quantia que o senhor pedir.

O pescador olhou para os lados como se esperasse que algo esverdeado e gosmento emergisse da água. Para ele, não fazia qualquer diferença receber ou não dinheiro pelo trabalho. Afinal, onde gastaria? O dinheiro de nada servia em São Bento, a não ser, talvez, para acender gravetos nos fogões a lenha.

Não houve resposta.

Aguardou até que o jovem se afastasse. Quando não podia mais enxergá-lo, empurrou com o remo a canoa de volta para o rio e iniciou o retorno ao vilarejo.

Alex e Paula se se aqueciam ao sol já menos intenso naquele horário e aguardavam o retorno do amigo. Sentaram-se sobre a areia morna e perceberam que Jofre os observava de longe. Sua presença era desagradável, de alguma forma, sabiam que ele os vigiava, embora desconhecessem o motivo.

Perceberam que a canoa retornava.

— Será que o Eduardo desistiu? — perguntou Paula.

Seria o melhor a se fazer, mas Alex sabia que o amigo não voltaria tão rapidamente. Percebeu que o pescador remava a canoa sem que houvesse mais ninguém a lhe fazer companhia.

Teve uma má sensação e tentou manter a calma. O pescador chegou, desceu da canoa e, com água até os tornozelos, começou a empurrá-la até a areia.

— Por que ele não voltou com você?

O pescador evitava olhá-lo nos olhos e respondeu enquanto empurrava a canoa em direção ao local onde se encontrava anteriormente:

— Logo vai escurecer, moço, e eu não chego perto daquele lugar quando escurece.

Alex olhou para o relógio de pulso e constatou que eram 5 horas da tarde. O pescador complementou:

— Nessa época, a noite cai depressa.

Percebeu que Jofre ainda os observava de longe, mas, ao constatar que o pescador havia retornado sozinho, virou as costas e foi embora.

Alex agarrou o braço da namorada, apertou-o sem muita força e disse discretamente:

— Vamos embora daqui.

— Mas e o Eduardo?

— Vamos até a cidade mais próxima comunicar a polícia. Já esperamos tempo demais.

Caminharam devagar até o carro, tentando fingir que nada havia acontecido. Não podiam levantar quaisquer suspeitas, afinal os moradores poderiam tentar impedi-los de sair do vilarejo, caso desconfiassem que intencionavam comunicar à polícia tudo o que lhes haviam revelado.

Alex deu a partida, e foi impossível não recordar de diversos filmes de suspense, quando, no momento crucial da fuga, o motor do carro não dá a partida por algum motivo desconhecido.

Não foi o que ocorreu. O motor potente entrou em funcionamento na primeira virada de chave. Alex suspirou aliviado, pisou de leve no acelerador e seguiu adiante sem alarde. Paula olhava para trás, a fim de ter certeza de que não estavam sendo seguidos por uma turba de moradores enfurecidos, talvez carregando consigo tochas acesas e garfos para apanhar feno, como nos velhos filmes de terror em preto e branco.

As marcas de pneus no caminho por onde haviam seguido ainda eram visíveis e funcionaram como uma espécie de mapa, para que localizassem sem dificuldade o trajeto que levava à saída do vilarejo. À medida que se afastavam, Alex acelerou um pouco, mas não o suficiente para denunciar uma fuga. As árvores ao redor, somadas à luminosidade do dia que desaparecia aos poucos, colaboraram para tornar a estrada de terra escura o suficiente para que os faróis do velho Maverick fossem acesos.

Rodaram durante vários minutos, tempo mais que suficiente para que alcançassem a autoestrada, entretanto não foi o que ocorreu.

Alex sentiu novamente o desagradável calafrio que denunciava haver algo errado, mas talvez fosse apenas autossugestão surgida após ouvirem os relatos que com eles haviam sido compartilhados. Talvez o caminho fosse, de fato, um pouco mais longo do que recordavam.

A ILHA DA BRUXA

Acionou a alavanca de luz alta, e os faróis iluminaram vários metros adiante, revelando apenas a estrada estreita de terra.

Olhou para o marcador de combustível e percebeu que, caso continuassem rodando, o ponteiro que indicava o nível da gasolina em breve indicaria um tanque de combustível seco.

Reduziu a velocidade até parar o carro. Girou novamente a chave na ignição, a fim de desligar o motor, e permaneceu com as mãos no volante, encarando o nada que havia à sua frente, os faróis ainda acesos, iluminando uma estrada que, por mais que dirigisse, jamais acabaria.

Evitou olhar para Paula. Sentia-se culpado por havê-la envolvido naquela situação. Ela tomou a iniciativa, pousando a mão em sua perna e fazendo a mesma pergunta que fazia a si próprio:

— E agora?

Finalmente, olhou para ela, surpreendendo-se ao ver em seu rosto não mera resignação, mas coragem de seguir adiante.

Pensou um pouco antes de responder, analisando todas as ínfimas alternativas.

— Se a gente prosseguir, a gasolina vai acabar sem termos chegado a lugar algum. Se continuarmos a pé, com certeza, não vai ser diferente.

Imaginou o que poderiam fazer. Apanhar uma canoa e dirigir-se à ilha, a fim de resgatar o amigo, estava fora de cogitação. Não era familiarizado com qualquer espécie de navegação, mesmo que o autorizassem a utilizar uma das canoas. Ademais, não sabia se teria coragem de se aproximar daquela ilha quando anoitecesse, e a tarde já começava, lentamente, a dar lugar à noite.

Após alguns segundos de silêncio, concluiu:

— Vamos voltar. Pelo jeito, o Eduardo vai ter que passar a noite na ilha, então vamos aguardar até amanhã e procurar alguém que possa nos auxiliar a sair daqui. Não consigo imaginar outra solução.

Paula concordou, sem nada dizer. Alex deu novamente a partida no carro, engatou a ré e manobrou até um trecho onde o caminho era um pouco mais largo, o que permitiu fazer o retorno até São Bento.

Tentaram não se deixar dominar pelo pânico, o que apenas pioraria a situação.

O caminho de volta foi surpreendentemente curto, logo passaram pelos destroços da antiga igreja, que, iluminados pelos faróis, pareciam ainda mais lúgubres.

Estacionou em um local quase oculto, próximo ao que seria o ponto principal da cidade, onde havia o palanque que um dia fora pintado de branco.

Só lhes restava aguardar.

Naquele momento, Eduardo caminhava para o interior da ilha, e uma breve caminhada foi suficiente para constatar que, no interior, a névoa parecia bem menos densa do que em suas margens; ainda existia, mas permitia visualizar o que havia ao redor em um campo bem mais extenso. Árvores e vegetação rasteira ocupavam boa parte do local.

Finalmente, estava na lendária ilha que não possuía qualquer nomenclatura oficial, não passando de pequeno ponto em raros mapas hidrográficos — por incrível que pudesse parecer, sentia-se só e com medo de seguir adiante. Talvez Alex estivesse certo, talvez o mais apropriado fosse denunciar na cidade mais próxima o que lhes havia sido relatado e depois retornar, a fim de terminar a matéria. Haveria um início e um fim, a riqueza de detalhes somente engrandeceria o material.

Mas esse não era seu plano.

Caso retornassem em outra ocasião, perderiam o solstício de inverno e teriam que aguardar até o próximo ano. O dia seguinte era 21 de junho, e, neste dia, a cada ano — segundo o relato de Adonis —, ocorriam fatos estranhos no vilarejo, fatos esses que remontavam aos sacrifícios que haviam sido ordenados pela suposta bruxa, que desejava presenciar após fazer o registro necessário da ilha.

Devia apressar-se e passou a registrar com a câmera fotográfica tudo o que havia ao redor. Melhor seria pecar por excesso, fotografando mais que o necessário e selecionando posteriormente as melhores fotos. Os flashes iluminavam ao redor, fazendo com que percebesse que a noite chegava rapidamente, apesar de passar poucos minutos das 5 horas da tarde.

Aos seus pés, havia uma espécie de trilha de chão batido, conduzindo a algum local — talvez até a cabana onde antes, supostamente, vivera a lendária habitante da ilha.

A ILHA DA BRUXA

Entretanto, o que chamava a atenção eram as árvores e, principalmente, o que nelas havia. Era possível visualizar centenas de objetos pendendo de seus galhos, refletidos e brilhando à luz do pôr-do-sol.

Os objetos que pendiam dos galhos possuíam desagradável semelhança com crianças de colo.

Aproximou-se lentamente, e o silêncio era tamanho a ponto de permitir que ouvisse os próprios passos contra o chão parcialmente coberto de folhas amareladas. Alguns metros adiante, foi possível constatar que os objetos pendurados nos galhos, que balançavam lentamente movidos pela brisa, eram bonecas. Centenas de bonecas conferindo às árvores uma aparência fabulosa de "árvores de crianças", como se dali brotassem todos os bebês do mundo.

Muitas das bonecas eram feitas de pano, várias delas já reduzidas a farrapos pela implacável ação do tempo, outras tantas eram de plástico. O som que emitiam ao se chocarem umas contra as outras era um som oco, remetendo ao som dos sinos de vento feitos com bambus, um som de alguma forma acolhedor e chamativo, quase hipnotizante. Aproximou-se lentamente e sentiu todo o receio se dissipando como que por encanto.

Diante dele estavam as árvores, antigas e imponentes, e as bonecas, que rodopiavam lentamente como se dançassem ao sabor da brisa quase imperceptível, parcamente iluminadas pela luz que se extinguia aos poucos e em breve daria lugar à noite. Sorriam para ele, como se lhes dessem as boas-vindas, convidando-o a ficar ali para sempre, fazendo-lhes companhia naquele lugar solitário.

Podia-se visualizar diversos tipos de sorrisos. Sorrisos tímidos esculpidos no plástico, sorrisos alegres e abertos, de onde apareciam fileiras de dentes pequeninos, sorrisos desenhados no pano, quase já totalmente apagados, e sorrisos costurados com linha vermelha, tão tímidos e discretos que era como se não existissem.

Os olhos também eram variados: azuis, negros, castanhos, verdes. Alguns olhos possuíam cílios, outros não. Era possível encontrar olhos fechados, abertos, e até mesmo órbitas vazias em bonecas cujos olhos haviam desaparecido em algum momento.

Boa parte das bonecas possuía cabelos que pareciam reais, alguns transformados em disformes emaranhados pela ação do sol e da chuva. Outras possuíam imitações de cabelo desenhadas no plástico, ou chumaços de lã costurados no pano.

Da mesma forma, eram as roupas que vestiam. Algumas roupas pareciam novas, outras já reduzidas a trapos desbotados e cobertos de poeira. Várias delas estavam nuas, cujo tecido que as cobria já havia desaparecido com o passar dos anos.

Eduardo as fotografou. Estendeu a mão e quase tocou uma delas, afastando-se antes mesmo de sentir o plástico duro e frio ao toque. Talvez fosse melhor não tocar, até mesmo não se aproximar muito. Os objetos com aparência de crianças pareciam-lhe alguma espécie de oferenda, e, independentemente da religião que se seguisse — ou não seguisse —, deveria ser respeitada. Tocá-las, ao seu ver, seria de certa forma como profanar a imagem sagrada de um santo, algo muito próximo da blasfêmia.

O *flash* da câmera voltou a iluminar o ambiente ao redor por alguns segundos ao ser acionado, e o ruído ecoava em meio ao silêncio. As expressões frias e imóveis das bonecas pareciam mudar ao serem iluminadas pelo clarão do *flash*.

Havia várias árvores, e todas igualmente possuíam bonecas em seus galhos, algumas mais, outras menos. Com o lento cair da noite, perdiam suas cores, tornando-se acinzentadas como gigantescos emaranhados de pó.

A imensidão de sorrisos infantis, agora lentamente ocultos pelas sombras que se alongavam, parecia zombar do novo visitante, advertindo-o de que talvez já fosse tarde demais para retornar.

Devia apressar-se — era o que pareciam dizer —, mas ao mesmo tempo suas inocentes presenças o distraíam, como se o convidassem a ali permanecer para lhes fazer companhia.

Eduardo, empolgado com a série de fotos que tirava, sentiu quase incontrolável desejo de levar uma das bonecas consigo, a fim de apresentar como prova de que aquele local existia, mas imediatamente abandonou a ideia, com um misto de repulsa e vergonha de si próprio. Mesmo que apresentar ao público uma daquelas bonecas originais fosse algo tentador, sabia que nada seria dali retirado. Sentiu vergonha de si ao imaginar aquele ato, uma vergonha semelhante à de ser flagrado fazendo uso de pornografia.

Os olhos mortos das bonecas eram tão zombeteiros quanto seus sorrisos, como os olhos de crianças que planejassem alguma travessura.

Contentou-se com as fotos. Registaria o que tinha diante de si, e nada seria tocado ou retirado do local. No dia seguinte, conferiria o que ocorria no vilarejo durante o solstício, mas agora o momento era de se concentrar no que a ilha tinha a oferecer. Prestou atenção na trilha estreita e começou a segui-la, como que hipnotizado.

A ILHA DA BRUXA

·) ·) ·) ● (· (· (·

Deveria constatar se a cabana ao menos *existia* de fato.

Talvez tudo aquilo fosse algo criado pelos próprios moradores de São Bento para atrair a atenção de visitantes, algo como uma atração turística bastante sensacionalista, um complemento para as histórias absurdas que contavam.

O silêncio era total. Cessado o ruído do operador da máquina fotográfica, tudo o que se ouvia era o som das bonecas chocando-se umas contra as outras e o ruído de grilos, sapos e aves noturnas ao longe, que já começavam suas sinfonias dos finais de tarde.

Não foi necessária uma longa caminhada para que pudesse visualizar a velha cabana, pequena e de aparência estranhamente acolhedora.

Parou e, inicialmente, observou-a a distância. Suas paredes eram feitas com troncos; as portas e janelas, todas fechadas, eram feitas com tábuas grossas e sem qualquer pintura. No teto, também de madeira, despontava uma chaminé construída com pedras e barro.

Não era o local decrépito que imaginava encontrar, mas, sim, uma cabana com a aparência forte de que aguentaria mais algumas tempestades.

Caminhou lentamente em sua direção, aproximando-se da porta e das janelas, a fim de tentar ouvir algum som em seu interior, mas tudo o que havia era o total silêncio.

Fotografou sua fachada sob vários ângulos. Fez uma rápida *selfie* em vídeo com a câmera do celular, mostrando o local onde estava e relatando brevemente as histórias que havia ouvido dos moradores. Falava baixo, como se alguém no interior da cabana pudesse ouvi-lo.

Tiradas as fotos e feito o vídeo, chegava o momento de retornar. De repente, teve a incômoda sensação de que talvez Alex estivesse certo, talvez tivesse ido longe demais chegando até ali e visualizando algo que devesse permanecer oculto.

De repente, não havia mais o ruído das cigarras, nem o coaxar de sapos ou o canto de aves; nem mesmo o farfalhar das folhas das árvores.

Em meio ao silêncio foi possível constatar alguns ruídos no interior da cabana, como se alguém cantasse uma canção sem palavras, apenas sons e murmúrios sem sentido, formando um ritmo musical que reconheceu como o de uma velha canção infantil para ninar crianças. Ao mesmo tempo, foi possível visualizar fraca claridade que surgia de lá de dentro, revelando-se pelas estreitas frestas entre os troncos que formavam suas paredes; uma claridade que poderia provir de fogo aceso com o fim de aquecer a morada diante da temperatura que caía.

·) ·)   235   (· (·

De algum modo, sabia quem estava lá dentro, cantando e com o fogo aceso como se almejasse criar um ambiente aconchegante para visitas.

Sabia que era ela, mesmo sendo algo impossível dentro de qualquer perspectiva racional. Afinal, ninguém vive durante tanto tempo. Ao menos, nenhum ser *mortal* viveria durante tanto tempo.

Respirou fundo e tentou manter a racionalidade. Era certo que havia alguém no interior daquela moradia, mas podia ser qualquer pessoa. Todas as histórias que ouviram talvez não passassem de uma maneira de manter as crianças afastadas do rio e da ilha.

As bonecas penduradas nos galhos? Ora, o que poderia haver de errado nisso? Seguir adiante seria uma possibilidade de desmentir todas as histórias que aquela gente estranha contava.

Muniu-se de coragem e já ia bater na porta, quando, por acaso, visualizou a estaca a alguns metros, quase oculta pelas sombras e cravada no chão ao lado da cabana, como um totem. Viu também o adorno macabro que havia em sua ponta, tão liso e claro como se houvesse sido lavado, destacando-se na penumbra.

A mandíbula inferior não mais existia, mas a mandíbula superior guardava alguns dentes que ainda restavam, sobrevivendo ao passar dos anos e às intempéries. As órbitas vazias pareciam de algum modo encarar o forasteiro que havia chegado.

O crânio descarnado do padre Escudero parecia convidá-lo a lhe fazer companhia.

Pela primeira vez, Eduardo se deu conta de que possuía coragem, não sendo mais aquele moleque medroso que corria da escola praticamente todos os dias, a fim de não apanhar dos valentões. Não sentiu medo do que tinha diante de si, e tudo o que desejou foi seguir adiante.

Aproximou-se mais alguns passos e deteve-se diante da estaca. Aquela parte da história narrada por Vicente era real; o crânio do padre, ainda espetado na ponta da estaca, comprovava sua veracidade.

Alguns metros adiante, havia a pedra comprida e lisa sobre o chão, em posição horizontal, como se fosse uma cama, remetendo a velhos altares destinados a sacrifícios.

Próximo à pedra, estava o remanescente do que havia sido uma grande árvore, agora reduzida a um tronco largo com a superfície tão lisa quanto a pedra.

Visualizou marcas retas e finas sobre a superfície do tronco, como se alguma lâmina houvesse sido cravada ali por diversas vezes, talvez seccionando pescoços e separando cabeças de seus respectivos corpos. Talvez esquartejando crianças — quem poderia saber? Passou lentamente os dedos sobre aquelas marcas, e foi possível sentir sua profundidade. Golpes fortes, feitos com algum objeto pesado e afiado, haviam marcado para sempre o tronco.

Quanto à cabana, concluiu que o melhor a fazer seria não seguir adiante. Talvez já houvesse chegado longe demais, e aquela decisão não era uma mera questão de medo ou do que poderia descobrir caso prosseguisse, mas uma questão de respeito, de consciência de que determinados acontecimentos devem permanecer ocultos.

Estranhamente, não sentiu qualquer desejo em fotografar ou filmar a estaca com o crânio em sua ponta, ou mesmo a pedra e o tronco que faziam lembrar locais de sacrifícios. De repente, não havia mais sentido em publicar a matéria apresentando o vilarejo, a ilha, ou, principalmente, relatando os acontecimentos que ali ocorriam há décadas. Seria como se envolver em segredos de família, o que representaria, no mínimo, um desrespeito com os moradores e, até mesmo, com a história daquele local.

A matéria seria um sucesso, mas decidiu deixar tudo aquilo para trás. A matéria sobre a Ilha da Bruxa morria naquele momento.

Tomada a decisão, devia apressar-se. Escurecia. E se o pescador o deixasse para trás, teria de passar a noite na ilha, o que não era uma perspectiva agradável.

Deu meia-volta e iniciou a caminhada até o local onde havia desembarcado. Percebeu que caminhava um pouco mais depressa que o necessário, talvez com o desejo inconsciente de partir o mais depressa possível. Tentou seguir a mesma trilha por onde havia caminhado anteriormente, mas ela havia desaparecido, coberta pela vegetação rasteira que parecia haver de alguma forma *crescido* sobre a trilha durante curto espaço de tempo.

Buscou visualmente o local por onde havia caminhado, tentando prestar atenção em pontos de referência como árvores e pedras, mas o caminho que havia seguido parecia diferente do que havia sido antes. Qualquer ponto de referência que existisse anteriormente não se encontrava mais visível, fazendo com que não parecesse o mesmo local. Quis acreditar que era a penumbra que tornava tudo diferente.

Continuou caminhando, afinal a margem do rio não estava longe. Ao chegar lá, conseguiria encontrar o pescador e a canoa, que — ainda acreditava — o aguardavam.

O que mais impressionava era o fato de as árvores ao redor parecerem mais próximas umas das outras, como se, aos poucos, fechassem um círculo. Com o avançar das sombras, pareciam ainda mais cinzentas e ameaçadoras do que simples árvores deveriam parecer.

Tentava seguir em linha reta, a fim de não caminhar em círculos pela mata fechada, mas tinha de se desviar constantemente das árvores que havia no caminho. Finalmente, após algum tempo de busca, visualizou o rio e chegou a local semelhante àquele onde havia desembarcado.

Tudo o que encontrou, entretanto, foi o vazio e suas pegadas na areia molhada. Utilizou a lanterna para melhor visualizar os arredores, visualizando as pegadas que havia deixado na areia quando desceu da canoa. Não havia dúvida de que o lugar era aquele, entretanto o que faltava no cenário eram a canoa e o pescador, os quais haviam partido antes do combinado.

— Aquele filho da puta — murmurou para si mesmo.

Fitou o vazio, a água e as pegadas. As águas do Angûera pareciam tão mansas, que davam a falsa impressão de ser possível caminhar sobre elas.

O momento era de manter a calma, não cedendo espaço ao garoto medroso que sempre havia sido. Deveria encarar de maneira racional as alternativas, mantendo a mente ocupada, a fim de não entrar em pânico. Respirou fundo e analisou o que tinha diante de si. A situação em que se encontrava era a seguinte: estava só naquele lugar, e não havia, ao menos naquele momento, qualquer meio de transporte para cruzar o rio. Sendo assim, o que poderia fazer?

Alguém viria buscá-lo quando o dia amanhecesse, afinal os amigos haviam ficado no vilarejo e exigiriam que alguém o buscasse. Era o que esperava.

Imaginou outras soluções. Uma delas seria retornar a nado, solução esta prontamente descartada. Não sabia nadar, e mesmo que o soubesse, haveria perigos como redemoinhos ocultos e, ainda mais preocupante, a questão da baixa temperatura da água, o que colaboraria para que o corpo não resistisse durante muito tempo, até ser acometido de hipotermia, cãibras e, finalmente, afundar como um tijolo antes mesmo de chegar à metade do caminho.

Entrar na água estava, portanto, fora de cogitação.

Respirou fundo novamente, para levar oxigênio ao cérebro — havia lido em algum lugar que oxigenar o cérebro era essencial em momentos como aquele —, analisando outras saídas e chegando à conclusão de que a única alternativa seria aguardar o amanhecer, torcendo para que alguém viesse logo pela manhã em sua busca. Caso houvesse sinal de internet naquele lugar, poderia, ao menos, fazer uma *live* com o celular, informando aos seguidores a situação em que se encontrava. Muitos, naturalmente, não dariam importância, imaginando ser apenas mais um *bait* para atrair visualizações e *likes*; outros, entretanto, talvez levassem a situação a sério.

Mas era outra hipótese a se descartar. O celular não possuía sinal de internet ou telefone, e, além disso, a bateria já estava quase que totalmente descarregada.

Tudo o que precisava era manter-se distante da cabana, não por medo, mas por uma estranha reverência. Sua sensação era a de ser um intruso, o que realmente era, afinal não havia sido convidado; havia agido por impulso e se dirigido àquele local por motivos que não poderiam ser classificados como nobres. O que o levou até ali foi o desejo de fazer sucesso com algo que não devia ser perturbado.

Focou nas necessidades imediatas: encontrar um local para passar a noite e, ao mesmo tempo, se proteger do frio. A temperatura caía na medida em que a noite avançava, e as roupas que vestia, embora quentes, não eram apropriadas para o relento. Iluminou com a lanterna o caminho, a fim de localizar alguma espécie de clareira, ou qualquer lugar onde pudesse acender fogo para se aquecer e manter distante algum animal que pudesse surgir, apesar do frio. A presença de cobras no meio daquela mata úmida era algo mais que provável, e são as cobras peçonhentas as que dão seus passeios durante a noite.

Caminhou durante alguns minutos, distanciando-se da cabana. Logo localizou um trecho onde predominava a vegetação rasteira e as árvores se encontravam afastadas, permitindo que se visualizasse o céu e a lua cheia, que, em alguns momentos, era oculta por nuvens e deixava a ilha quase em total escuridão.

Revirou a mochila, torcendo para que não houvesse esquecido do isqueiro. Localizou-o, aliviado e, em seguida, apanhou alguns gravetos — os mais secos que conseguiu encontrar.

Jamais havia sido escoteiro, ou mesmo acampado. Todo o conhecimento que possuía acerca de fogueiras e como acendê-las era meramente teórico; uniu os gravetos, formando uma espécie de pirâmide, e acendeu-os com alguma dificuldade, após diversas tentativas frustradas. A madeira se encontrava úmida, mas, por fim, acendeu, proporcionando o calor e a luminosidade de que necessitava.

Sentou-se próximo à pequena fogueira, sentindo orgulho de seu trabalho. Aos poucos, tornava-se independente. Estendeu as palmas das mãos para bem próximo das labaredas, possibilitando que o calor o relaxasse um pouco.

Ainda havia um pacote fechado de salgadinhos industrializados, uma garrafa com suco de laranja e uma barra de chocolate em sua mochila, o suficiente para dividir em três, caso os amigos estivessem ali. Percebeu, entretanto, que não sentia a menor fome; a sensação de vazio que parecia vir do estômago tinha mais similaridade com o medo.

E se realmente houvesse alguém na cabana? Alguém que não ficasse em nada satisfeito com sua presença? Afinal, havia sido advertido de que aquele não era um local para visitas — o crânio espetado na estaca próxima à cabana pertencia a alguém que, como ele, também havia comparecido ao local sem ser convidado.

Tudo o que desejava era não ser percebido e que a noite e a madrugada passassem depressa. Atirou um graveto na fogueira e observou-o ser consumido pelo fogo. Tinha calor e alguma comida; desse modo, sobreviveria até o dia seguinte — desde que não denunciasse sua presença.

Bebeu um gole do suco de laranja e, finalmente, entregou-se à exaustão.

A clareira onde estava possuía um raio de mais ou menos cinco metros. Instalou-se no centro, a fim de não ficar muito próximo das árvores e, sobretudo, das bonecas que as enfeitavam e pareciam vigiá-lo como se fossem guardiões. A luminosidade e o crepitar da fogueira poderiam denunciá-lo, caso houvesse realmente alguém nas proximidades, mas não havia outro modo de obter calor.

Não havia tantas bonecas penduradas em seus galhos quanto nos galhos das árvores mais próximas da cabana, mas ainda assim existiam, mantendo nas árvores a aparência assustadora que fazia com que desejasse manter distância — talvez a escuridão tivesse o efeito de tornar tudo assustador naquele lugar.

Recostou a cabeça sobre a mochila e passou a observar a lua, que, por instantes, se escondia atrás das nuvens. Não havia estrelas no céu, por isso não conseguia localizar quaisquer constelações. Adormeceu enquanto procurava estrelas, e seu sono foi agitado; ao mesmo tempo que precisava descansar o corpo, desejava manter-se alerta.

Abriu os olhos durante a madrugada e conseguiu visualizar o horário em seu relógio de pulso, auxiliado pelo fraco brilho que a fogueira ainda emitia — quase toda a madeira transformada em brasas mornas.

A ILHA DA BRUXA

·) ·) ·) ·● ·(·(·(

Faltavam poucos minutos para as três horas. Tinha ainda algumas horas pela frente antes do amanhecer.

Percebeu que o que o havia despertado era o frio, que começava a tomar conta do local em virtude da ausência de fogo intenso. Seus dentes começaram a bater, afinal um de seus maiores medos era o de morrer de frio. Em uma discussão em um dos vários *casts* de que havia participado, abordaram acerca dos diferentes tipos de morte e sobre quais seriam os mais terríveis. Houve um consenso de que o pior modo de se morrer seria por meio do empalamento, seguido pela morte pelo frio e morte pelo fogo, praticamente empatadas.

Sentia-se com sorte por haver despertado. Poderia morrer durante o sono em decorrência da baixa temperatura.

Atirou mais gravetos e galhos sobre as brasas já quase apagadas. O fogo reacendeu com força, e jamais o simples calor havia lhe parecido tão seguro e bem-vindo.

O frio que sentia desapareceu em pouco tempo. Aproximou-se da fogueira a ponto de começar a suar devido à proximidade do calor. Recostou novamente a cabeça sobre a mochila e olhou para o céu.

As nuvens haviam desaparecido, e a lua voltara a brilhar intensamente. Até mesmo algumas estrelas surgiam.

Sobressaltou-se e olhou para os lados. A clareira parecia menor, com as árvores muito mais próximas do centro onde se encontrava e onde ardia a fogueira. O que anteriormente possuía um raio de aproximadamente cinco metros de diâmetro parecia agora reduzido a menos de três metros.

As chamas tremulantes faziam com que as sombras parecessem dançar alguma dança pagã. Percebeu assustado que não se tratava de mera impressão ou ilusão de óptica; de fato, as árvores estavam mais próximas, como se estivessem aproximando-se lenta e silenciosamente, a fim de apanhá-lo de surpresa.

Percebeu, também, que não eram as sombras que pareciam dançar, mas, sim, as próprias árvores que o cercavam.

Como se fosse *possível*.

E o mais amedrontador era o silêncio. Apenas o vento contra as folhas, o ruído baixo e oco produzido pelo chocar das bonecas umas contra as outras e o crepitar da madeira no fogo, estalando eventualmente.

·) ·) 241 ·(·(

Sentou-se, consciente de que não conseguiria mais dormir. Passou a observar as árvores ao redor como se o simples fato de as observar impedisse-as de adentrar a clareira. Porém, as sombras provindas do fogo não permitiam que tivesse uma visão precisa do que havia por perto. Tinha a impressão de que avançavam devagar e de forma quase imperceptível.

Mantinha-se imóvel, observando as bonecas a balançar lentamente sob os galhos em que estavam suspensas, como se tentassem por vontade própria livrar-se das amarras que as mantinham presas. Encontravam-se todas com idêntica tonalidade alaranjada devido ao reflexo das chamas.

O ritmo do balanço — que parecia uma dança lenta — começou a se tornar mais ágil, e as chamas da fogueira começaram a ficar mais fortes, atiçadas pelo vento que surgia de repente.

Era o início de forte ventania. O vento assobiava ruidosamente, fazendo com que as folhas caídas voassem como se estivesse no olho de um furacão. Um trovão ecoou no céu e foi seguido por um raio que iluminou a ilha durante uma breve fração de segundos, depois mais um trovão que fez com que o solo tremesse.

Durante o breve clarão gerado pelo raio, visualizou dezenas de pessoas nuas ao lado das árvores que o cercavam. Homens e mulheres completamente nus, alguns brilhando à luz da lua como se estivessem embebidos em óleo, imóveis como se fossem os protetores das árvores e das bonecas que nelas havia. Em seguida, a ilha voltou à escuridão, e as criaturas, fossem o que fossem, desapareceram como que engolidas pela noite.

A chuva não tardou a cair. Grossas gotas começaram a castigar a ilha, atingindo-o duramente. O fogo chiou durante poucos instantes e finalmente sucumbiu à chuva torrencial.

As árvores pareciam aproximar-se mais durante a tempestade, como se fossem engoli-lo, fazendo com que passasse a fazer parte da ilha, eternamente. O vento soprava e uivava de modo feroz.

Seus medos anteriores se tornaram pequenos, insignificantes. O que havia era algo maior, real e que aos poucos se revelava diante dele, algo que parecia alimentar-se de seus maiores temores; sabia que era tarde demais, e tudo o que restava era a esperança de fuga, mesmo sabendo que seria impossível fugir enquanto fosse noite. O desejo de abandonar aquele lugar e a promessa de jamais mencioná-lo novamente, a fim de não o tornar real, eram tudo o que lhe restava.

Os galhos e as bonecas balançavam ao vento. O brilho dos raios permitia que rapidamente visualizasse as pessoas nuas, como a vigiá-lo. Entretanto, ao direcionar o facho da lanterna aos locais onde elas deveriam estar, nada era revelado, apenas o vazio e a chuva que formava verdadeira cortina de água gelada.

Devia buscar um abrigo onde pudesse aguardar o cessar da chuva, tão intensa que trazia consigo a certeza de que morreria afogado, caso não fugisse. Talvez uma enxurrada o arrastasse até o rio, revolto durante a tempestade, e este seria o seu fim, havendo probabilidade de nem mesmo seu cadáver ser localizado.

Seguiu a trilha estreita que se destacava à luz da lanterna, fora da vegetação rasteira que parecia mais densa. A trilha, transformada em barro escorregadio, era o único ponto de referência que possuía, a fim de seguir algum caminho debaixo da chuva que o açoitava; caso contrário, caminharia às cegas. A chuva o impossibilitava de olhar para a frente, molhando as lentes de seus óculos e ferindo seus olhos como que de maneira proposital, castigando-o pela intromissão.

O facho da lanterna demonstrava-se de pouca utilidade, e, em determinado momento, pisou em falso, caindo de bruços sobre a lama e sendo levado pelas águas por vários metros até conseguir se agarrar em uma moita de folhagens rasteiras antes de ser arrastado até o rio. Durante os breves instantes, ouviu um grito de pavor, que, somente depois, constatou ser seu próprio grito.

Levantou-se com dificuldade, pois as grossas gotas de chuva e o vento praticamente o mantinham preso ao chão. Quando conseguiu, enfim, colocar-se em pé, não visualizou mais nada à sua frente; a intensidade da chuva havia aumentado, tornando impossível visualizar mais que poucos centímetros adiante. Tentou manter a calma. A tempestade não duraria para sempre — nenhuma tempestade dura para sempre —, portanto tudo o que tinha a fazer era manter a calma e aguardar em algum local onde pudesse proteger-se.

Temia abrigar-se debaixo das árvores. As lições que havia recebido no colégio não haviam sido esquecidas. Lembrava-se que as árvores eram grandes atrativos para os raios. Seria irônico morrer eletrocutado enquanto tentava não ser levado pelas águas da tempestade, mas não possuía qualquer outra alternativa senão correr o risco.

A água em excesso, que havia se transformado em enxurrada, chegava aos seus joelhos. Seus pés afundavam na lama, à medida que caminhava, e eram com custo retirados sem que os tênis fossem arrancados e ficassem para trás, atolados na lama. Se a intensidade da chuva aumentasse, haveria a formação de correntezas que desceriam das partes mais elevadas da pequena ilha e arrastariam tudo o que estivesse em seu caminho, desaguando no rio. Ele estaria no caminho e, desta vez, não seria poupado.

Seria seu fim, pois nunca havia aprendido a nadar — segredo este desconhecido pela maioria das pessoas que lhe eram próximas. Havia tentado quando criança, mas um quase afogamento o havia traumatizado de tal maneira que nunca mais se interessou em natação.

Arrependeu-se de não haver insistido um pouco mais. Estava diante de uma situação em que saber nadar poderia fazer toda a diferença entre viver ou morrer.

Abraçou o tronco de uma árvore e ali permaneceu com a cabeça baixa, enquanto a água caía sobre seu corpo, castigando-o como verdadeiro chicote, a intensidade do impacto atravessavando suas roupas e ferindo sua pele. Um trovão ecoou muito próximo, e ele sentiu o chão novamente estremecer.

Tentou acender a lanterna, mas ela já falhava devido à quantidade de água que havia absorvido. Apesar de a mochila ser confeccionada com material supostamente impermeável, não tinha certeza de que as câmeras e gravadores resistiriam, afinal o material havia sido feito para resistir a fenômenos naturais comuns, e o que caía do céu mais parecia uma demonstração do que havia sido o dilúvio.

A chuva parecia aumentar de intensidade quando avistou, ao longe, uma fraca luz.

— A cabana.

Era a velha cabana que parecia ressurgir, ainda com alguma luz emanando de suas frestas, como que o convidando para entrar e compartilhar de seu calor e conforto pelo tempo que fosse necessário, ou mesmo para sempre.

Seguiu adiante em sua direção, não com a intenção de buscar abrigo, mas se aproveitando da luz que dali provinha para seguir em determinada direção.

À medida que se aproximava da luz, a tempestade se tornava mais violenta. A chuva fustigava seu rosto de forma dolorosa, e os trovões ecoavam ainda mais forte. O vento aumentava de intensidade, tornando quase impossível prosseguir sem correr o risco de ser atirado às águas do rio. Deste modo, nada havia a ser feito, exceto entrar naquela morada, a fim de buscar segurança.

O que seria pior? A tempestade ou a cabana? A tempestade, que poderia arrastá-lo até o rio, conduzindo-o à morte certa, ou a cabana, que trazia consigo o desconhecido, mas que poderia representar abrigo e até mesmo salvação? Ao se aproximar, percebeu que a estaca com o crânio permanecia incólume, mesmo castigada pela tempestade que não cessava. Era como se fizesse parte daquele cenário, como se tudo fosse uma pintura que sempre estivera ali. O crânio apenas balançava lentamente ao sabor das gotas de chuva que o atingiam, parecendo algo vivo.

Aproximou-se devagar.

Percebeu que a porta se encontrava entreaberta.

No vilarejo, Alex e Paula se encontravam abrigados no interior do carro; a chuva intensa impossibilitando enxergar através dos vidros embaçados. Alex limpava o para-brisa com um pano que trazia sempre no porta-luvas, a fim de tentar enxergar algo, mas a escuridão completa e a chuva intensa impossibilitavam que visualizassem o que quer que estivesse do lado de fora.

— Tenta ficar calmo — disse Paula.

Como ficar calmo? Seu melhor amigo se encontrava em uma ilha cheia de histórias absurdas e debaixo de uma tempestade como nunca havia visto parecida. Devia ter insistido mais, ou ao menos deveria tê-lo acompanhado.

Paula tocou seu ombro. Ele baixou a cabeça e murmurou:

— Eu não devia ter deixado ele ir sozinho.

O som das gotas martelando vidros e lataria do carro fizeram com que sua frase quase não fosse ouvida, mas de algum modo Paula compreendeu.

— Não fica assim, você tentou. E o Eduardo é inteligente, vai conseguir se proteger durante a chuva. Amanhã cedo, se ninguém for buscá-lo, nós mesmos vamos até lá — tenho certeza de que vamos conseguir remar até a ilha.

Alex tentava acreditar que as coisas seriam simples assim, mas, ao mesmo tempo, sabia que nada mais seria como antes.

O pior de tudo era a sensação de completa impotência, o nada poder fazer senão esperar.

A namorada aconchegou a cabeça em seu ombro enquanto, do lado de fora, a chuva prosseguia.

XII

Do vão da porta da velha cabana provinha uma luz fraca. Eduardo empurrou lentamente a porta e entrou, fechando-a em seguida e deixando lá fora toda a chuva, o vento e o frio. Surpreendeu-se com o ambiente, não pelo que ele representava, mas, sim, pelo que *não* representava; nada havia no interior daquela humilde morada que remetesse ao horror. O local fechado abafava o som da tempestade e mantinha o frio e a chuva do lado de fora. Estava parcialmente iluminado pelo fogo que provinha de um fogão a lenha, tornando o local iluminado e aquecido.

Apesar do fogo recém-aceso, não havia ninguém, mas era óbvio que o fogo não havia acendido sozinho — uma constatação que em nada importava, afinal estava diante de tudo o que precisava no momento: um local seco e aquecido.

Colocou-se diante do fogo para desfrutar de seu calor e secar as roupas molhadas. Verificou a mochila e constatou que todo o material se encontrava seco. Quase um milagre. Sorriu ao imaginar uma propaganda daquela mochila: *Você pode não sobreviver à tempestade, mas o que estiver dentro da mochila, sim!*

Talvez devesse deixar o canal de terror de lado e seguir a carreira de publicitário, seria menos assustador.

Havia uma velha mesa de madeira no centro da cabana, com um lampião aceso sobre ela e duas cadeiras ao redor. Em um canto, havia uma cama estreita, encostada na parede, a ausência de colchão denunciando seu desconforto. Do outro lado, um armário de madeira semelhante aos armários antigos que se utilizava para guardar alimentos. Ao lado do armário, um balde de metal velho e levemente amassado.

O chão era de terra batida e seca; o conjunto formava, em seu todo, um ambiente aconchegante e simples.

Surpreendeu-se com o fato de que nem uma única gota de chuva entrava pelo teto rústico; era como se houvesse sido vedado com piche. Acomodava-se junto do fogão a lenha quando ouviu alguém bater à porta.

Encolheu-se assustado. Talvez fosse impressão, pensava consigo, quando uma nova série de batidas espaçadas e ritmadas soou de novo, desta vez, parecendo um pouco mais impacientes.

Sorriu diante do receio ao ouvir as batidas do lado de fora. Obviamente se tratava de alguém que vinha buscá-lo; ao perceberem que o pescador havia retornado sozinho, Paula e Alex provavelmente haviam exigido que alguém voltasse até a ilha, a fim de trazê-lo de volta. Mas àquela hora e com toda aquela chuva e escuridão?

Bem, pouco importava. O que importava de fato era sair dali.

Abriu a porta e deparou-se, surpreso, com uma mulher e um homem desconhecidos diante de si, ambos enfiados em uma espécie de manto branco com capuz, o qual quase ocultava seus rostos.

A mulher sorria, estendendo-lhe a mão.

— Hoje é o dia do sabá. E você é o nosso convidado.

Percebeu que a chuva havia cessado por completo, de tal forma que era como se não houvesse chovido. As únicas provas eram a terra úmida e as gotas de água que pingavam das folhas das árvores e da vegetação. A noite, entretanto, voltara a ser de uma claridade que dispensava até mesmo o uso da lanterna.

Não compreendia, porém, a razão de aquele casal se encontrar diante da porta.

— Não fui convidado — disse, em uma espécie de *mea culpa*. — Eu invadi a ilha.

O casal se entreolhou e sorriu. A mão da mulher continuava estendida.

— Um convite pode ser feito de diversas formas.

Segurou a mão da mulher, a qual era surpreendentemente quente ao toque, e saiu da cabana, deixando para trás sua mochila com todo o material filmado e fotografado.

A noite parecia não ser a mesma de minutos atrás, encontrando-se quente e agradável, a ponto de que se sentisse obrigado a perguntar:

A ILHA DA BRUXA

·) ·) ·) ·● ·((·(·

— Vocês viram a chuva?

O homem sorriu e respondeu:

— Deste lado, *ela* controla os quatro elementos, e a água é apenas um deles.

Quem seria "ela"? Estaria se referindo à mulher que o acompanhava? Ou talvez àquela que seria a dona da cabana e até mesmo de toda a ilha, tanto que o local levava consigo sua alcunha ao ser chamado "Ilha da Bruxa"?

Caminharam pela noite agradável em direção a um local de onde emanava bastante luminosidade, como se houvesse tochas acesas cumprindo tal função. Durante a caminhada, Eduardo conseguiu visualizar as árvores que, momentos antes, possuíam diversas bonecas penduradas em seus galhos, como verdadeiro exército de enforcados.

Os galhos, entretanto, se encontravam vazios, despidos de qualquer boneca.

A fim de se certificar de que não estava tendo visões, perguntou:

— Havia bonecas nos galhos.

A pergunta soou como uma afirmação, afinal ele *sabia* o que havia visto anteriormente. A mulher, que o conduzia sem soltar sua mão, respondeu:

— Elas ficaram do outro lado.

Calou-se.

Não tardou para chegarem ao local de onde vinha a luminosidade, e Eduardo comprovou que, de fato, toda aquela luz provinha de várias tochas acesas que iluminavam uma clareira. Estavam próximos da cabana. Ali estava a pedra lisa e com semelhança a um altar de sacrifício, vazia como se aguardasse alguém.

Na clareira, várias pessoas nuas, homens e mulheres de diferentes idades, entoando cânticos e executando movimentos que poderiam ser os passos de alguma dança secular.

A mulher o segurou pelo rosto, virando-o delicadamente para uma determinada direção, como se tentasse desviar seu olhar das pessoas que dançavam nuas.

Ali estava, quase no centro da clareira, a coisa sentada em uma espécie de trono. De sua coroa negra, parecia emanar uma espécie de luz que supe-

·) ·)   249   (·(·

rava todas as tochas acesas em intensidade, mas um olhar mais aprofundado demonstrou que a luz provinha de um terceiro chifre da criatura.

Os olhos em seu rosto caprino eram extremamente grandes e observavam-no com um misto de surpresa e superioridade. Sua cor era tão negra quanto a noite.

Ao seu lado, uma mulher nua. Os cabelos revoltos e vermelhos como o fogo chegavam à metade das costas. A pele, muito branca e lambuzada com alguma espécie de substância gordurosa, brilhava à luz das tochas, contrastando com a cor da criatura sentada. Ela sorria para Eduardo, e seus lábios eram vermelhos como se houvessem sido pintados com sangue.

Seria ela a mulher de quem tanto se falava? Impossível. A mulher diante de si deveria estar no início da casa dos 30 anos de idade, isso se não fosse ainda mais jovem.

O corpo era de extrema perfeição, todas as curvas tão perfeitas que pareciam cuidadosamente esculpidas.

Embora Eduardo fosse bastante tímido em matéria de questões sexuais, envergonhando-se e evitando até mesmo assistir a vídeos pornográficos em seu computador, não conseguia desviar o olhar de toda aquela perfeição e exuberância que tinha diante de si. Os pelos púbicos da mesma cor dos cabelos, os seios fartos e firmes.

Desviou o olhar e percebeu que as demais pessoas haviam cessado suas danças e os murmúrios que remetiam a cânticos pagãos. O casal que o havia conduzido até o local adiantou-se para junto das outras pessoas, após deixarem seus mantos cair, revelando sua nudez.

A mulher de cabelos vermelhos apontou-lhe o dedo indicador, movendo-o em um gesto para que viesse até ela, enquanto a criatura permanecia sentada, seus olhos horrendos o observando como se o vigiasse, inibindo qualquer tentativa de fuga.

O silêncio reinou no local, o que fez com que Eduardo não soubesse que atitude tomar a seguir. Continuar ali? Retornar à cabana?

Fugir seria o mais indicado, mas, de algum modo, não desejava fazê-lo, desejava assistir a todo o desenrolar daquele sabá até o final. Tinha diante de si uma oportunidade única e lamentava apenas ter deixado o material fotográfico e de filmagem na cabana.

— Venha saudá-lo — ordenou a mulher de cabelos vermelhos.

A ILHA DA BRUXA

·) ·) ·) ·● ·(·(·(

Afastou-se alguns passos. Não desejava aproximar-se da criatura cujo terceiro chifre brilhava de modo a quase cegá-lo.

Escutou batidas fortes atrás de si, uma, duas, várias pancadas. Voltou-se e viu que se tratava de uma das mulheres nuas que faziam parte do grupo. Batia com uma espécie de bastão de madeira na pedra que lembrava um altar de sacrifícios; tratava-se do bastão cerimonial, e suas batidas visavam ao chamamento de demônios para que se unissem ao sabá.

Ele percebeu sombras surgindo como fumaça em meio à luz das tochas. As pessoas nuas começaram a se aproximar dele lentamente.

— Venha saudá-lo — repetiu a mulher.

A criatura se levantou do trono em que estava sentada e chamou Eduardo com um movimento de suas estranhas mãos, o que fez com que ele recordasse os gestos de Bela Lugosi em sua interpretação de Drácula.

Em pé, atingia altura superior à da mulher de cabelos vermelhos, embora possuísse a postura curvada, como seria a postura de um quadrúpede caminhando somente com as patas traseiras.

Era hora de fugir. Antes que as pessoas se aproximassem mais, começou a correr em direção à floresta. Atrás de si, ouvia os passos dos participantes do sabá, e os cânticos que entoavam — *emen-hetan, emen-hetan* — e algumas risadas que sobressaíam em meio aos cânticos. Seu pavor e sua fuga pareciam provocar risos.

De repente, todo o seu equipamento deixado na cabana parecia não possuir mais qualquer valor ou importância, pois tudo o que queria era fugir. Se preciso, faria até mesmo um pacto: jamais comentaria com quem quer que fosse acerca do que havia visto ou ouvido. Se preciso fosse, desativaria seu canal "Casa da Dor", mas tudo o que queria, tudo o que *precisava,* era sair dali.

Por mais que corresse e se embrenhasse na mata, ainda assim era possível ouvir atrás de si os passos de pés descalços sobre as folhas caídas, os sons muito próximos, como se pudesse ser apanhado no instante seguinte. Somado aos cânticos e aos risos que prosseguiam, as pancadas com o bastão cerimonial continuavam, tão próximas que era como se fossem desferidas ao seu lado.

Correu até chegar a determinado ponto onde era impossível prosseguir devido à quantidade imensa de árvores que haviam crescido muito próximas umas das outras, formando verdadeira muralha. Tentou retornar e percebeu, com horror, que todos os caminhos se fechavam com a vegetação, não mais havendo a possibilidade de prosseguir ou retornar.

Voltou-se para os lados e percebeu que o círculo intransponível de árvores parecia aproximar-se, chegando tão próximo que, mesmo com a fraca iluminação da lua, era possível visualizar rostos atormentados em seus troncos, como se estes representassem prisões eternas àqueles que, assim como Eduardo, se atreveram a invadir aquele domínio.

Os rostos pareciam esculpidos nos troncos, mas suas bocas se abriam e fechavam em gritos mudos de desespero.

A última coisa que percebeu antes de ser tragado pelas árvores foi que dois dos rostos que faziam parte dos troncos possuíam perturbadora semelhança com os rostos dos jovens desaparecidos, cujas fotos haviam visto no mural da padaria apenas algumas horas atrás.

Eduardo gritou por socorro, mas, além da ilha, ninguém ouviu seu apelo.

O FINAL

    O dia finalmente surgiu, deixando para trás, aos poucos, a escuridão da noite que o antecedeu.

    Após a chuva que castigara o vilarejo, era possível constatar que em breve o sol apareceria com força, se não aquecendo o suficiente, ao menos iluminando São Bento em um céu claro e sem nuvens.

    Pouco antes das 6 horas da manhã, algumas pessoas — homens e mulheres — surgiram diante do palanque a poucos metros do local onde o carro de Alex encontrava-se estacionado. As pessoas os ignoraram, afinal tinham trabalho a fazer; traziam consigo, no interior de velhas caixas de papelão, várias bandeirinhas semelhantes às usadas em quermesses. O papel em que eram confeccionadas, apesar de colorido, encontrava-se bastante desbotado, dando uma aparência de velhice e tristeza ao invés de cumprir a função de animar o ambiente; além disso, a maior parte dos enfeites encontrava-se extremamente gasta, algumas já em frangalhos.

    Alguns lampiões acesos iluminavam fracamente o local, tornando-se aos poucos desnecessários.

    Alex abriu os olhos. Mal dormira durante a madrugada, o sono constantemente interrompido por pesadelos. Olhou para o lado e constatou que Paula dormia no banco do passageiro.

    Decidiu não a acordar por enquanto.

    Passou novamente o pano na parte interna do para-brisa, a fim de desembaçá-lo, o que possibilitou melhor visualizar as pessoas pendurando as bandeirinhas em cordas finas e longas que cruzavam o palanque de madeira. Uma das cordas arrebentou e foi prontamente consertada por um dos homens presentes, unindo suas pontas com um nó. Parecia que nada podia ser desperdiçado.

Percebeu os lampiões ainda acesos e que aos poucos não possuíam mais utilidade diante da luminosidade do dia que avançava. Imaginou qual o combustível utilizado para manter os lampiões acesos — talvez óleo de milho ou mesmo óleo de peixe.

"O que estão fazendo?" — pensou consigo.

O sol aparecia lentamente, e com ele surgiam também várias outras pessoas, algumas delas já conhecidas do dia anterior. Jofre amarrava uma ponta da corda em um velho poste, dona Iara chegou logo em seguida, acompanhada do marido Vicente, magro e caminhando lentamente com o auxílio de uma bengala; um chapéu surrado na cabeça dava-lhe a aparência de um velho espantalho.

Esperaria mais um pouco e pediria ajuda ao amigo que — esperava — estivesse ainda na ilha.

Paula acordou e deu um pulo, assustada como se, em um primeiro momento, não recordasse de onde se encontrava. Alex acariciou seus cabelos enquanto dizia:

— Calma, está tudo bem.

Haviam sobrevivido à noite, e isso era tudo o que importava por enquanto.

Ela observou a movimentação das pessoas do lado de fora, suas vozes silenciadas pelos vidros fechados, e perguntou:

— O que estão fazendo?

— Era o que eu estava pensando enquanto você dormia. Já estão aí há mais ou menos meia hora. Parece que vai rolar algum evento ou coisa parecida.

Mas que evento poderia ocorrer naquele fim de mundo?

Outras pessoas chegavam, formando lentamente uma aglomeração. Cumprimentavam-se, mas não se percebia qualquer alegria ou calor nos cumprimentos, tratando-se de algo mecânico, meramente protocolar.

Já era dia claro quando Alex e Paula decidiram sair do carro e ir até as pessoas que se encontravam diante do velho palanque de madeira. O primeiro rosto conhecido que visualizaram foi o de Jofre, que terminara de amarrar as cordas com as bandeirinhas coloridas. Ao vê-los, o homem sorriu e disse:

— Bom dia, jovens.

— Precisamos buscar meu amigo na ilha — disse Alex, antes mesmo de responder ao cumprimento.

Jofre pareceu ignorá-lo, aninhando alguns velhos caixotes de papelão vazios debaixo dos braços. Respondeu, enfim:

— Não tem como. Aquela ilha é um caminho só de ida, não tem volta.

O rapaz sentiu como se as pernas lhe falhassem, mas conseguiu manter-se de pé e com a postura ereta, tentando atribuir a sensação ao fato de haver permanecido no carro durante toda a noite, mal acomodado. Como Eduardo não poderia voltar? Talvez houvesse entendido errado o que o outro havia dito.

— Aquele lugar não obriga ninguém a ir até lá — prosseguiu Jofre, à guisa de explicação. — As pessoas vão porque querem.

Depois se afastou, levando consigo os caixotes vazios.

Alex pensou, em um primeiro instante, em abordá-lo, agarrá-lo pelos ombros e exigir maiores explicações. Em uma luta justa, talvez tivesse chances de nocautear o homem em poucos minutos. Concluiu, entretanto, que a violência não seria o caminho adequado, especialmente em um lugar onde se encontravam em franca desvantagem.

— O que ele quis dizer? — perguntou Paula, com o rosto pálido de surpresa. — Que o Eduardo vai ficar lá?

Naquele momento, Alex tinha dúvidas do fato de o amigo ainda estar vivo ou não.

— Não sei — respondeu, e não sabia nem sequer se conseguiriam, ele e Paula, abandonar o vilarejo.

Observou as pessoas diante do palanque pobremente enfeitado com os velhos enfeites de papel. O encontro era marcado pelo silêncio, e as poucas conversas ocorriam em tom baixo e reservado, como se estivessem participando de um funeral.

O evento em si parecia um registro de tempos passados, uma velha fotografia que um dia registrou algo alegre e colorido, mas que atualmente não passava de algo melancólico, manchado e esmaecido.

Jofre surgiu novamente — desta vez, sem os caixotes de papelão — e subiu no palanque pela escada estreita com três degraus que havia ao lado, justamente para tal finalidade. O silêncio permitia que se ouvisse o ranger dos degraus a cada passo. Ele substituía, já há alguns anos, o homem barrigudo e com os longos bigodes que lhe davam a divertida aparência de leão marinho de desenhos animados, que antigamente lia, uma vez por ano, o nome que era retirado do cesto. Ele havia morrido fazia tempo, vitimado por causas naturais, ou, em um diagnóstico mais sincero e preciso, "por abuso da bebida local".

Encontrava-se sepultado no triste cemitério, ao lado das ruínas da velha igreja. Foi enterrado sem caixão, como tantos outros; apenas desceram seu inchado e pesado corpo ao fundo da cova, com o auxílio de cordas, e taparam o buraco que havia sido aberto para recebê-lo. Encontrava-se em um local sem qualquer marco ou epitáfio, confundindo-se com os demais mortos que lá se encontravam.

Há bastante tempo, não se seguia quaisquer rituais ou formalidades nos sepultamentos. Tudo o que se fazia era enterrar o cadáver antes que começasse a cheirar mal.

No início, os sepultamentos eram raros. Os cadáveres eram enrolados em pedaços de lona e atirados em covas rasas, onde eram queimados até se transformarem no mais próximo possível de cinzas, a fim de que fossem mais facilmente esquecidos. Talvez fosse uma tentativa de desumanizar aquela pessoa que até então fizera parte do grupo. Tentavam fingir que ela nunca tinha nascido ou existido, ao menos na lembrança dos demais.

Atualmente, os mortos eram apenas enterrados, sem nada — fosse madeira ou tecido — a envolver seus corpos. Não havia cremação, oração, ou qualquer panegírico à beira da cova. O destino de todos era ser enterrado sem identificação, fazendo parte dos mortos esquecidos do vilarejo e sem deixar para trás quaisquer provas de sua existência.

Já há muito tempo, não existiam coveiros para realizar tal função, assim como não existiam padeiros, professores ou administradores. O que mais se aproximava de um comerciante era Gildo, mas sua tarefa se resumia em organizar os produtos da colheita e da pescaria, trazendo-os até a velha mercearia, organizando-os e entregando-os àqueles que viessem buscar o que precisassem. Geralmente sobravam grãos e peixes, afinal o número de pessoas diminuía a cada ano, ao passo que as colheitas seguiam abundantes como sempre.

Diziam os moradores que *o espetáculo deve continuar*, e isso não se tratava de mera opção. O espetáculo devia continuar para que tivessem algum sentido em suas vidas, e, em assim sendo, Gildo prosseguiu administrando colheita e pesca, e Jofre, substituindo o falecido homem de fartos bigodes e farta barriga, realizando o sorteio e lendo o nome retirado do cesto a cada ano.

A ILHA DA BRUXA

·) ·) ·) ● ·(·(·(

Seu receio, a cada vez que subia naquele maldito palanque, era retirar e ler o próprio nome.

Imaginava como procederia no dia em que fosse sorteado. Talvez se entregasse pacificamente, mas sabia que aquele jamais havia sido seu modo de viver. Jamais havia se rendido sem antes uma boa luta, mesmo tendo a intenção de obedecer às ordens desde o início.

A mulher que retirava o papel com o nome do cesto e o entregava ainda era a mesma, a cada ano mais velha e já tendo ultrapassado os 60 anos de idade — o rosto a denunciar cada ano vivido. Usava um vestido florido, leve e muito desbotado, impróprio para a manhã fria — talvez tentasse trazer um ar festivo à ocasião —, e estava ao lado do velho cesto de palha trançada, o cesto que trazia consigo o nome de quem morreria naquele ano.

Já havia retirado muitos nomes do cesto, e a cada ano havia um a menos — isso se ninguém houvesse morrido de causas naturais entre um sorteio e outro, evento que fazia com que seu nome não fosse colocado junto dos outros, diminuindo ainda mais o número de papéis.

Há anos, não ocorriam homicídios ou desentendimentos em São Bento. As pessoas apenas aguardavam o dia do sorteio com a esperança de que o nome de algum provável desafeto fosse o próximo a ser lido. Aí, sim, poderia acertar suas diferenças sem que ninguém interviesse.

Alguns dos sorteados pediam um pouco mais de tempo, a fim de que pudessem despedir-se de seus familiares, o que jamais era permitido. Todos deviam fazer suas despedidas antes, tendo a consciência de que poderiam ser eles os próprios sorteados.

As regras eram rígidas. Não havia exceção, e ninguém jamais escapou do destino que o aguardava.

Gildo olhava para o palanque com uma expressão impossível de definir, mas que lembrava total ausência, como se não soubesse o que estava fazendo naquele lugar, ou como havia chegado até ali. Vestia o mesmo macacão e boné sujos que usava no dia anterior, afinal as pessoas de São Bento não tinham muitas razões para se preocupar com roupas novas ou com asseio.

Não gostava de estar ali, mas não se tratava de uma opção. Não se podia escolher entre "estar" ou "não estar". Todos deviam estar presentes, mesmo que estivessem enfermos ou à beira da morte.

O fato é que o dia do sorteio não lhe trazia boas recordações.

·) ·)   257   ·(·(

Sua esposa havia sido sorteada três anos antes, em uma manhã de chuva fina. Estavam juntos, as mãos unidas em um aperto forte e tenso, aguardando a leitura do próximo nome. Ao ouvir o nome da esposa, lido por Jofre, sua primeira sensação foi a de alívio por não haver sido o seu nome o anunciado.

O instinto de sobrevivência, afinal, nada possui de heroico.

Logo em seguida, percebeu que a situação era ainda pior. O nome lido era o nome da esposa.

Evitou olhá-la, inicialmente, mas, quando o fez, visualizou alívio em seus olhos, o alívio da expectativa que acaba.

— Vou em seu lugar — determinou, mesmo sabendo que não haveria exceção. Ela recusou. Estava satisfeita em ser a próxima.

E o pior era que ela *sorria*. Estava prestes a morrer, mas ainda tentava acalmá-lo com seu sorriso, o mesmo sorriso que o acompanhava durante mais de 40 anos, nos bons e maus momentos que passaram juntos, e que naquele instante pareciam ter passado tão depressa.

Ele, porém, estava determinado a não permitir que se separassem daquela maneira. Que diabo de homem seria caso permitisse que isso acontecesse? Não poderia nem sequer ser considerado um marido de verdade, caso assistisse à mulher ser morta em sua frente, sem nada fazer.

Colocou-se diante da esposa e anunciou a quem ousasse se aproximar:

— Fiquem longe.

Gildo sempre fora um homem pacato, avesso a atos de violência, por isso, ninguém o levou a sério. Mantiveram-se afastados apenas por respeito à sua pessoa, sujeito querido por todos. Imaginavam que tudo seria resolvido pacificamente.

Jofre saltou do palanque e interveio, a fim de manter a ordem e evitar tumultos.

Regras eram regras, e ele era o responsável em fazê-las serem seguidas.

Aproximou-se amigavelmente, com as mãos espalmadas e erguidas, anunciando que se aproximava em paz. Tocou o ombro de Gildo de forma amigável, mas firme, enquanto dizia:

— Gildo, as regras...

Não teve tempo de completar a frase. Recebeu violento soco no rosto e girou para o lado, surpreso pela reação inesperada e por conhecer, da pior forma, a força que aquele homem tão pacífico possuía nos punhos.

O soco, forte e bem aplicado, fez com que Jofre tropeçasse nos próprios pés. Perdeu o equilíbrio sem saber ainda ao certo o que o tinha atingido. Tentou agarrar-se no palanque, a fim de não cair, mas acabou chocando-se contra suas tábuas, coincidentemente bem em cima da ponta exposta de um prego que havia atravessado a madeira, perfurando e rasgando diagonalmente a testa e arranhando o osso frontal profunda e dolorosamente. O som emitido pelo prego ao arranhar o osso foi semelhante ao som de unhas arranhando um quadro-negro e fez com que os que estavam mais próximos se arrepiassem com o ruído e se afastassem ao invés de prestar socorro.

Algumas pessoas se adiantaram e seguraram Gildo, o que não foi uma tarefa fácil, sendo necessários três homens para imobilizá-lo, deitando-o e pressionando-o contra o chão.

Jofre se levantou, amparado por outras pessoas, e percebeu que o nariz havia sido quebrado com o soco. Além disso, o sangue que descia do talho feito na testa entrava em seus olhos, deixando-o temporariamente cego. Agradeceu mentalmente pelo fato de o outro não continuar investindo contra ele, pois não teria chance de revidar.

A carne da testa pendia para baixo como uma aba, mostrando o osso branco e avermelhado de sangue.

— Temos que costurar isso logo — disse alguém, com a mesma calma e serenidade de algum lavrador que diz que *vai chover* ou *vai fazer sol*.

O olhar de Gildo era ainda pior que seus punhos e sua, até então, desconhecida força e técnica em desferir socos. Jamais havia presenciado algo semelhante: um olhar que era o suficiente para confirmar que haveria, sim, resistência, e ele — tolamente — havia menosprezado a veracidade que havia naqueles olhos.

Enquanto era mantido imóvel, sua esposa se entregou pacificamente ao sacrifício, ajoelhando-se diante de seus carrascos. Carrascos estes que até então conviviam com ela e eram seus vizinhos e amigos.

Ele apenas fechou os olhos e gritou. E mesmo gritando, tinha a impressão de poder ouvir a esposa sendo apedrejada, seus ossos sendo quebrados com o impacto das pedras.

A partir daquele dia, passou a beber mais que de costume. Não havia mais sentido em continuar vivendo, e não foram raras as ocasiões em que a ideia de suicídio passou por sua cabeça.

Mas não tinha coragem. A única solução era seguir vivendo dia após dia, na esperança de ser o próximo sorteado. E com alívio aceitaria seu destino!

— Precisamos de ajuda!

O pedido feito em voz alta chamou a atenção de todos, que se voltaram em direção ao local de onde vinha a voz, visualizando um dos rapazes e a garota que haviam chegado a São Bento no dia anterior.

O grupo era constituído de cerca de 50 pessoas, o que representava todos os moradores que restavam. Olharam-no sem surpresa e sem nada dizer. As cabeças apenas se viraram, lentas e entediadas em sua direção, como se ele houvesse dito algo que já soubessem.

Diante dos olhares apáticos, prosseguiu:

— Precisamos ir até a ilha — disse, dirigindo-se a todos, o olhar pousando temporariamente em cada um deles enquanto falava. — Nosso amigo precisa de ajuda.

Não houve resposta. Apenas os olhares nele fixados, como se estivesse se comunicando em linguagem desconhecida. Olhares vazios, desprovidos de vida. Pareciam questionar por que, afinal, deveriam preocupar-se. Quem eram aqueles jovens, afinal? Não faziam parte do local e não importavam a ninguém. O amigo, aquele que se encontrava em um lugar onde jamais deveria ter ido, importava ainda menos.

Jofre, sobre o palanque, os observava com a expressão entediada de quem deve novamente explicar alguma lição bastante simples.

A mulher com o vestido florido já estava com a mão dentro do cesto com os papéis e observava, com alguma curiosidade, aquele fato que parecia destoar um pouco da rotina de todos os dias e de todos os sorteios. Depositou o cesto no chão, ao seu lado, como que interrompida pelas presenças inesperadas, e baixou a cabeça como se procurasse algo entre as velhas tábuas do palanque.

Por fim, Jofre pigarreou e disse a Alex:

— Acalme-se, filho. Hoje é um dia importante. É o dia do sorteio, como vocês bem devem saber, afinal devem ter xeretado bastante sobre o que acontece aqui no nosso canto.

Sim, era sábado, 21 de junho. Alex verificou seu relógio de pulso: dia 21 de junho, faltando alguns minutos para as 6 horas da manhã.

Só então percebeu que todos os presentes, com exceção de Jofre e da mulher que retiraria o próximo nome do cesto, traziam consigo, pelo menos, uma pedra; algumas menores, outras maiores.

— Então, filho — prosseguiu Jofre —, demonstre algum respeito pelas tradições e fique quieto.

A ordem proferida não admitia quaisquer questionamentos e muito menos desobediência, por isso obedeceu prontamente, aproximando-se mais de Paula e abraçando-a com força pela cintura, como se desejasse protegê-la daquela turba de pessoas armadas com pedras ao redor.

A mulher no palanque novamente apanhou o cesto, retirou um dos papéis dobrados, recolocou o cesto no chão e desdobrou o papel — tudo em uma lentidão que parecia ensaiada com o intuito de tornar ainda mais tenso o ambiente.

Na realidade, ela temia ler o próprio nome. A cada ano, imaginava estar preparada na próxima vez, mas, realizado o sorteio, desejava não ser a sorteada; ao menos não naquele ano.

Afastou o papel do rosto. Jofre se aproximou para auxiliá-la, tomou o papel de sua mão, leu-o e revelou o nome ao público:

— Samuel.

O homem, com a venda que ocultava o espaço onde um dia havia seu olho esquerdo, se encontrava no meio da pequena multidão. Estava só. As filhas haviam sido levadas para a ilha há anos, e a esposa falecera pouco tempo depois. Diziam que a morte havia decorrido de causas naturais, mas Samuel sabia que ela havia morrido de tristeza.

E agora, finalmente, era sua vez.

Deixou cair a pedra que trazia consigo e ajoelhou-se servilmente. Finalmente, chegava sua hora. Logo ele que nem sequer havia conhecido pessoalmente a velha amaldiçoada da ilha e que havia pago com as próprias filhas o erro que outros haviam cometido.

Encarou brevemente a todos e ordenou:

— Andem logo com isso, cambada de filhos da puta.

Baixou a cabeça e começou a esboçar uma oração em voz baixa:

— Senhor, a ti entrego minha...

Foi quando a primeira pedra o atingiu na testa, com tamanha força que arrancou a venda que ocultava a deformidade que um dia havia sido seu olho esquerdo. No momento do primeiro golpe, seus instintos de sobrevivência vieram à tona, e um turbilhão de pensamentos o invadiu. Fugir? Submeter-se?

Sentiu o gosto de seu próprio sangue e decidiu permanecer de joelhos. Desejava apenas que fosse rápido.

Naquela ocasião, foi rápido como em todas as outras. Parecia que havia a necessidade de se executar a hedionda tarefa com rapidez, a fim de se livrar e retornar aos afazeres diários.

O sangue que ficou para trás sobre a terra foi lavado com alguns baldes de água trazidos do rio, que já se encontravam à disposição para tal finalidade.

Samuel — ou o que restou dele — foi arrastado pelas pernas por dois homens até o cemitério, onde seria atirado em mais uma cova previamente cavada. Caso não deixasse um rastro de sangue pelo caminho, poderia ser confundido com um boneco, como a representação de Judas Iscariotes linchado em um Sábado de Aleluia. Os homens o arrastavam com rapidez como se quisessem livrar-se logo de mais aquele corpo, fazendo com que logo desaparecesse dos olhares daqueles que haviam acabado de apedrejá-lo.

Mais um sacrifício havia sido cumprido, e isso significava que teriam mais um ano de pesca e colheita fartas e que o inverno não representaria qualquer perigo. Ao menos não naquele ano.

Alex e Paula a tudo assistiram, desde a leitura do nome sorteado até o transporte ao cemitério do que havia restado do corpo. Nada disseram, nem mesmo esboçaram qualquer movimento ou reação; apenas presenciaram todo o desenrolar dos fatos, ouviram o zunir das pedras atiradas e sentiram o grupo enfurecido passar por eles como se não estivessem ali, para destroçar o sorteado daquele ano.

Era como o desenrolar de um filme, mas a diferença era que todo o ocorrido se tratava de realidade, uma realidade que tinham ao lado deles e da qual — isso era o pior — não conseguiam desviar o olhar ou mesmo fechar os olhos.

Quando tudo o que restou como prova de mais aquele homicídio era apenas a trilha de sangue que conduzia ao cemitério, e as pessoas lentamente começavam a retornar às suas casas e suas tarefas diárias, Alex finalmente conseguiu olhar para Paula, ainda ao seu lado.

O rosto pálido e os olhos cheios de pavor pareciam perguntar o que fariam a seguir.

Era uma boa pergunta. O que poderiam fazer? Entrar no carro e rodar até secar o tanque de combustível sem chegar a lugar algum e sendo obrigados a retornar a pé? Ou simplesmente aguardar, como pareciam fazer os moradores que restavam no vilarejo?

Percebeu, com um misto de vergonha e espanto, que havia urinado nas próprias calças. A mancha denunciadora, outrora quente e agradável, começava a esfriar diante da manhã invernal.

Alguém tocou seu braço, e ele se assustou, embora não tenha esboçado qualquer reação. Sentia que o passar do tempo poderia deixá-lo tão apático quanto os moradores. Voltou-se e viu dona Iara ao seu lado, com o sorriso acolhedor como o de uma avó ao receber os netos em uma rara visita.

— Pobrezinhos — disse a velha senhora. — Sei o quanto esta cena é chocante, mas prometo que vão se acostumar.

À frente, seguia seu marido, caminhando devagar e apoiado na bengala. Ela seguiu alguns passos, parou, se voltou e fez um gesto para que o jovem casal os acompanhasse.

— Venham conosco. Temos um quarto especialmente para vocês.

E, diante da ausência de qualquer outra opção, seguiram-na.

EPÍLOGO

O vento sopra suave, agitando as copas frondosas das árvores e provocando o ruído aconchegante do farfalhar das folhas. A lua cheia se encontra parcialmente oculta por algumas nuvens; mesmo assim, ilumina a vegetação e a velha cabana de madeira, que parecem negras àquela hora da madrugada.

As inúmeras bonecas seguem penduradas nos galhos. As mais antigas, bastante deterioradas pela ação do tempo; as mais novas, em melhor estado.

E entre as mais novas, suspensas nos galhos e balançando lentamente ao sabor da brisa, uma delas se destaca das demais, possuindo o lado esquerdo do rosto derretido, como se houvesse ficado algum tempo próximo ao fogo.

FIM